www.ingramcontent.com/pod-product-compliance
Lightning Source LLC
LaVergne TN
LVHW101955220826
846093LV00007B/237

بين غمّازتين

رواية

بين غمّازتين

غيداء طالب

نوفل

صدرت عام 2018 عن **نوفل**، دمغة الناشر هاشيت أنطوان

المكلّس، بناية أنطوان
ص. ب. 0656-11، رياض الصلح، 2050 1107 بيروت، لبنان
info@hachette-antoine.com
www.hachette-antoine.com
facebook.com/HachetteAntoine
instagram.com/HachetteAntoine
twitter.com/NaufalBooks

صورة الغلاف: **Galya Ivanova / Trevillion Images ©**
تصميم الداخل: **ماري تريز مرعب**
تحرير ومتابعة نشر: **رنا حايك**

ر.د.م.ك. (النسخة الورقية): 978-614-469-083-3
ر.د.م.ك. (النسخة الإلكترونية): 978-614-469-084-0

إلى أبي... أوّلاً وآخراً...
وإلى يارا... نبضي وصوتي وذاكرتي...
وإلى د. حسن سرحان... عندما تحلّق بنا الأخوّة
خارج حدود الزمان والمكان،
فتنثرنا في قلوب العابرين غيثاً ووردا وسنابل...

اليوم الأوّل

الجمعة 26 ديسمبر 2014

«سيطير عصفورٌ حزينٌ من القفص ليعود
إلى القفص عصفورٌ حزين.»

أنسي الحاج

في زحمة الأقدار الّتي تتلطّى في كلّ مكان، محمّلةً بحقائب منزوعة الأقفال، يطلّ منها تارةً حزنٌ مباغت أو فرحٌ تعِب، جلست في المقعد A 39، على متن طائرة الخطوط الجويّة الفرنسية، أنتظر قدري...

ربط الجميع أحزمة الأمان استعداداً للإقلاع، واستسلمت الطائرة سريعاً لسطوة الصمت. أغمضتُ عينيّ وأسندت رأسي إلى الخلف في محاولةٍ للاسترخاء، عندما ازدحمت في رأسي أصواتٌ ووجوهٌ لا ملامح لها.

دفقت بيروت إلى ذاكرتي بقوّة، وجهاً ضبابيّاً، وصوتاً بعيداً يهمس لي معاتباً:

– أخيراً!؟ تفكّر بالعودة؟ يا لجحودك وقسوتك!

أتاني على عجل صدى صوت جورج، يعيد عليّ بمكرٍ جملته التي ما فتئت تقرع سمعي منذ أيّام:

– أنت لست شادي نصّار، أنت شادي شعبان، ابن عزّ الدين شعبان، ولك ثلاثة إخوة.

حاولت التفلّت من قبضة أفكاري فرحت أنظر حولي، في وجوه المسافرين المتعبة، وابتساماتهم التي تنتظر اللقاء، وقلبي المتوجّس يعثر بأسئلة كثيرة، سرعان ما انتشلتني منها نظراتٌ كانت تختلسها إليّ صبيّة في المقعد C 39، من الواضح أنّها قد تنبّهت لتوتّري فبدت كأنّها تعدّ أنفاسي، وتقرأ ما يجول في خاطري.

أتراها استشعرت رغبتي في الكلام؟ وهل سيكون الأمر عاديّاً إن أخبرتها بكلّ ما يجول في رأسي؟ هي لا تعرفني، ولن أشعر بالحرج معها، ففي الغالب، نحن لا نخجل أمام الغرباء لأنّهم يرحلون ويطوون وجوهنا وكأنّهم لم يرونا مطلقاً، أمّا المعارف والأصدقاء، فهم من نحتاط في استعراض خيباتنا أمامهم لأننا نخشى ذاكرتهم ولا نثق بظنونهم.

نظرت مجدّداً في ساعتي. كانت الثامنة والربع مساءً بتوقيت باريس، ساعتان تفصلانني عن بيروت وأنا لا أزال في الصفحات الأولى من رواية «L'Appel de l'ange»، أقلّبها دون تركيز، محاولاً أن أحتال على الوقت، وعلى نظرات جارتي.

تربّع الصمت في المقعد الشاغر بيني وبينها، وبدا مرتبكاً، بحضورٍ ملتبس وفضولٍ مشاكس. فمٌ يطبق على الكلام مخافة انزلاقه خلسة، ونظرات تزدحم بالأسئلة. ولكن، يبدو أنّ كلّ ذلك لن يدوم طويلاً، فما إن رأتني أضع الكتاب جانباً حتى صوّبت نحوي نظراتٍ فاحصة، وباغتتني بسؤالٍ بالفرنسية:

– Cela fait longtemps que vous n'êtes pas venu au Liban?[1]

هطلت جملتها تلك في قلبي غيثاً دافئاً، فابتسمت عيناي وأنا أجيبها:

– 28 ans...[2]

علامات استغرابٍ لطيفة علت وجهها ثمّ تابعت حديثها:

– أنت لبناني... صح؟

– نعم... أنا لبنانيّ الأصل.

– أهاه... وهل وُلدتَ في فرنسا؟

– لا، أبداً، لقد وُلدت في لبنان، ولكنّي انتقلت إلى فرنسا طفلاً.

مددت لها يدي مصافحاً:

– أنا شادي، مهندس ديكور في شركة Decolight...

– تشرّفنا، وأنا يارا، أستاذة مساعدة في جامعة بيروت العربية...

– وهل كنتِ في رحلةٍ سياحيّة في فرنسا؟

– لا، أبداً، أنا أحضّر رسالة دكتوراه في التربية وآتي إلى باريس باستمرار.

– وهل تفكّرين بالاستقرار في فرنسا مستقبلاً؟

– لا أظنّ... فرنسا محطةٌ جميلةٌ، ولي فيها أصدقاء كثر، ولكن يبقى لبنان بالنسبة لي الهدف، ولا أظنّني أرغب في تشييد أحلامي خارج أسواره.

هو الحديث إذن، قد عرف أخيراً طريقه إلينا.

رحتُ أحدّثها وأنا أفكّر بكل أولئك الذين بقيت أحلامهم معلّقةً على مقعدٍ في طائرة، غادروها بصمت وقلوبهم تضجّ بالأماني، ولم

1 هل مرّ وقتٌ طويل على زيارتك الأخيرة للبنان؟

2 ثمانية وعشرون عاماً.

يجرؤوا على أن يصنعوا البداية بكلمة، أو ربما بجملة، أو حتى برقم هاتف.

رحلوا ولم يدركوا أنّ بإمكان مقعد حظٍ أن يقلب موازين سعادتهم، ويهبهم شريكاً، أو صديقاً لما بقي من حياتهم.

وانساب الحديث بيننا... رقراقاً، وأنيقاً.

– ...

– ...

– ...

– وهل تعيشُ مع ذويك في فرنسا؟

أشحتُ عن سؤالٍ لا أرغب في سماعه، ونظرتُ من نافذة الطائرة نحو الغيوم المعلّقة بين السماء والأرض. أأجيبها؟ لا... لست مضطرّاً لذلك... ولكن، شيءٌ غريبٌ يشدّني لمتابعة الحوار معها، وكأنّي لا أريد لهذا الحديث أن ينتهي.

– كلا...

– وكيف تحتمل الغربة إذن؟

– لم تعد غربة... الغربة الحقيقيّة تقطن اليوم في مكانٍ آخر...

وكمن يتوعّدني باستجوابٍ لاحق، ابتسمتْ بعينين محمّلتين بالكثير من الكلام.

عبثاً حاولتُ أن أغفو، بعدما انشغلت عنّي جارتي اللطيفة بحديثٍ طويلٍ مع مسافرةٍ مسنّة كانت تجلس في الجانب الآخر. تصفّحتُ الجريدة المطويّة في جيب المقعد أمامي، فيما المضيفة تجول في ممرّ الطائرة بعربة الساعات والأكسسوارات والعطور، والركّاب مشغولون إمّا بالطعام، أو بالأحاديث، أو بهاجس الوصول بسرعةٍ وأمان.

ابتسم قلبي عندما عاد صوت يارا من جديد، متحدّثاً عن عطلةٍ بنكهة الثلج تتوقّعها الأرصاد الجويّة، ومتسائلاً عن مدّة إجازتي في بيروت، وعن مشاريعي المتوقّعة خلالها.

كانت إجاباتي مقتضبة حيناً ومواربة أحياناً. تعجّبتُ من أسلوبها الفضولي الأنيق، فرغم استفاضتها في طرح الأسئلة لم ينل منّي التذمّر والملل؛ بل على العكس، وجودها أشعرني بالارتياح، ومنحني إحساساً بالسكينة لم أعرفه من قبل.

تمنّيت لها عودةً طيّبة، ورحبّت بلقائها في فرنسا، دون أن أسأل نفسي إن كنت أحاول أن أجرّ القدر للقاءٍ مستقبلي معها، أم أنّني اكتفيتُ برجاء ذلك؟ لكنّي لمحتُ في ابتسامتها سحباً تعبق بالفرح.

هل انتهى الحديث؟

كم كنت أرجو أن تعاود أسئلتها، ولكن...

شارفت الرحلة على نهايتها بعد خمس ساعاتٍ من المطبّات الهوائية والنفسية، وتفاقم شعوري بالضيق عندما سمعت القبطان يعلن عن بدء الهبوط.

ها أنا ذا أمام الأمر الواقع، ولا إمكانية للتراجع أبداً.

ها هي ذي الطائرة تتوقّف أخيراً في مدرج المطار، فهل حان الوقت لأولد من جديد من رحم بيروت وفي حضنها؟ هل حان الوقت أخيراً لتصفية كلّ الحسابات العالقة بيني وبين هذه المدينة؟

وقف الجميع في الطائرة استعداداً للخروج، وبدوا على عجلةٍ لتناول حقائبهم من الخزائن العلويّة. بقيت وحدي جالساً في مقعدي، أنظر من نافذة الطائرة.

كانت تمطر بغزارة. السماء تنبئ بليلةٍ مجنونةٍ عاصفة.

أعـادنـي المشهد إلـى شتـاء بـاريـس، إلـى صخب أمطارها ولامبالاتها، إلى جنون مدينةٍ تحتفل كلّ يومٍ بالمطر، معلّقةً أفراحها عند قدميه...

لكلّ مدينةٍ في هذا العالم ملامحها الفريدة، وسحرها الخاصّ، وأنوثتها المميّزة. لكل مدينة وجهٌ وذاكرةٌ وأبجديّةٌ لا يشاركها فيها أيّ مكانٍ آخر، فكيف سيكون وجه مدينتي يا ترى؟

استفقتُ من تأمّلاتي على صوت يـارا، تذكّرني بحقيبتي. التفتّ إليها، وعيناي تغصّان بالكلام والأسئلة، فابتسمتْ بيروت في عينيها وقالت:

– مرحباً بك في لبنان...

أنهيت بعد وقتٍ إجراءات الدخول وسط ازدحام المسافرين، واستوفيتُ كلّ الأختام اللازمة، وعيناي تجولان في كلّ أرجاء المكان.

كلُّ شيءٍ حولي يشي بالميلاد.

زينةٌ حمراء وخضراء تـتـوزّع في معظم زوايـا المطار، شجرةٌ بوسامة العيد تتوسّط القاعة الرئيسية، وموظّفون باسمون يرتدي بعضهم على رأسه قلنسوة بابا نويل ويبادلون المسافرين المعايدة.

«ميلاد مجيد»...

أعادتني الذاكرة إلى مشهدٍ قديم، في هذا المكان عينه، يوم رحلتُ عن بيروت طفلاً... لم تكن هناك أيّ زينة يومها... أو مطر... لم يكن هناك سوى الخوف، وصوت الرصاص، فهل سيتكرّر ذلك المشهد؟ وهل سأقف هنا من جديد، باكياً كالأطفال، مردّداً «لا أريد الرحيل»؟

عند بوابة الخروج، التقيت يارا مرّة أخيرة قبل أن أغادر. كان برفقتها شابٌ وفتاة أتيا لاستقبالها، فيما لم يكن برفقتي سوى حقيبتي الأنيقة، وجوازي الأوروبي، وأشباح القلق.

أسرعت نحوي لتسألني إن كنتُ أحتاج إلى توصيلة، فشكرتها بامتنان، متمنّياً لها ميلاداً مجيداً وعاماً سعيداً، ثمّ افترقنا، كلٌ إلى وجهته، بيننا بحرٌ من الأسئلة الصامتة، وأمواجٌ من النظرات الدافئة.

غادرتُ أخيراً قاعة المطار، ووقفتُ في الخارج، على الرصيف المقابل، أنتظر.

المكان بارد، أنوار المصابيح الكهربائية خافتة، وحبّات المطر تتراقص بإغواءٍ أمام أضواء السيّارات فيما الناس من حولي مشغولون بفرح العودة، يجرّون حقائبهم باتّجاه السيّارات التي ستقلّهم إلى ذويهم وعيونهم مشرّعةٌ على اللقاء.

تمنّيت لو أنّ بإمكاني أن أطّلع على قلوبهم واحداً واحداً، لأقيس الفارق بين عواطفي وعواطفهم، ولأتأكد من حقيقة ما أشعر به!

تُرى، ما هذه المشاعر المبهمة التي تتقاذفني؟ أتراها فرحة خفيّة بالعودة أم حذر منها؟

ها أنا ذا في بيروت بعد عمر على الرحيل، وها هي ذي مدينتي التي أهدت لي الحياة، تفتح لي ذراعيها، وتمطر احتفاءً بعودتي!

رحتُ أنظر في الوجوه المنتشرة هنا وهناك متسائلاً عن سرّ نظراتهم الوادعة وابتساماتهم الرحبة، هم الذين غادرتهم قبل سنوات وقلوبهم تطفح غلّاً، وأياديهم مطبقةٌ على الخناجر، فهل تغيّرت النفوس إلى هذا الحدّ؟

أيقظني من أفكاري صوت أحد سائقي التاكسي. يبدو أنّه كان ينتظر زبوناً بفارغ الصبر.

– تاكسي... تاكسي حبيب قلبي؟

– نعم، لو سمحت.

– تفضّل تفضّل، لوين رايح الشبّ؟

– فندق «Le village» في المنارة، من فضلك.

– تكرم عينك، تفضّل.

انطلقت السيّارة تحت زخّات المطر. كانت رائحة السجائر المعتّقة تكاد تخنق فضاء «التاكسي». فتحتُ النافذة قليلاً ليتسرّب إليّ بعض هواء، فلسعتني موجات البرد، وألزمتني حبّات المطر التي بدأت تقتحم العربة برفع الزجاج من جديد.

كان المساء قد أرخى وشاحه على بيروت فبدت هادئة، متّزنة وحميمة. قفزت عيناي من نافذة التاكسي وجالتا على المحالّ والفنادق والسيّارات وصور السياسيين واللوحات الدعائية التي افترشت الشارع على الجانبين.

أنا في بيروت إذن؟! كيف لم أفكّر بزيارتها طيلة السنوات الماضية؟

دخلت السيّارة في نفقٍ طويلٍ تجمّعت فيه مياه المطر وأضاءته المصابيح على الجانبين، فتذمّر السائق محاولاً أن يكسر الصمت المهيمن، وبدأ معي حديثاً لم يخلُ من السؤال عن فترة اغترابي وعن أصلي وفصلي.

– يا خيّي شو جايينا من هالبلد غير الفقر والتعتير، العالم عم تموت من القِلّة، وتلات ارباع الشباب هاجروا، وهالدولة مش سائلة بحدا. ما في غير هالوزرا والنواب بيعبّوا جيابن وبيناموا، وما بيفيقوا عالشعب المعتّر إلّا بيوم الانتخابات. والله نيّال اللي عايشين برّا. مريّحين راسُن من القرف اللي هون.

– وانت ليش ما سافرت لبرّا؟

– أوف أوف. ليش فكرك صحّلي وما سافرت؟ حاولت كتير وما زبطت معي. بس عندي ولدين مسافرين بالخليج، والله ساترها معنا. الحمد لله.

أمضيت الوقت متأمّلاً المدينة، مستفسراً عن أسماء الشوارع التي نمرّ بها واحداً تلو الآخر. لفتني الاختلاف الغريب بين الطرقات على امتداد الرحلة. الفرق واضحٌ في تركيبتها وفي ملامحها وكأنّ كلّ شارعٍ منها ينتمي لمدينةٍ مختلفة، أو لوطنٍ آخر أو لتاريخٍ مضادّ.

تساءلت إن كان ذلك امتيازاً تتمتّع به بيروت دون سواها من المدن؟ هي الحسناء المشرقيّة التي ضاقت بنفوس أهلها ذات حرب، فقذفت بهم على دروب متفرّقة، أولها الاغتراب على أبواب المطارات الأجنبية، وآخرها الموت ذبحاً على الهويّة.

وصلت العربة أخيراً إلى فندق «Le village». ترجّل السائق وأخرج الحقيبة من الصندوق الخلفي، وناولني إيّاها وابتسامة الترحيب على وجهه.

– نوّرت بيروت إستاذ. إجازة سعيدة.

نظرت حولي... فندقٌ بنجومٍ أربعة يتلألأ بأنواره أمامي، وبحر المنارة خلفي، يرسل أمواجه عالياً، مرحّباً بعودتي.

حملتُ حقيبتي، وتوجّهتُ نحو البهو.

المكان شاسعٌ وأنيقٌ، وشجرة الميلاد تستند إلى زاوية الحائط المقابل للمدخل، تعويذة فرحٍ وسلام. أجراسها الذهبيّة، وإضاءاتها الحمراء، والمغارة الصغيرة التي تغطّي أسفلها، كلّ شيءٍ يشي بالبهجة.

على جانبي الشجرة استند حوضان من الورود الحمراء المخملية التي تنتظر موسم الميلاد لكي تحتفل بتفتّحها، وفي الفسحة المقابلة، ابتسمت بعض الشموع الصغيرة مغرقةً المكان بجوٍّ دافئ.

تسلّمتُ مفتاح غرفتي 703، واستعلمتُ من موظّف الاستقبال عن مواعيد الوجبات، والوقت المخصّص لتنظيف الغرف، والخدمات المقدّمة من الفندق، ثمّ وقّعتُ على بيانات الدخول، وتوجّهتُ إلى الطابق السابع حيث تقبع غرفتي في نهاية الرواق، هادئة وأنيقة،

يطغى فيها اللونان العاجي والزيتي، ولها شرفة صغيرة تتلصّص بفضولٍ على بحر بيروت.

وضعتُ الحقيبة بقرب سريرٍ عريضٍ على الطراز الغربي، تقابله طاولةٌ صغيرة وأريكة، ثمّ وقفت أمام النافذة، واستسلمتُ لعالمٍ استفاق للتوّ في ذاكرتي، غضّاً. سرحتُ في الماضي البعيد، وفي المستجدّات التي حملتني إلى هنا اليوم.

ما بي؟ ولمَ أشعر بلسعات الحنين تلفحني على عجل؟ أولم يمُت الماضي فيّ بعد؟ ظننتني انتهيتُ منه منذ وقتٍ طويل، فلماذا يعود الآن، والعمر على مشارف الأربعين؟

لماذا الآن، بعد كلّ تلك السنين، ينهال عليّ الماضي بألغازه دفعةً واحدة؟ لماذا لم يظهر جورج في حياتي من قبل؟ لماذا ساقه القدر إليّ اليوم بعدما كدت أنسى هواجسي القديمة؟ وهل صحيحٌ أنّ والدي حيّ يرزق؟! هل أنا حقاً شادي شعبان المسلم، ولست شادي نصّار المسيحي؟! وإخوتي الذين لا أدري من أين ظهروا فجأة، كيف تراهم؟ ما أسماؤهم؟ هل من شبهٍ بيني وبينهم؟

طال بي السهر في غرفتي، أسامر البحر الذي يبدو متعباً وكأنه أمضى يوماً شاقاً، فيما تعبث برأسي أفكارٌ غريبة، لا وجه لها.

اليوم الثاني

السبت 27 ديسمبر

الأجـدر أن يُـعـرّف الإنـسان بما فقد وليس
بما يمتلك،
فنحن دائماً نتيجة ما فقدنا...

أحلام مستغانمي

كان الوقت لا يزال باكراً حين أيقظني من نومي رنين الهاتف مستعرضاً أمامي اسم جورج. حدّثته وأنا مثقلٌ بالنعاس بعد ليلٍ طويلٍ أمضيته مستيقظاً. اطمئنّ على وصولي إلى لبنان وأكّد على موعدنا اليوم عند الواحدة ظهراً، وفيما تلاشى صوته مغادراً، انتصب أمامي اسمي الجديد وكأنّه يحثّني مجدّداً على التشكيك في كلّ شيء.

نفضت عنّي أفكاري، وقمت لتحضير كوب قهوة، ثمّ خرجت إلى الشرفة، فاستقبلتني نسمات الهواء البارد، وأطلقتُ عينيّ في السماء كسجينٍ خرج لتوّه إلى الحرّية.

يا إلهي! تكاد السماء تنطق!

فرد البحر أمامي وجهاً دافئاً ودوداً، وداعبتني عيون بيروت بابتسامة حبّ!!

أشعلتُ سيجارةً وجلست أراقب الأمواج الرمادية التي تتسارع إلى الشاطئ، محاولاً الهرب من أفكاري، فوجدتني على عتبات الماضي، وأمام عينيّ هذه المرة ابتسامة ماما Lilas...

حضرني وجهها الباسم حين كانت تصطحبني في نزهاتٍ بحريّةٍ على شاطئ نيس أيّام زياراتنا للجدّة ماري، وصوتها الدافئ وهي ترتّل الصلوات في كنيسة الحيّ بباريس...

الكنيسة!

تذكّرت أنّي لم أعد مسيحيّاً... ليس مذ هاتفني جورج قبل أيّام، بل ربّما ليس منذ زمنٍ بعيد... منذ رحيل ماما Lilas، فوجودها هو أكثر ما كان يربطني بمسيحيّتي ويحثّني على أداء الطقوس... ها أنا ذا لم أزر الكنيسة مذ غادرتْ.

تذكّرت صليبها الذي كانت تتزيّن به في المناسبات والأعياد، وتحسّستُ لاشعورياً صليبي الذي أهدته لي والدتي يوم سفري إلى فرنسا.

لا يزال هنا، حول عنقي.

تذكّرتُ اختناق نبرتها يومها وهي توصيني:

«شادي، حبيبي، هيدا الصليب بيحميك. خلّيه برقبتك، وما تشيلو أبداً».

وبالفعل لم أنزعه يوماً.

أخرجتُ الصليب الصغير وتلمّسته جيداً، ثم أعدته إلى داخل كنزتي وأنا أفكّر... هل كنت سأحظى برعاية Lilas لو أنها أدركت منذ البداية أنّي مسلم؟ وهل كنت سأخسر جوليا؟

جوليا!!

مرّ بخاطري وجهها كنسمة فجر دافئة، وعبرت ذاكرتي عيناها يوم زرت معها المسجد الكبير في الحيّ اللاتيني... يومها كان مسلمو

باريس يحتفلون بعيدهم، يصلّون ويهلّلون ويكبّرون، فيما كنت أنا أهيم فرحاً، في صلاةٍ من نوعٍ خاص، مناجياً عيني جوليا وحدها!

وها أنا أكتشف، بعد كلّ تلك السنين، أنّي أنتمي إلى أبٍ مسلم. هل كان لذلك أن يبدّل شيئاً في علاقتي بجوليا قبل عشرين عاماً؟ وهل ستتغيّر وجهتي اليوم من كنيسةٍ كنت أتناول فيها القربان، ممجّداً اسم الآب والابن والروح القدس، إلى مسجدٍ قد أؤدّي فيه الصلاة، وأشهد فيه أن لا إله إلا الله وأنّ محمداً رسول الله؟

ألم أتجاوز كلّ ذلك منذ زمنٍ بعيد؟

في الركن المخصّص للإفطار في الطابق الأول من الفندق، كانت الأطباق المتنوّعة تنتظر أفواه النزلاء. توقّفتُ أمام الأطباق اللبنانية أنظر إليها باستهجان، وكأنّي أبحث فيها عن طعم حياةٍ افتقدتها منذ زمنٍ بعيد.

عبرت أنفي رائحة الزعتر، شهيّة ونفّاذة، وأعادت إلى ذهني صوراً من الطفولة، صوراً بنكهاتٍ لذيذة، حين كنت أتجمّع مع أقراني حول الإفطار الصباحي، وتبدأ قرقعة الصحون والملاعق، فيغافلني طوني ليسرق من صحني منقوشتي أو بعض حبّات الزيتون، وتبدأ المشادّة بيننا.

أتاني وجهه مغبّشاً، لا يتبدّى منه سوى نظرةٍ سوداء حادّة، وأثر سكّين في خدّه الأيسر. تبّاً لهذا السكّين! ألا يزال هنا، منغرزاً في ذاكرتي؟ ويدي؟ لمَ لا تزال إلى اليوم ترتجف كلّما تذكّرت لحظة طعنته في وجهه؟ من أين أتيت بالسكّين يومها، وبكلّ تلك الجرأة وذلك التوحّش؟ لا أدري... لا أذكر سوى الطعنة... وسكّينٌ علق في عمق خدّه وسلبني هدوئي، وعينيه المذهولتين، إذ غطّى الدم وجهه، واعتلى الصراخ في فضاء الغرفة. أذكر أيضاً أنّهم احتجزوني يومها في قبوٍ صغير معتمٍ، وتركوني هناك، بمفردي، ليلةً كاملة، أبكي وأصرخ

وأنتحب، محاولاً أن أقنعهم بأنّ طوني هو من بدأ الاعتداء، وأنّي كنت أدافع عن نفسي فقط...

هل كنت أنا الضحيّة يومها؟ وهل ما حدث كان دفاعاً عن النفس فعلاً؟ لا أدري لمَ تحتفظ ذاكرتي بكلّ هذه المشاهد الضبابيّة؟ أتراها وهمٌ أم حقيقة؟

أنهيتُ إفطاري ثم خرجتُ من الفندق، ووقفتُ أتأمّل الشارع المستلقي على كتف البحر. تسرّبت إلى أنفي رائحة بحريةٌ تخالطها بعض النسمات الباردة.

كان المكان يغريني بالسير حافياً على رصيف الماضي، عارياً من كلّ أوهامي ومخاوفي... قدمان تتلمّسان الكورنيش، وكأنهما تحفّزان ذاكرته، وتجسّان نبضها، وخطىً بطيئة ومتلعثمة تقودني في اللامكان.

أردت أن أكتشف بيروت كما يكتشف طفلٌ صدر أمّه لأوّل مرّة.

سرت هناك، على غير هدى... دون أن أعبأ بوجهتي في ذلك الطريق البعيد. شعرت فجأةً بخواءٍ داخليّ عجيب، وأنا أتنشّق العبق المتغلغل في كلّ شيءٍ حولي. للمكان رائحةٌ مألوفةٌ تتراقص في أنفي وقلبي وروحي، رائحةٌ فريدة، أعرفها جيّداً... كما لو أنّ المطر يهمي بعد طول رحيل...

رحت أتفرّس في الوجوه التي ألتقيها في طريقي، وكأنني أبحث عن شخصٍ بعينه، أو وجهٍ عالقٍ في براثن الذاكرة. لفتني الدفء الذي كان يغمر ملامح المارّة عموماً. عيونٌ دكناء وفضوليّة، تبتسم لي أحياناً مع أنّها لا تعرفني، وتطرح عليّ أسئلةً كثيرة دون أن تنتظر منّي الجواب.

فسيفساء بشرية تعبر بالقرب مني، رجالٌ من مختلف الأعمار، بعضهم بملابس رياضيّة، وآخرون بمعاطف خفيفة، شبابٌ وشيبٌ ومراهقون، ونساءٌ جميلات بأنوثةٍ واضحة، وإن تباين مظهرها، ترى

إحداهنّ مثلاً بجلبابٍ طويلٍ وحجابٍ قاتم، وأخرى بتنّورة قصيرة أو شورت على الطريقة الأجنبية، وثالثة بحجابٍ مختلف، يظهر تقاطيعَ جسدها جينزٌ ملتصق أو ملابس ضيّقة.

تبدو لي بيروت مدينة التناقضات...

تابعت المسير، وكأنْ لا أروع من السير على ذاكرة الطفولة، بمحاذاة العواطف المتشابكة، وبرفقة المطر، وقد قرّر الانضمام للرحلة...

دهمتني مشاعر مبهمة، لا ملامح لها. حاولت أن أتبيّنها، أهي فرح أم حنين؟ أهي قلق أم ندم؟ تساءلت أيّهما أصعب، أن يختار المرء العيش حرّاً بلا ذاكرة، وإن كانت تقيه أحياناً الغربة والرتابة؟ أم أن يتمسّك بذاكرة مثقلة، قد تكبّل حريّته؟ هل التخلّص من الذاكرة أمر اختياري؟ وكيف يكون وجه الحياة عندما نواري ذاكرتنا في الثرى؟

في الأزقة المتداخلة، وتحت أسقف الأبنية، واصلتُ سيري، ووجدتُ نفسي بعد خطوات في شارعٍ مفعمٍ بالحيوية... شارع الحمرا!

استوقفتني المحالّ التي تطلّ منها زينة الميلاد والأجراس والنجمات الملوّنة، أدهشتني طريقة إغوائها العيد بأنوثةٍ تضاهي الأنوثة الباريسية، وابتسمت عيناي لإحدى الواجهات التي كانت تستعرض ملابس نومٍ نسائية، حيث رقص أمامي قميصٌ من الدانتيل الأسود، وخُيّل إليّ للحظة أن العارضة قد غمزت لي من خلف الزجاج، بعدما ارتدت ملامح Cécile وشعرها وأنوثتها.

تذكّرتُ عيني صديقتي، كيف كانتا تشتعلان رغبةً كلّما التقينا بحضور الأصدقاء، حتى إنّي اعتزلت الشلة مراراً تجنّباً للقائها، بعدما نبّهني صديقي جيروم إلى غيرة زوجها من اهتمامها الفاضح بي وانزعاجه من وجودي بينهم، ومع ذلك، ثمّة مغناطيس عشقي ظلّ يجذب أحدنا للآخر، ويذكي فينا نار الشهوة.

تذكّرت يوم زرت Cécile برفقة جيروم، إثر حادث سير تعرّض له زوجها. كلّ شيءٍ فيها كان مثيراً، يومها. حزنها، غموض عينيها، ثرثرة قدميها، شعرها المبعثر بكسل، سيجارتها وهي تلثم شفتيها المحمومتين، تململ فستانها الشفاف، عبق الخزامى في جسدها، وتمرّد أنوثتها.

لم أخبرها يومها أنّي جئت لأجلها هي، لا لأعود زوجها، وأنّي ما توقّفت عن التفكير فيها مذ توغّلت يداي وشفتاي في دهاليز جسدها ذات جنونٍ صيفي، في مطبخ جيروم.

حتى كانت تلك الليلة... وكانت وحيدة.

استقبلتني يومها بفتنة غانية... عينان تستعران رغبةً، وجسدٌ ملّ الانتظار.

كانت أرضاً عطشى، وكنت مطراً عجولاً لا يعرف صبراً.

هل تريّثتُ قليلاً؟ هل فكّرتُ لحظة بزوجها؟ لا، لم أفعل. لم أفكّر فيه إلّا لاحقاً. لم أفكرّ سوى بجسدها النديّ وأنا أتنفّس كلّ ذرّةٍ فيه، بجموح عطرها وهو يخترقني حتى آخري، بارتعاش أنوثتها فوق جسدي، وبشراسة احتراقنا المشتهى.

انتشلني المطر سريعاً من حضن Cécile، بعدما اشتدّت زخّاته فجأة، وأجبرتني على الاحتماء قليلاً أمام مكتبة أنطوان، ريثما تخفّ ثورة السماء.

هناك، مسحتُ وجهي ونفضتُ كمَّي معطفي المبلّل، ثمّ فتحت الباب الزجاجي ودخلت، فاستقبلتني الزينة ورفوف الكتب على أنواعها، وبطاقات معايدةٍ بألوان وأشكال عديدة.

لم أكن أبحث عن عنوانٍ محدّد، ولكنّي أردتُ اقتناء تاريخ لبنان مغلفاً في صفحات.

أمام الرفوف الموزعّة في المكتبة، وقفت أطالع عناوين الكتب المعروضة. المكان هادئٌ تماماً، وغير مكتظٍّ بالزبائن، ولأنّ الكتب توزّعت على مساحةٍ واسعة نسبياً، ولأنّي لا أملك عنواناً محدّداً أبحث عنه، لم أتمكّن من العثور على مبتغاي بسهولة، فذهبتُ للاستعانة بالموظّف المسؤول في الطرف المقابل، ولم أتوقّع أبداً أن تنتظرني هناك مفاجأةٌ بهذا الفرح وبهذه السرعة.

إنّها يارا! تتصفحّ كتاباً على مقربةٍ من عينيّ... يا لها من مصادفة!

أأقترب وأحدّثها أم أتجاهل وجودها؟ وهل يعنيني حقاً أن أبادلها التحيّة والحديث، وأن أعلمها بسعادتي بلقائها؟ أم أحتاج فقط لأن أفرغ جعبتي المليئة في صدر أحدهم؟ قبل أن أكمل الحوار مع نفسي، خطوت باتّجاهها خطوتين صغيرتين، وهمستُ لها بالفرنسية:

- Mademoiselle Yara?! C'est vous?![1]

لا أعلم سرّ حديثي معها بالفرنسية مع أنّي في بيروت، ولا أعلم سبب مناداتي لها أصلاً، ولكن، عندما تهزمنا الغربة، نبحث عن أيّ طيفٍ أو أيّ صوتٍ مألوفٍ نأوي إليه، وأنا الآن غريب... غريبٌ تماماً، وأشعر بأنّ عينيْ يارا هما المركب الذي سينتشلني من عمق وحدتي.

أمّا هي... فرفعت نظرها باتّجاهي، وأصدرت شهقةً أيقظت الكتب من سباتها، وبفرنسيةٍ مماثلة أجابتني:

- Oh la la! Monsieur Chadi?! Quelle coïncidence![2]

ابتهجت عيناي وأنا أمدّ نحوها كفاً تنبض بالدهشة، فصافحتني بحفاوةٍ كبيرة، وكمن يبحث عن أول خيوط الحوار، أخبرتني بأنّها أتت تبحث عن بعض المراجع اللازمة لرسالة الدكتوراه.

1 آنسة يارا؟ أهذه أنتِ؟

2 يا إلهي! سيّد شادي؟! يا لها من مصادفة!

هل هذه هي باكورة المفاجآت التي أعدّتها لي بيروت، أم أنها تحاول أن ترشوَ أحلامي قبل أن توقع بي لاحقاً؟

بدا لقاؤنا شفافاً كحلمٍ ربيعي، دافئاً كصباحٍ بحري!

فكّرت بأن أكتفي بحديثٍ مقتضب معها منعاً لإحراجها، لولا أنها دعتني إلى فنجان قهوة فوري، وحسناً فعلت، لأنّي ما كنتُ لأجرؤ على دعوتها للبقاء معي وقتاً أطول، لاعتباراتٍ عديدة.

سرنا قليلاً تحت المطر باتجاه أحد المقاهي القريبة، حيث اختارت طاولةً صغيرةً في الوسط. مكانٌ جميل، ومكتظٌ بوجوهٍ من مختلف الأعمار، فرادى، مثنى وجماعات... يتحدّثون، يضحكون، يقرؤون، ويتنافس أحياناً صمتُ بعضهم مع ثرثرة الآخرين، فيهزمها.

هناك، في مقهىً يعبق بدخان السجائر، وتطغى فيه رائحة القهوة على كلّ شيء... توزّعت ابتساماتٌ وحكايات.

تفرّستُ في الوجوه من حولي، واستنتجتُ من ملامح بعضها أنّ أصحابها قد جاؤوا إلى هنا بحثاً عن مكانٍ يقيهم الوحدة، فيما هرب بعضهم الآخر من ضوضائه بحثاً عن تلك الوحدة.

أمّا أنا فأظنّني احتميتُ بعينيْ يارا هرباً من نفسي.

حدّثتني عن ارتيادها هذا المقهى غالباً مع أصدقائها، فيما عيناي تجولان في أرجاء المكان، تتابعان الحركات والوجوه، وسرعان ما ابتسمتْ مشيرةً بغمزةٍ من عينها إلى ثنائي يجلس في مقابلنا.

التفتُّ إلى حيث أشارت، فرأيتُ رجلاً في عقده الخامس يجلس قبالة امرأة، صامتاً، منفرداً بسيجارته، وعيناه تغازلان جريدة.

– بماذا يذكّركَ هذا الثنائي؟

– لا أدري، لم ألاحظ شيئاً معيّناً...

– كلّما رأيتهما تذكّرت قصيدة «Déjeuner du matin»[3].

ابتسمت معلّقاً:

– لعلّهما يعيشان صمت ما بعد العاصفة... أو ما قبلها...

فأردفت قائلة:

– إنهما «ثنائي الصمت» كما يحلو لي أن أسمّيهما... غالباً ما أراهما هنا، يحتسيان قهوتهما صمتاً، يتصفّح هو جريدته فيما تغرق هي في دخان سيجارته...

– ولماذا أنت مهتمّة بهما؟ لعلّه صمت ما بعد الزواج... فقط...

وضع النادل أمامنا كوبين من القهوة، فارتشفتْ رشفةً قبل أن تضيف:

– لست مهتمّةً بهما على وجه التحديد، ولكنّي أتساءل دائماً إن كان مصير كلّ الزيجات صمتاً بارداً...

– ليس بالضرورة... ولكن من الطبيعي أن يفقد الأزواج أحياناً الرغبة في الحديث، وفي أشياء كثيرة... فلا يبقى ما يغريهما بالكلام... أو... لا يبقى لهما الكثير من الكلام.

غمزت لي بعينها قائلة:

– أشعر أحياناً بأنّ بعض الرجال يفضلون السجائر على نسائهم، ألا تظنّ ذلك؟

ابتسمت وسرحتُ في تفاصيلها وهي تحدّثني عن تجربتها مع التدخين. وجهٌ مشرقٌ باسم يخلو من مساحيق التجميل، بشرةٌ سمراء ناعمة، شعرٌ أسود متناثر فوق سترتها، وغمّازتان مشاكستان تخفيان أسراراً وحكايات.

[3] قصيدة للشاعر الفرنسي جاك بريفير.

في نظراتها تناقضٌ وغموضٌ آسران، فتارةً تبدو عفويّةً جداً، ببراءةٍ طفوليةٍ نادرة، وتارةً أخرى تشتعل بريقاً يفصح عن مكرٍ دفين وأنوثةٍ فتّاكة.

هي ليست امرأةً فاتنة، أو صارخة الجمال، فملامحها مألوفة، تشبه العشرات من النساء اللواتي ألتقيهنّ يومياً... باستثناء عينيها. عيناها فريدتان، لا تشبهان عينيْ أيّ امرأة أخرى...

غيمتان حالمتان، ترقدان في بحرٍ من السكينة والإغراء. عيناها الواسعتان، يتبدّل لونهما بين نظرةٍ وأخرى فتنكشف فيهما حيناً غابات بندقٍ شهيّ، وعندما ينحدر العتم عنهما يتعرّى فيهما سربٌ من الكثبان الذهبيّة المعتّقة.

تشعّبت الأخبار بيننا، فانتقلت هي للحديث عن أطروحتها وعن الجامعة وعلاقتها بالطلاب، بفرنسيةٍ تشوبها عباراتٌ عربية، وبحركاتٍ متتابعة من يديها ووجهها وجسدها، لتكشف عن عفويّةٍ لافتة، وطبيعةٍ مرحة.

لذت بصمتي مستمتعاً بحديثها وحضورها، وانتابني شعورٌ بأنّي أعرفها منذ زمنٍ بعيد، وأنّ بإمكاني الاحتفاظ بصداقتها لمدى الحياة.

أخبرتني بأنّها تنتمي إلى عائلةٍ متوسطة، هي أصغر أبنائها، وأنّها تعيش مع والديها في شقةٍ صغيرةٍ في بيروت. لها أخٌ يُدعى جاد، يعمل في إحدى الشركات العقارية، وأخت اسمها سارة، تقيم مع زوجها في لندن منذ أربع سنوات، أمّا والداها، فيقضيان أيّامهما بين أبنائهما الثلاثة، إذ تقاعد والدها من عمله عام 2012، بعدما شغل منصب ملازمٍ في الجيش اللبناني لسنواتٍ طويلة.

يا إلهي! كم هو مستفزٌ الحديث عن الوالدين في حضرة يتيمٍ لم ينهل من حنان ذويه يوماً!

تساءلت، بماذا سأخبرها أنا؟ وعمّن سأتحدّث؟ عن أيّ عائلة، وعن أيّ أب؟ عن والدي المتوفّى منذ ثمانية وثلاثين عاماً، أم عن الوالد الصدفة، الذي ظهر قبل يومين ليقلب حياتي رأساً على عقب؟ وماذا لو سألتني عن أمّي وإخوتي؟ هل سأفلح اليوم أيضاً في التزام الصمت؟ ألم يحن الوقت لكي أتخلص من صمتي وكتماني؟

حاولتْ أثناء حديثها معي أن ترمي الكرة في ملعبي، وأن تدفعني للحديث عن نفسي:

– مؤسفٌ بُعدك عن لبنان كلّ تلك السنين... ومؤسفٌ أيضاً أن يسود الجفاء والبرود علاقتك بوطنك... آسفة لتطفّلي ولكنّي أشعر بذلك...

ابتسمتُ لها ولم أجب... لكنّها لم تستسلم، بل تابعت:

– حاول أن ترمّم علاقتك به في هذه الفترة... صدّقني... لن تندم...

– يارا، أنا لا أكره لبنان كما تظنّين، ولكنّي بحاجةٍ لأن أتعلّم كيف أحبّه، وكيف أخاف عليه، وبحاجةٍ لأن أشعر بأنّه هو أيضاً يحبّني، ويريدني، وأنّي لست رقماً إضافياً في تعداده السكاني، للأسف حتى الآن لم أحصل على فرصتي بأن أكون مواطناً لبنانياً حقيقياً، أتمنّى أن أحظى بهذا الحق الآن.

قبل أن نغادر، دعتني لحضور حفلة رأس السنة التي تنظمها الجامعة، فاعتذرت، لكن وعدتها بلقاءٍ آخر قبل سفري بحسب ما يتيحه لي الوقت ، ثمّ تبادلنا أرقام الهاتف، وتمنّيت لها يوماً سعيداً، وعدت أدراجي وقلبي يسألني:

«هل لمحتَ فيها عيني جوليا؟ هل لبستْ صوتها وتلحّفت بابتسامتها؟».

في مقابل البحر، وقفتُ على الكورنيش منتظراً سيّارة أجرة تقلّني إلى مكان موعدي في منطقة سن الفيل. لم يكن الأمر سهلاً كما توقّعت، فبعد انتظارٍ دام أكثر من سبع دقائق، وبعد محاولاتٍ عديدة، ركبتُ سيّارة مرسيدس بيضاء بلوحةٍ حمراء، ولافتةٍ صغيرةٍ كُتب في أعلاها بالأجنبية: TAXI. وبعدما طلب منّي السائق أن أدفع «سيرفيسين» للتوصيلة، أدركت أنّ لـ«التاكسي» في لبنان مفهوماً آخر، يُعرف بـ«السرفيس»، حيث يمكن لأربعة أشخاص أن يتقاسموا السيّارة معاً، نحو وجهاتٍ متقاربة جغرافيّاً ضمن بيروت، مقابل مبلغ ألفي ليرة لبنانيّة للشخص الواحد، أي ما يساوي دولاراً وثلاثين سنتاً تقريباً، أمّا إن كان المكان المقصود بعيداً نسبياً، فإنّ للسائق أن يحتسب التوصيلة بمثابة «سرفيسين» بالاتفاق مع الزبون.

راقتني الفكرة، فهي حلّ وسطيّ، يجنّب الناس المواصلات العامّة والميكروباصات، ويمنحها ميزات التاكسي بتكلفةٍ زهيدة.

يتشارك معنا السيّارة صوت فيروز وهي تردّد «سلملي عليه» معيدةً إلى ذهني أمنيةً قديمة جداً، رافقتني مع أغاني هذه السيدة طيلة فترة اغترابي، فمنذ صغري وأنا أحلم بأن ألتقيها يوماً، وأن أقبّل يدها، وأخبرها بأنّها كانت سبباً مباشراً لإلمامي باللغة العربية حتى الآن، ولشغفي بلبنان رغم المسافات.

في الطريق المزدحم، كدتُ أصرخ بالسائق الخمسينيّ عدّة مرّات بسبب قيادته، لولا أنّي لاحظتُ أنّه ليس الوحيد الذي يقود بتهوّر، فهو يتبّع نمطاً يكاد يكون عاماً بين السائقين هنا، واستنتجت أنّ لبيروت نظام سيرٍ خاصّاً بها، لم أعهده في فرنسا، وربما لم يكتشفه العالم الخارجي بعد.

ومع أنّنا مررنا على نقاطٍ عديدة يدير السير فيها شرطيّون، لم ألاحظ أيّ فرق في التنظيم، ولم يضفِ وجودهم أيّ تطبيقٍ حقيقي

للقانون، بل إنّ بعض السائقين كانوا يتجاوزون الإشارات الحمراء والسيّارات الأخرى، ويتجاهلون حزام الأمان، بينما لا يحرّك شرطيّ المرور ساكناً.

ثمّ إنّ سيّارات الأجرة بالتحديد تمنح نفسها الحق بالتوقّف في منتصف الشارع بانتظار وصول الزبون، غير آبهةٍ بالطوابير التي تنتظر خلفها، ولا بالشتائم التي يطلقها المستاؤون. واللافت أنّ معظم السائقين متفاهمون، يقرأ أحدهم ما يجول في خلد زميله، ويعرف تماماً وجهته ومقصده دون حاجة لأن يفصح عن هدفه، فيكفي أن يخرج يده من الزجاج ليفهم زميله إن كان يريد أن يتوقف، أو إن كان يرغب في الانتقال إلى خطٍ آخر أو إن كان يحتاج إلى «فراطة» مثلاً.

أمّا الأبواق، فحدّث بلا حرج، إنّها سمفونيةٌ متواصلة لا تتوقّف، ولا يرتبط إطلاق زمّور السيّارة بوقتٍ أو حادثة أو قانونٍ معيّن، بل هو شرطٌ ملازم لحركة السير اليومية في بيروت، أو لعلّه مهارةٌ ضرورية من مهارات القيادة.

تلاشى صوت فيروز بسرعة وسط أبواق السيّارات المزدحمة حول الدوّار المقابل، حيث تجمّعت بركٌ واسعةٌ من المياه، وأجبرت العربات على إبطاء سيرها، ما أثار غضب السائقين، ودفعني إلى اكتشافٍ جديد وهو أنّ داخل كلّ لبناني بركاناً من الغضب لا يلبث أن ينفجر عند أصغر مشكلة.

استغربتُ حجم الإهمال الذي تعاني منه هذه المدينة الجميلة، على الرغم من الأبنية التي تزيّنها والسيّارات الحديثة التي تغصّ بها الطرقات والمظاهر الأنيقة لمعظم الناس هنا، إلا أنها تحتاج إلى ترميمات وتصليحات في بنيتها التحتية لكي تسهّل حياة السكان وحركتهم، فمطر ساعتين فقط كفيلٌ بإغراقها يومين في طوفانٍ من الازدحام.

حاولت أن أستفهم من السائق إن كان هذا الوضع استثنائياً أم دائماً، فانفجر الأخير كقنبلةٍ موقوتة وبدأت الشتائم تنهال على الدولة بوزرائها ونوّابها، وعلى الوضع العامّ برمّته. كدتُ أظنّ أنّه اتفاقٌ في الرأي بين سائقي سيّارات الأجرة عموماً، أو ثأرٌ قديم لهم مع الحكومة، لولا أن شارك في الحديث أحد ركّاب السرفيس، وراح بدوره يتّهم المسؤولين بالتقصير والإهمال والسرقة، معلّقاً على مشكلة الكهرباء التي يدفع الشعب كلفتها الباهظة، ولا يحظى بها سوى ساعاتٍ قليلةٍ في اليوم، حتى باتت كلّ نشاطات الناس اليومية، وأعمالهم وزياراتهم متعلقةً بوجود التيار الكهربائي أو بانقطاعه، فإذا ما نوى أحدهم زيارةً ما، فإنّه يتّصل مسبقاً ليسأل:

«في عندكن كهربا؟ أيّ ساعة بتجي؟»، ليربط موعد زيارته بوقت التغذية الكهربائية خوفاً من صعود الطوابق العالية مستخدماً قدميه والدرج بدل المصعد والكهرباء.

توقّفت العربة أخيراً أمام مبنى كبير حديث البناء، في منطقة سنّ الفيل. رحتُ أنظر إلى المباني والبيوت المحيطة، منقّباً عن علامةٍ أو خيطٍ قد يصلني بالماضي، فاسم المكان محفورٌ في ذاكرتي كالوشم.

لطالما تساءلت طفولتي البريئة في السابق عن سبب تسمية هذه المنطقة بـ«سنّ الفيل»؟ كنتُ أقنع نفسي أحياناً بأنّ المكان كان مقرّاً لبعض الفيلة، ولعلّ سنّ أحدها وقعت هنا، فسمّوها في ما بعد بسنّ الفيل، ولكنّي لم أستعلم يومها عن صحّة فرضيّتي تلك، وطويتُ أسئلتي الطفولية الساذجة مع الماضي.

أغلقتُ باب الأسئلة وأشرعتُ باب البهو الكبير المنتصب أمامي، حيث توسّطت أعلى المدخل لافتة كبيرة كُتب عليها بالأجنبية «STAR TV».

زينةٌ بهيّة تتوزّع في الداخل منبئةً بفرحة الأعياد، وموظّفٌ في عقده الخامس، يستعلم عن وجهة زوّار المبنى، ويسجّل أسماءهم وساعة وصولهم في دفترٍ أزرق كبير.

التفت الحارس إليَّ بودّ بعدما سجّل حضوري، ودعاني بلطفٍ إلى استخدام المصعد.

– تفضّل إستاذ... من هون، عالطابق التاني. أول باب عإيدك الشمال.

في الطابق الثاني، وفي مكتب التلفزيون، كان جورج كرم ينتظرني في مكتبه.

شابٌ مفعمٌ بالحيوية، في منتصف الثلاثينيات، متوسّط القامة، بهيّ الوجه ولبق الحديث. استقبلني بالكثير من الترحاب وهنّأني بعيد الميلاد، ثمّ طلب لنا فنجانيْ قهوة قبل أن يبدأ حديثه معي.

– أهلاً فيك بلبنان شادي، نوّر البلد.

– Merci كتير monsieur جورج C'est très gentil de votre part.[4]

– بتمنّالك إقامة سعيدة. خبّرني كيف كان اللقاء مع بيروت؟

– تمام... بصراحة ما لحقت شوف شي بعد... حابب خلّص موضوعي معك وبعدين بتفضّى للبلد.

– طبعاً طبعاً، معك حق.

– طيّب... فينا نبلّش بالموضوع من فضلك؟ يا ريت تخبّرني كلّ شي...

– أكيد... بس بصراحة إنت فاجأتني، بتحكي لبناني كتير منيح!!

– إي... معك حق، شكلي ما عرفت إنسى...

4 شكراً سيّد جورج، هذا من لطفك!

– عظيم... برافو... طيّب قللي، من وين بدّك نبدا؟

– من وين ما بدّك... المهم تخبّرني كلّ شيء.

ابتسم لي جورج وبدأ الحديث.

– أوكي... سنبدأ إذن من البرنامج، هل سمعت عنه سابقاً؟

– كلا... للأسف...

– «فرحة عمر» هو حلقات أسبوعية تتناول معاناة الناس وهمومهم اليومية، وقد اعتادت المحطة أن تخصّ ليلة رأس السنة بحلقة استثنائية تقدّم فيها عرضاً إنسانياً متميّزاً، يستقطب عين المشاهد وقلبه، و«لمّ الشمل» هو شعارنا لهذا الموسم.

– وهل ستكون قصّتي محور هذه الحلقة؟

– نعم، ولكن ستتخلّل البرنامج أيضاً شهادات حيّة من آخرين، ثمّ فقرة خاصّة بوالدتك ستتحدّث خلالها عنك، عن علاقتها بك طفلاً... ونفاجئها بعد ذلك بخروجك عليها من كواليس الاستديو لنجمعك بها بعد طول فراق.

– وأبي؟ ألن يكون حاضراً معنا؟ لقد أتيت على أمل أن ألتقيه.

– لا تقلق، ستلتقيه بإذن الله.

– هلاّ أطلعتني لو سمحت على كلّ المعلومات التي تتعلّق به؟

– بالتأكيد عزيزي. كما سبق أن أخبرتك، أنت لا تنتمي لعائلة نصّار، إنّها كنية والدتك، أنت من عائلة شعبان... والدك هو عزّ الدين شعبان، من مواليد بيروت عام 1950، مسلم، تزوّج بوالدتك عام 1975 بعقدٍ مسجّلٍ في المحكمة الشرعيّة، ثمّ تزوّج مرّةً ثانية عام 1981 بعايدة فوّاز وله منها ثلاثة أبناء... تعيش العائلة في أحد أحياء بيروت، في شقةٍ متواضعة في شارع مار الياس، حيث يمتلك والدك هناك محلّ ألبسة يعتاش منه.

أصغيتُ لكلّ حرفٍ نطق به جورج، ثمّ أشحتُ بوجهي نحو الخارج وسرحت عيناي عبر النافذة، في الفضاء الذي حملني إلى هنا، بعد ثمانية وعشرين عاماً، لأكتشف كلّ هذه الحقائق دفعةً واحدة.

بدا الصمت في الغرفة مقيتاً.

ماذا أفعل؟ هل أبقى وسط هذه المعمعة، أم أرحل هارباً بماضيّ؟ ألا يجدر بي أن أتّجه الآن نحو المطار وأستقلّ أول طائرةٍ ترمي بي في باريس، أو في أيّ بقعةٍ من العالم، بعيداً عن هذا المستنقع المليء بالخبايا؟

أعادني صوت جورج من عالمٍ هائمٍ في الأسئلة:

– ما بك شادي؟ هل من خطب؟ ألستَ متحمّساً للقاء عائلتك؟

– في الحقيقة... لا أدري...

– هل تسمح بأن أسألك عن سبب هذا التخوّف؟ ما الذي يقلقك في البحث عن الحقيقة؟

– لا أدري... لقد تعبت من بناء الأحلام... فأنا لم أعد طفلاً يحلم بالعودة إلى بيروت. أنا الآن رجلٌ في الأربعين... اعتاد العيش في فرنسا، وصنع فيها حياته ومهنته وأصدقاءه.

– ألهذا لم تأتِ إلى لبنان طيلة السنوات السابقة؟ ألم يكن يعنيك أن ترى والدتك، وأن تتقصّى عن هويّتك؟

– بلى... طبعاً... ولكنّي مللت الأسئلة... منذ صغري وأنا أسأل والدتي عن أصلي وفصلي، عن أبي وعائلته، عن سبب وجودي بعيداً عنهم، ولكني لم أحظَ منها مرّةً واحدة بجوابٍ شافٍ. كان ردّها دائماً حاسماً ومختصراً:

«لقد قتل أبوك في الحرب، وتخلّى عنك إخوته».

كنت أرغب في تصديقها، ولكنّ شيئاً ما كان يمنعني. أحياناً كنت أظنّ أنّها تخفي عنّي عاراً قد لا أغفره لها، فكيف تخبر أمٌ ولدها

بأنّه ابن خطيئة؟ كيف لها أن تبلغني بأنّها أنجبتني من رجلٍ تنكّر لها يوماً ورماها على رصيف الخاطئات تتآكلها فعلتها؟

– أفهمك، ولكنّي أرى أنّك تتحمّل جزءاً من المسؤولية أيضاً، فلقد كان بإمكانك المجيء إلى بيروت من قبل. بالتأكيد كان وجودك سيترك تأثيراً كبيراً على والدتك، ويحثّها على إخبارك بالحقيقة وجهاً لوجه...

– لعلّ كلامك صحيح، ولكن كان عليّ أن أختار بين اثنتين، إمّا لبنان وعائلتي المجهولة وأمّي، وإمّا حياتي في باريس بعيداً عن اليتم والتشرّد...

– وأنت ببساطة، اخترت الثانية!

– لا... ليس بهذه البساطة... لقد كنت طفلاً مدمّراً، ثمّ مراهقاً حانقاً وحاقداً... لا أدري إن كان بقائي هناك اختياراً منّي أم واقعاً فُرض عليّ؟ لعلّ علاقتي بوالدتي هي التي أدّت إلى كلّ ذلك... فأنا لم أجرؤ يوماً على المجيء إليها، كنت وما زلت أخشى لقاءها. أخشى ضعفي تجاهها وقسوتي عليها في آن واحد. كما أنّ قرار عودتي إلى لبنان لم يكن سهلاً آنذاك بسبب دراستي، ومن ثمّ اهتمامي بماما Lilas عندما ألمّ بها المرض، وهكذا... سرقني الزمن، وفترت أسئلتي مع الوقت، واكتفيت بعلاقةٍ هاتفيّة مع والدتي، يعتريها الحنين حيناً، والعتب والنقمة أحياناً...

– شادي... أنا لا ألومك... أنا أدرك تماماً حجم معاناتك السابقة، وأتفهّم توتّرك وأنت تتلقّى هذا الكمّ من المفاجآت، ولكن، هل تقبل نصيحةً مني؟ انسَ الماضي، وفتّش عن حاضرك وحاول أن تتقبّله كما هو، لأنّ أيّ محاولةٍ منك لإعادة خياطته على مقاس أحلامك وأهوائك ستسبّب لك خيبة، ولن تخسر الحاضر وحسب، بل المستقبل برمّته. صدّقني، لا أجمل من وجودنا وسط عائلة تحبّنا

وتخاف علينا، ولا أروع من إحاطتنا بوالدين يريان في أعيننا الماضي والحاضر والمستقبل.

أومأتُ برأسي موافقاً وفمي مطبقٌ على الكثير من الكلام، فيما تابع جورج حديثه:

– اعذرني يا شادي، أعرف أنّك تمرّ في لحظات صعبة ولكن، هل لك أن تخبرني عن طبيعة رحيلك عن لبنان؟ كيف بدأت حكايتك؟

– لماذا تسألني أنا؟ ألم تخبرك والدتي؟

– لا أخفيك، لقد حصلت منها على بعض المعلومات البسيطة، فأنت خير العارفين بتحفّظها، لذلك أرغب في سماع الحكاية منك أنت.

ارتشفتُ القليل من قهوتي، ثمّ بدأت اعترافاتي.

– لقد نشأت يتيماً، لا أدري منذ متى... كنت أعاتب اليتم في سرّي وأشتمه مع أنّه ليس عيباً ولا جريمة، ولكنّه ضعفٌ وانتقاص، لأكتشف في ما بعد أن اليتم وحده ليس سبباً كافياً لقتل عنفوانك وزلزلة أحلامك، بل ثمّة أمور أشدّ قسوة.

– أيّ أمور؟

– كأن تُرمى مثلاً كخرقةٍ بالية لا قيمة لها...

عقد محدّثي حاجبيه وعلى شفتيه بوادر تعليق، إلّا أنّي قطعت عليه الطريق متابعاً حديثي:

– هل تتخيّل؟ كلّ الناس يحملون في أوراقهم الثبوتيّة منذ ولادتهم شهادة ميلاد، أمّا أنا... فمنذ طفولتي أحمل في قلبي وذاكرتي وثيقةً قد يموت المرء بسببها ألف مرّة قبل أن يولد... «تمّ التخلّي عنه»، وكأنّي أيّ شيء... تنازلٌ عقاريٌ عن أرض، أو أثاث بالٍ لا مكان له في بيتهم... صدّقني، ليس هناك أصعب من شعورك بأنّك كنت عالة على أهلك وقد تخلّصوا منها بأسهل الطرق...

– لعلّهم أرادوا لك حياةً أفضل بعيداً عن الحرب والموت.

– مسوّغ بشع... وتافه. وهل كنت الطفل الوحيد المهدّد بالخطر؟

– لا طبعاً... أمثالك كثر للأسف.

– أتعلم؟ لعلّها المرّة الأولى التي أتحدّث فيها عن كلّ ذلك بصراحة وشفافيّة... فأنا لا أزال أذكر كيف كنت، طيلة فترة طفولتي ومراهقتي، أستتر خلف الصمت متظاهراً بالقوة... لطالما تجنّبتُ أقراني هرباً من أسئلتهم عن والدٍ لا أعرفه أبداً ولم ألتقه يوماً، فيما كلّ واحدٍ منهم ينعم بوالد يصحبه إلى المدرسة، ويلعب الكرة معه، ويمضي يوم العطلة برفقته. منذ طفولتي وأنا أتساءل عن أبي، عن اسمه وشكله وصوته. كنت أحلم به في صحوي، وأرسم له في خيالي صوراً وملامح. انتظرته طويلاً بلا جدوى، وكنت أزداد بغيابه ألماً يوماً بعد يوم... هل باستطاعة طفلٍ أن يتصالح مع نفسه، ومع وطنه وهو لا يدري لأيّ أبٍ ينتمي، ولأيّ سببٍ أُقصيَ عن بلده؟ هل باستطاعة طفلٍ أن يبني علاقةً سويّة مع أمٍّ فضّلت العيش بدونه بعدما تنازلت عنه لغرباء يبحثون عن أبناء يختارونهم بدل أن ينجبوهم؟

– أنا آسف حقاً...

– ...

– كم كان عمرك آنذاك؟

– كنت في الثامنة.

– وكم كان عددكم؟

– حوالى اثني عشر طفلاً تراوح أعمارنا بين الثانية والثامنة، نحمل في أجسادنا قلوباً حطّمها اليتم، ووجوهاً أرعبها المجهول، وذاكرةً أثقلتها الحرب. كانت محطتنا الأولى مبنىً للعناية بالطفل في فرنسا، من بعدها افترقنا، كلٌّ إلى عائلته الجديدة، وكأنّنا في سوق بطّيخ، وطوبى لمن كان حظّه وافراً وحظيَ ببطيخةٍ طيّبة وحنونة.

اكتنف الألم ملامح جورج وهو يستمع إليّ، وشعرت بشفتيه المزمومتين تعتصران زفراتٍ وآهاتٍ صامتة، ومع ذلك حاول أن يخفّف عني:

– شادي! أنا آسفُ جداً لإقحامك في دوّامة الماضي من جديد، هل ترغب...

ولكنّي استرسلتُ في الحديث...

– لا عليك أستاذ جورج، هي لعنةٌ تلاحقني، وأنا آسفٌ لانفعالي أمامك، ولكنّي لا أتمالك نفسي كلّما شاهدت من جديدٍ صور الماضي. أتدري؟ لعلّ أقسى ما ألمّ بي في طفولتي هو الخوف من المجهول يوم الرحيل.

كانت تلك المرّة الأولى التي أغادر فيها المكان الذي أحبّ، والوجوه التي أعرف. أذكر كيف وقفت يومها في المطار، وسط الأطفال المسافرين معي، ورحنا نصرخ ألماً والدموع تطفر من مآقينا، «ما بدّي روح... بدّي إمي... ما بدّي روح»...

هل سمعتَ يوماً عن أمٍّ تخلّت عن ابنها لأنّها لا تريده أن يقضي في الحرب، واعتبرت أنّها بإبعاده عنها تختار له مستقبلاً أفضل؟ وهل أفضل من حضن الأم وطناً؟ وهل أجمل من عيني الأم ماضياً وحاضراً ومستقبلاً؟

– ألهذا عاقبتها بغيابك عنها طيلة السنوات الماضية؟

– لا... أبداً... أنا لم أقصد معاقبتها، ولكنّي لم أشعر يوماً بأيّ ارتباطٍ بها... الأم ليست علاقةً بيولوجية، هي ليست رحماً تخرج منها، بل هي الرحم التي ترتبط بها مدى الحياة، وأنا مع الأسف لم أشعر يوماً بأنّي أنتمي لوالدتي.

– ولكن ... ألا تشتاقها؟

– كنت أشتاقها... لكن سرعان ما يتملّكني الغضب كلّما تذكرت وحدتي... لطالما استفزّتني صورتها وأنا أراها في مخيّلتي تصحو كلّ يوم وكأنّ شيئاً لم يحدث، وكأنّها لم تصبح بلا ابن... تتناول قهوتها وإفطارها بطريقة طبيعيّة، وتذهب إلى عملها وتتحدّث مع صديقاتها دون أن تشعر بألم فراقي، ودون أن تسمع نحيب قلبي الذي كان يناديها «ماما وينك؟ اشتقتلك... ماما! ليش تركتيني؟».

ألا يجدر بأمٍّ ولدت طفلاً أن تشعر بالألم لمجرّد أنّه ليس في حضنها، ولا بمتناول عينيها؟ ألا يجدر بها أن تشعر بالقلق، وهي ترمي به في عالمٍ غريب عنها وعنه... فكيف تريدني اليوم وبعد مرور سنواتٍ طويلة أن أفتقدها أو أشتاقها؟

رنّ الهاتف في المكتب فأخذتُ نفساً عميقاً وسرحت عيناي في البعيد، وبعد مكالمةٍ سريعة تلقّاها جورج، تابع حديثه معي:

– آسف على مقاطعتك... قل لي، لماذا قطعت اتّصالك بوالدتك منذ سنةٍ ونصف تحديداً، لماذا لم تفعل ذلك من قبل إن كنت مستاءً منها إلى هذا الحدّ؟

– لا... أبداً... أنا لم أتعمّد قطيعتها، كنت أتّصل بها دائماً في المناسبات والأعياد وأطمئّن عليها من وقتٍ لآخر، ولكنّها في الفترة الأخيرة لم تعد تجيب على هاتفي...

– ألم تخشَ أن يكون ألمّ بها مكروهٌ ما، أو ...؟

– بلى، لقد شغلني هذا الأمر. ولكن، لم يكن يربطني بها سوى رقم هاتفها الخلوي، فلا عنوان لها بحوزتي، ولا أيّ شيءٍ آخر يمكنني التواصل معها من خلاله... قل لي، أهي من كان خلف استدعائي لبرنامجكم؟

ابتسم مضيفي قبل أن يجيب:

– نعم... ولا... لعلّها الأقدار يا عزيزي... لقد كنت في بداية التحضير للحلقة وجمع المعلومات عن موضوع أطفال الحرب، عندما أخبرني بقصّتها أحد أصدقائي الذي تربطه بها جيرة قديمة، فقابلتها، وكان ما كان...

أفرِغَتْ جعبتي من الأخبار، أم أنّي فقدتُ رغبتي في الكلام؟

توقّفت الذاكرة فجأة، فتوقّف جورج بدوره عن الأسئلة، واقترح أن نستكمل حديثنا في المرة التالية.

– شكراً لحضورك شادي. سيكون موعدنا بعد غدٍ صباحاً، وسأتّصل بك لأخبرك بكافة تفاصيل اللقاء.

– بانتظارك... أتمنّى لك عرضاً موفّقاً.

– في رعاية الله وحفظه. حاول أن تستمتع بوجودك في ربوع لبنان.

خرجتُ من مبنى التلفزيون هائماً على وجهي، لا أدري إلى أين أذهب، ولا ماذا أفعل. كنتُ مثقلاً بالحنين وبالغضب، أستعيد حديثي مع المذيع قبل قليل.

مشيتُ ومشيت، فأخذتني الطريق في تعرّجاتها، وسارت بي يمنةً ويسرة، وأنا لا أشعر بالمكان ولا بالزمان. كأنّ جسدي تلاشى فجأةً وحلّق في عالمٍ آخر حيث لا شيء سوى صخب الماضي وازدحام أفكاري واضطرابي.

شارفت الساعة على الرابعة عصراً، وأنا هائم في الطرقات، في محاولة هروب، من ماذا؟ لا أدري... لم أكن أرغب في العودة إلى الفندق، ولا في البقاء وحيداً مقابل مرآتي المكسورة...

فكّرتُ في كلام جورج، وقلّبتُ الصور المعلّقة على جدران الذاكرة، الواحدة تلو الأخرى. ما الذي أتى بي إلى بيروت اليوم؟

أمقتنعٌ أنا فعلاً بأنّي أحتاج إلى حضن لبنان؟ أولست مواطناً فرنسيّاً، أنتمي بكل ما فيّ إلى فرنسا؟

لعلّي لبنانيّ الجذور، نعم! لكنّي فرنسيّ الهويّة والهوى والانتماء.

أنا أهوى كلّ شيءٍ في باريس، كلّ حجر، كلّ غيمة، كلّ نسمة... أحبّ بردها ومطرها، أعشق شوارعها المزدحمة، ووجوهها اللامبالية. أحبّ نوافذها المشرّعة على السين، والحدائق التي ملّت عابريها، وعبق الخزامى في أزقّتها، وأعشق المترو وقصصه المتعَبة المسافرة بلا نهاية...

كيف لا أحبّ باريس؟ كيف لا أشتاق الوجوه التي انحفرت في عينيّ؟ كيف أنسى الفتاة الأولى التي أهدتني أنوثتها، وحانات العربدة التي كانت تحتفي بقدومي مع الرفاق، فلا تتركنا قبل أن تتعثّر بسكرنا؟

هل خامرني مرّةً واحدة حنينٌ مماثلٌ لبيروت؟ لا أذكر...

لعلّ الوجوه الباهتة في ذاكرتي والمشاهد الممزّقة بالأبيض والأسود، هي ما كان يحرّك حنيني أحياناً لهذه المدينة. لقد كنت لبنانيّاً ذات يوم، حين كان لي هنا أمّ وبعض الرفاق، لكنّهم تخلّوا عنّي وأسلموني لحضن باريس. لم أعد أذكر منهم سوى بعض الصور المغبّشة، والأصوات الخافتة... فهل أعاقب قلبي لأنّي أقف على أرض وطني، وفي حضنه، ولا تنتابني أيّ عاطفةٍ حقيقيّةٍ نحوه؟ وهل عليّ أن أؤنّب نفسي على ميلي الآثم نحو باريس؟

أوليس الفرق شاسعاً جدّاً بين مدينةٍ وهبتني كلّ شيء دون أن تسأل، وأخرى سلبتني كلّ شيء، وأعلنتني منفيّاً ومنسيّاً؟

شعرت بالندم على مجيئي إلى بيروت بعدما كنت قد قطعت كلّ علاقةٍ تربطني بها! ماذا سأفعل الآن؟ هل أضرب بجورج وبرنامجه

ووعدي له عرض الحائط وأغادر؟ أم أفي بعهدي وأنتظر لأتعرّف إلى والدٍ وإخوةٍ وأمٍّ، لا أدري إن كانوا سيضيفون شيئاً إلى قائمة توقّعاتي؟

رحت أسير بلا وجهة، مرهقاً، ومتعباً، وتائهاً، تنتابني رغبةٌ في الصمت وفي الصراخ معاً، ولا أدري أين أحطّ برحلي.

خطرت ببالي يـارا... تلك الطفلة المجنونة التي نصحتني بحضن الوطن علاجاً لوحدتي. أين تراها الآن؟ فلتأتِ ولترَ ما يفعل بي وطنها، كيف يتلاعب بي، وكيف يُنازعني على حصّةٍ صغيرةٍ في طبق سكينتي. أين تراها الآن؟ لقد وعدتها في الصباح بأن ألتقيها مجدّداً قبل سفري، فهل سيكون مناسباً أن أقابلها ولم يمضِ على لقائنا الصباحي وقت طويل؟

فتحتُ جوّالي، وبكبسة زرٍ واحدة، صرت في أحضان صوتها.

– يـارا؟ أنـا آسـفٌ لإزعـاجـك، ولـكـن... أشعر بالحاجة لرفقة أحدهم...

ما هي إلّا دقائق حتى توقّفت سيّارتها الفضية الصغيرة أمام مدخل أحد المباني، حيث كنت أقف، مستنداً إلى وحدتي.

مشيتُ إليها وخطاي تتعثّر بأفكاري، ثمّ جلستُ قربها مكبّلاً بصمتي.

مطرٌ خفيفٌ يتهامى، صمتٌ ثقيلٌ يجثو بيننا، وكلماتٌ متعبة يحجبها ضباب الخيبة.

حاولتْ هي أخيراً أن تقطع حبل السكون، وتبدأ بصفّ الجمل:

– سعدتُ كثيراً باتّصالك، فلقد أنقذني من زيـارةٍ لا أرغب فيها... كنتُ على وشك مغادرة المنزل مع زوجة أخي، وسرعان ما اعتذرت منها عندما هاتفتني أنت.

أجبتها دون أن أنظر إليها.

– ولماذا علينا دائماً أن نستسلم لما لا نرغب فيه؟

بدوت مثيراً للشفقة باكتئابي، فأجابتني بمحبّة:

– لا أدري إن كنّا نفلح حقيقةً في استبعاد كلّ ما لا نرغب فيه من حياتنا، أظنّ أنّنا لا نملك الخيار دائماً، وعلينا مجاراة الواقع أحياناً بأقلّ الخسائر الممكنة.

– وهل توافقين بسهولة على تنفيذ ما يخالف رغبتك؟

– لا أدري، لعلّي أحاول الرفض أحياناً. ولكن... التمرّد لا يعني أنّنا محقون دائماً، المهمّ ألّا نستسلم.

لم أجب، واكتفيت بالنظر إلى الخارج، أمّا هي فتابعت:

– ما بك؟ أخبرني، كيف خالفت رغبتك اليوم، وماذا اقترفت بحقها لتكون مستاءً إلى هذا الحدّ، فلقد كنت تشرق ابتساماً في الصباح؟

– لا شيء... لا شيء مهمّاً حقاً...

حدجتني بنظرةٍ مبهمة، قبل أن تضيف:

– كما تريد، أنا سعيدةٌ بصحبتك في كلّ الأحوال، وسأكون الرفيقة الصبورة، لا تقلق.

– شكراً لك...

ابتسمت عيناها بمكرٍ وكأنّها تخطّط لتوقع بصمتي، وأطبقت شفتاها على جملةٍ لم تبصر النور، استبدلتها بدعوة:

– أعرف مطعماً إطلالته جميلة وطعامه لذيذ، سيحمينا من المطر، ويسدّ جوعنا... ما رأيك؟

وافقتُ بإطراقةٍ من رأسي، مع أنّي لم أكن جائعاً، وبعد عدّة دقائق وصلنا إلى مطعم الأمين. جلسنا في مقعدٍ مستندٍ إلى الواجهة الزجاجية التي تكشف التلال المقابلة، وأحراج الصنوبر المبلّلة وقد غمرها الضباب.

للمكان روائح معتّقة، يمتزج فيها الصنوبر والسرو مع ذرّات الضباب المتناثرة... روائح تحفر عميقاً في ذاكرتي، وزينة الميلاد البهيّة تتراقص فرحاً على أنغام هادئة.

في انتظار الغداء الذي طلبَته لنا يارا، سؤال بسيطٌ عن طبقي اللبناني المفضّل شرّع لنا باب الحديث، وقادنا للدخول على رؤوس الأصابع إلى حرم حياتي الشخصية.

تناسيتُ غضبي وصمتي في حضرتها، إذ بدت أسئلتها أشبه بلعبة «Tu oses ou tu dis la vérité»[5]، التي لطالما استهوتني أيّام المراهقة، فوجدتني أتحرّر من كدري شيئاً فشيئاً.

تنقلنا في الحديث بين الأدب والموسيقى والمدن والسفر، أخبرتني عن ولعها بالسينما والمسرح، عن كتابتها للمقالات في إحدى الصحف، عن قطّتها الجميلة، عن حبّها لبيروت، عن... وعن... واستطاعت أن تستدرج بوحي، فحدّثتها عن عملي وأصدقائي، عن باريس وحاناتها وأزقتها... وعن غيتاري الذي ملّ عزفي وجنوني...

راقني منظرها وهي تجلس قبالتي قطةً نهمة تنتظر هطولي، تسند خدّها بيدها اليمنى، وتستمع إليّ باهتمام. لعينيها صفاءٌ يبدّد في القلب كلّ لواعج التردّد والقلق، فكيف لي أن أقاوم رغبتي بالانعتاق في فضائهما؟

أثار فضولَها حديثي المتحفّظ عن بيروت فعلّقت قائلة:

– شادي... اعذرني لتطفّلي، ولكن يبدو لي أنّ لك قصّة مع بيروت، لا تزال تحمل شظاياها في أعماقك، فأنا ألمح الكدر في عينيك كلّما مررنا على ذكرها.

[5] لعبة القنّينة: وهي تقوم على فتل القنينة بين اللاعبين، وعلى مَن تتّجه إليه فوهتها أن يجيب عن أسئلة الآخرين الجريئة.

دهمتني فجأةً رغبةٌ بالبوح ووجدتُني عند باب الاعتراف، أمام قسٍّ من الجنس اللطيف، بوجهٍ ساحر وغمّازتين تبتسمان لبوحي تارةً، وتلجمان دمعةً تارةً أخرى...

أخبرتها عن طفولتي، يوم أسلمتني والدتي للمجهول. حدّثتها عن دار الأيتام، عن يوم السفر وذكراه الأليمة، وعن بداياتي في فرنسا، كيف كان كلّ شيءٍ هناك مختلفاً، الوجوه واللغة والأصدقاء والطرقات.

– صحيح أنّه لا قصف هناك، لا خوف، لا أخبار، ولكن، لا والدة أيضاً، ولا وطن...

حدّثتها عن Lilas، الأرملة الفرنسية التي ربّتني وعلّمتني ووهبتني الحبّ والحنان والرعاية بعدما فقدت زوجها وابنها الوحيد في حادث سيرٍ مروّع، فانقطعت عن الناس معتكفة في منزلها وسط صور ابنها وأشيائه وصوته وذكرياته، وتعاملت مع غرفته وكأنّه لم يرحل يوماً، كأنّها لم تصدّق أنّه لن يعود، كيف تصارعت مع الكفر مرّةً، ومع الضعف مرّاتٍ ومرّات، إلى أن صرعها الألم.

قلت لها:

– أتساءل أحياناً لو أنّي بقيت هائماً على وجهي من ميتمٍ إلى آخر، ومن جمعيةٍ إلى دار رعاية، فكيف كنت سأكون؟ هل كنت سأتخطّى العقبات النفسية الشائكة التي واجهتني؟ فمعظم أبناء الميتم يكبرون بعاهاتٍ نفسيةٍ تفسح في داخلهم متّسعاً كبيراً للحقد والشرّ.

– كلامك صحيح... لعلّ Lilas أنقذتك فعلاً، ووهبتك الحنان والأمان، ولكنّك كنت في الوقت نفسه بلسماً لها، ولوحدتها.

– نعم... كلانا كان يعيش مرارة الفقد، مع فارقٍ «بسيط»، هو أنّ ابنها رحل عنها دون إرادتها، فيما اختارت والدتي رحيلي عنها بملء وعيها وإرادتها.

تنهّدت معلّقة:

– الفقد... ما أصعبه! أن تستيقظ من نومك فإذا بك قد أصبحت وحيداً، وكل أسباب الفرح المحيط بك قد تبخّرت واضمحلّت... ولعلّ فقد الأبناء تحديداً هو ذروة الألم... عندما تتبخّر الأحلام التي قضيت العمر في رعايتها وكأنّها لم تكن يوماً.

– تتحدّثين وكأنّك فقدتِ عزيزاً!

– لا، أبداً... لا نحتاج لأن نفقد فعليّاً لنعيَ عمق الألم... يكفينا الواقع المرير من حولنا.

– معك حق... لطالما قرأت ذلك الوجع في عينيْ Lilas، مع أنّها حاولت أن تخفيه عن الجميع. لقد كانت أمّاً حنونة ورائعة، إلا أنّ الأمّ وحدها لا تكفي مهما كانت صلبةً ومتماسكة... فالصبيّ منّا يحتاج دوماً إلى أبٍ يزرع في أعماقه بذور القوّة والرجولة.

كانت عيناها تنتظران المزيد من الأخبار، لكنّ رنين هاتفها قاطع لهفتها تلك. اعتذرت منّي لتجيب على المكالمة، وبدأت حديثها بالعربية مع شخصٍ يُدعى د. نبيل، وأنفاس الدلال تفوح من كلماتها وابتساماتها.

شعرتُ بالفضول، لا أدري لماذا... ورحت أتأمّلها وهي مشغولة عنّي به. أبحرت في وجهها الذي يزداد جمالاً كلّما نظرتُ إليه، وتذكّرتُ حديثي مع صديقٍ لي في فرنسا عن ظاهرة الوجوه التي يبهرنا جمالها الأخّاذ في اللحظات الأولى التي يقع نظرنا عليها، ثمّ سرعان ما تبهتُ معالمها، ويضمحلّ جمالها شيئاً فشيئاً، حتى لا يبقى منها سوى ملامح خرساء باردة.

وفي المقابل، ثمّة وجوهٌ قد لا تدهشنا فرادتُها للوهلة الأولى، ولا يخطف أنفاسَنا سحرُها، ولكنّ لملامحها دفئاً خاصّاً ونبضاً مختلفاً،

تتسلّل إلى قلوبنا نظرةً بعد أخرى، فكلّما أبصرناها شعرنا بأنّ جمالها يتجدّد ويزداد يوماً بعد يوم.

أنهت مكالمتها بعدما أكّدت لمحدّثها أنّها ستلتقيه ليلة رأس السنة، تاركةً لي إثم ظنوني...

نظرتُ في وجهها نظرة من يحمل في نفسه سؤالاً قد تلعثم به لسانه، ثمّ قلت والتردّد بادٍ على محيّاي:

– يارا! عذراً على السؤال، هل أنت مسيحيّة؟

وبحاجبين مقطّبين استغراباً أجابت:

– كلا... أنا درزية، ولكن لماذا تسأل؟

في الحقيقة، لم أكن أتوقع جوابها، ولكنّي تابعت كلامي:

– ولو أخبروك مثلاً بأنّك مسيحية ولست درزية كما تعتقدين، فكيف سيكون ردّ فعلك؟

– يُخبرونني؟ تعني أنّي كنت مشتبهة؟

– لنفرض ذلك.

– ممم، لا أعرف... لا أظنّ أنّ الأمر وارد، إذ لا يشتبه على أحدٍ في لبنان مذهبُه أو طائفتُه، فهو الأمر الأكثر ثبوتاً منذ لحظة ميلادنا. تخيّل، في لبنان وحده، يُسجّل المواطن في سجلّات الدولة بمذهبه، ويحمل ذلك وزراً في إخراج قيده... إنّه المعلومة الأهم هنا يا صديقي، أهمّ من اسمك، ومهنتك، وحقيقتك.

خفت الحديث بيننا وقد أقبل المساء هادئاً من خلف التلال الصنوبرية، حاملاً في طيّاته سكينةً غامرة... استعر البرد فجأةً، فلملمنا بوحنا على عجل، واتّجهنا صوب المنارة، ووجه أبي يرتسم أمامي في كلّ شيء، يطلّ من هنا تارةً، ويعبر الطريق هناك تارةً أخرى...

اليوم الثالث

الأحد 28 ديسمبر

لا ليل يكفينا لنحلم مرّتين...

محمود درويش

الثامنة والنصف صباحاً، المنارة، بيروت.

استيقظ الصباح في غرفتي هادئاً، مسكوناً بطيف والدي وقد عاد وجهه من جديد، شفّافاً، ليدفئ أحلامي الباردة.

عينان عسليّتان صافيتان، وذراعـان مشرّعتان في الفضاء، باتجاه الطفل القادم من بعيد. ولكنْ، ثمّة إضافة طرأت على الحلم هذه المرّة، إذ رافقت والدي في المنام حمامتان بيضاوان وعصفورٌ صغيرٌ بجناحين فيروزيّين، كانت تحطّ جميعها على كتفيه، وما إن وصل بالقرب منّي، حتّى انتقلت الطيور منه إليّ، فحطّت الحمامتان على كتفي، وتغلغل العصفور في حضني مرتبكاً وخائفاً.

اقتربت من أبي مبتسماً، فغمرني بذراعيه، ثمّ همس في أذني «هذه هديّتي لك، لا تنسَني يا بنيّ»، واختفى فجأةً، وكلّ ذرّةٍ فيّ تستصرخه وتستبقيه.

عندها، أصدر العصفور زقزقةً حزينة، وراح يلامس بريشه خديّ، وكأنّه يكفكف دموعي، ثمّ أطلّت الشمس من خلف البحر على عجل، واختفت الطيور الثلاثة في عمق السماء.

جلست على الأريكة، مقابل البحر، أفكّر في هذا الحلم...

هي ليست المرّة الأولى التي يأتيني فيها والدي في المنام بوجهٍ شفيفٍ وصوتٍ دافئ، بل إنّي عشقت أحلامي لكثرة ما كان يحتضنني فيها، على عكس والدتي التي لا أذكر أنّ طيفها زارني مرّةً من قبل، مع أنّي أعرفها... أذكر وجهها وصوتها وملامحها...

فكّرت في والدي...

تُرى ما شكله؟ ما عمره؟ هل تشبه ملامحه الوجه الذي يتراءى لي دائماً في المنام؟

وفكّرت فيّ أنا...

ما الذي سيضيفه وجوده إلى حياتي؟ وهل يحتاج رجلٌ في مثل سنّي إلى حضن أبيه؟ لقد استوفى العمر رشده، ولم أعد ألهث خلف الحنان الذي افتقدته طفلاً، فلماذا لا يكفّ طيفه عن ملاحقتي؟ ولماذا يطغى عليّ الحنين كلّما مرّ بخاطري، وكأنّه لم يكن مسؤولاً عمّا حدث لي؟

أليس من المحتمل أن يكون هو من تخلّى عنّي بإرادته، وقذف بي إلى حمم اليتم بنفسه؟ أم هو قُتل فعلاً أيّام الحرب؟ وإن كان الأمر كذلك، فأين هم إخوته وأهله؟ ألا يجدر بهم أن يسألوا عن حفيدهم الذي استفرد به اليتم والبؤس؟

سرحتُ في الأفق الممتدّ أمام نافذة الغرفة متسائلاً «ماذا لو أصبحتُ أباً؟».

هل سيكون بإمكاني أن أبني علاقةً عاطفيةً سويّةً مع أبنائي؟ أنا الذي حُرمت حضن والدي طيلة حياتي، هل سأفلح في أن أزرع في

أبنائي بذرة الحب الأبوي التي لم تنبت يوماً في قلبي؟ هل سأتقن فنّ التواصل معهم وأنا لم أخبر يوماً كيف يتعامل الوالد مع أبنائه؟ كيف يحبّهم، كيف يُدلّلهم، كيف يُعلّمهم فنّ الحياة، كيف يرشدهم أو يعاقبهم عندما يُخطئون؟ وكيف يضّمهم إلى جناحيه حين يخافون؟

عدت إلى حاسوبي لأبحث على شبكة الأنترنت عن جوابٍ لأسئلتي. فتحت محرك البحث «غوغل» كما فعلت تماماً قبل يومين في فرنسا، مستفسراً عن «La famille Chaabane»[1].

مقالان أو ثلاثة بالفرنسية عن صحافيّ لبناني يُدعى علي شعبان لقي حتفه عند الحدود اللبنانية السورية أثناء وجوده هناك مع فريق التصوير الخاص بقناة الجديد، ومقالان آخران عن سجينٍ في السجون اللبنانية يُدعى يوسف شعبان، ثم تحقيقٌ عن سيّدة سوريّة تُدعى بثينة شعبان.

لا شيء عن جذور عائلتي، أو عن مسقط رأسي. أسماءٌ كثيرة على الموقع تنتمي لعائلة شعبان، ولكنّها لا ترفدني بشيءٍ عن أصلي وفصلي.

قرّرتُ البحث بطريقة مختلفة بعدما ترجمتُ عنوان بحثي من الفرنسية إلى العربية على «غوغل ترانسلايت»، ليصبح «عائلة شعبان». بالإضافة إلى عددٍ من المقالات بالعربية، عثرتُ على صورتين لمجموعةٍ من الرجال والشبّان، تبدو كأنّها أُخذت في مناسبةٍ عائلية.

تأمّلتُ الصورتين جيّداً وتفرّستُ في الوجوه والملامح، محاولاً العثور فيها على شبهٍ معي، أتُراني أنتمي إلى هذه العائلة؟ وهل يكون هذا الوجه الستيني وجه والدي؟

لم أعثر على أيّ إجابة، فأذعنت سريعاً.

1 عائلة شعبان.

الثامنة والنصف صباحاً، منطقة الظريف، بيروت.

استيقظتُ في وقتٍ مبكرٍ جداً، لم تفارق عيناي عقارب المنبّه منذ السابعة صباحاً. كان عليَّ أن أستعدّ لموعدي مع شادي في تمام العاشرة، بحسب اتفاقنا مساء أمس.

أحضرت لي جانيت فنجان النسكافيه، ووضعته على الطاولة الصغيرة، قرب سريري الذي يغصّ بالملابس الملقاة هنا وهناك بعشوائية مضحكة، وابتسمت وهي تراني أقف أمام الخزانة ملتحفةً روب نومي الزهري، وعلى وجهي قناع العسل، أنظر في الملابس المعلّقة أمامي، أقلبها الواحد تلو الآخر، بانتظار أن يقع اختياري على أحدها.

ابتسامتها الودودة تشي بأنها قد كشفت سرّي وتنبّهت إلى أهمّية الموعد الذي أنتظره. هي تعرفني منذ سنواتٍ طويلة... صحيحٌ أنّي «إم عجأة»[2] كما يحلو للجميع أن ينادوني، إلّا أنّ جانيت تحديداً كثيرة الثناء على طبعي القنوع في كلّ شيء، ولطالما فضّلتني على أختي سارة الـ«نِيئة»[3]، التي لطالما أتعبت خادمتنا في الكيّ والتوضيب وكثرة الطلبات... لا بدّ من أنّ جانيت تراني اليوم مختلفة ومضطربة وربما «نيئة» أيضاً كأختي.

استوقفتها للحظة...

– جانيت... جانيت... شو قَوْلِك؟ أيّ واحد أحلى... هيدا أو هيدا أو هيدا؟

من بين المجموعة التي أشرتُ إليها، اختارت لي خادمتي القميص الزمرّدي، فهي تراني أجمل بالألوان الزاهية. امتثلت لها وأنا أعيد الفستان الكحليّ إلى مكانه، ثمّ جلست أحتسي قهوتي الباردة.

2 تعبير في المحكيّة اللبنانية يُطلق على من كان عجولاً وغير منظّم.
3 تعبير في المحكيّة اللبنانية يُطلق على الكثير التذمّر، من لا يعجبه أيّ شيء.

فرحٌ خفيّ تراقص في داخلي فارتعشت معه روحي، وإذا بعينيّ تبتسمان كلّما حدّقتُ في المرآة. «لماذا يا ترى؟» سألني القناع الذي أضعه على وجهي... «هل أنتِ على موعدٍ غرامي مثلاً؟».

كان محقّاً في السؤال، فأنا نفسي لا أعرف لماذا أولي مظهري اليوم كلّ هذا الاهتمام؟ أولم أعتدْ هذه المشاوير المحفوفة بجوّ الصداقة مع الزملاء والطلاب في الجامعة؟ فما سرّ ابتهاجي برفقة شادي؟ ولماذا أصرّ على أن أبدو في أجمل هيئة؟ وما هذه السعادة الدفيقة التي تطوّقني منذ يومين؟ لا بدّ من أنّي أراهق، من جديد...

عند العاشرة تماماً كنت أنتظره، بكامل أناقتي، أمام الفندق. ماكياجٌ صباحيّ خفيف يلوّن بهجتي، وتسريحةٌ ناعمة تنعش إطلالتي. ما هي إلا دقائق حتى أطلّت ابتسامته من خلف الزجاج شمساً ربيعية... كم يبدو وسيماً بطلّته الكلاسيكية... سمرته العربيّة تزيده وقاراً، وفي عينيه الواسعتين آفاقٌ لحيواتٍ كثيرة وقصصٍ بنكهة الحنين...

انطلقت المركبة بنا مسابِقةً خطوات البحر على الرصيف المقابل.

ساد الصمت الدقائقَ الأولى للرحلة، فيما كان الراديو يصدح بأغانٍ صباحية، وعندما رفعتُ صوت الجهاز احتفاءً بمرور مروان خوري، ابتسم شادي لدندنتي، وأنصت مصغياً.

شعرتُ به قد غاب للحظات في عالمٍ آخر مع صوت مروان وهو يشدو «لو فيّي»...

لو فيّي...
رجّع بإيدي العمر ولنّو مرّة،
ترجع إلي بالليل هاك الغمرة،
سكّر عليكِ الوقت غلّ ونام...

لو فيّي
ردّ الحكي وقت اللي كنتِ تقولي
بحبَّك أنا وعيونِك يغنّولي
أحلى قصيدة ورجّع الإيّام...
وين راحوا لفتاتِك المليانة حب وغيرة
شو اللي غيّرك واللي كبّرِك يا صغيرة
شو اللي علّمِك عالبعد والأحزان؟
ما ارتاحوا عيوني أنا من يوم صرتِ بعيدة
ولا عاد غيرِك إيد تمسك إيدي
ولا عاد يذكر حبنا النسيان.

انتهت الأغنية، فخرج صديقي عن صمته وسألني عن علاقتي بأغاني فيروز، وكم فوجئ عندما أخبرته بأنّي لست من المولعين بها. قال لي:

– كلّما التقيتك ازددت يقيناً بأنّنا مختلفان كثيراً، أشعر بأنّني أكبرك بربع قرن.

– حقاً؟ أظنّك تبالغ! أكّل هذه الاستنتاجات لأنّني لا أهوى فيروز؟

قلتها بتحبّب قبل أن يعود شبح الصمت مجدّداً.

راحت الطريق تتلوّى صعوداً في منعطفات الجبل الممتدّ على يمين البحر يحرسه، وبدا كأنّ صور الطفولة اصطفّت أمام عيني شادي، فاندحر الصمت فجأة، وراح صديقي يخبرني عن المشاهد التي علقت برأسه من طفولته، وعن تشابه الطبيعة التي تعبر عينيه الآن مع مناظر الماضي.

– قلتَ إنّك أتيت إلى لبنان بعد رحيلك الأول، أليس كذلك؟

– نعم... زرته لسنتين على التوالي في عامي 85 و86 وأمضيت إجازة الصيف مع أقراني في الدار. يومها، لم ترحّب Lilas بذلك، فقد كانت تخاف عليّ من غدر الحرب، وتخشى أيضاً أن تستعيدني أمّي من جديد.

– وأنت؟ هل كنت تخشى ذلك؟

– لا أذكر جيّداً، ولكن أظنّني تمنّيتُ كثيراً لو تمسّكت بي والدتي في إحدى الزيارتين ومنعتني من العودة لأيّ سبب. لطالما تمنّيتُ أن تأخذني معها إلى حيث تقيم، أو حتى أن تستبقيَني في الدار، ما كنتُ لأبالي. كنت فقط أريد أن أشعر بأنها تريدني فعلاً، وأنها تفضّلني على وحدتها، ولكنّي في كلّ مرّةٍ كنت أُصاب بالخيبة، لأجد نفسي من جديد في أحضان باريس.

– أنا أقدّر شعورك ولكن، ألم يُنسك الزمن غضبك؟

– ممممم... يبدو أنّ ألم الطفولة نقشٌ على حجر.

ابتسمت ممازحة:

– أيّها الطفل الكبير... أتعلم؟ لديّ شعورٌ بأنّك لم تكن يوماً طفلاً!!

– وهل أنا مكشوفٌ إلى هذا الحدّ؟

ابتسمتُ له بمحبّة:

– لا... أبداً... أنت شفّافٌ إلى هذا الحدّ...

– لا أدري إن كان ذلك في مصلحتي، ولكن كلامك صحيح... مذ غادرت لبنان، تولّد لديّ شعورٌ بأنّي قد نضجت مرّةً واحدة، واختصرت بأيّامٍ قليلة سنواتٍ من الطفولة والتمرّد، لقد نشأت كهلاً... بكلّ ما في الكهولة من عجزٍ وخيبة... اليتم يا عزيزتي عاهةٌ تورثك الشعور بالنقص، فكيف بمن عاش اليتم وأبواه على قيد الحياة؟

للحديث على لسانه نكهة المرارة. شعرت بالحزن له وبالشفقة عليه، ورحت أفكّر في والدته وموقفها الغريب من ولدها الوحيد... ثمّة شيءٌ مريب في حكايتها يجعلني أتعاطف مع شادي دون التفكير بأيّ مسوّغٍ لها، شعرت برغبةٍ في لقائها والتحدّث إليها، والاستماع إلى أعذارها، فهل تراني سأعذرها؟ وهل من مسوّغات منطقيّة لديها أخفاها عنّي شادي؟

ارتسمت صورتها في مخيّلتي جافة، متكسّرة... لا بدّ من أنّها تختلف عن والدتي وعن كلّ الأمّهات اللواتي أعرفهنّ، لعلّي سمعت سابقاً عن أمّهاتٍ فضّلن الطلاق والتخلّي عن أبنائهنّ لأسبابٍ عديدة، ولكنّ فكرة التخلّص من ولدها بهذا البرود أمرٌ يدعو إلى الكثير من التساؤلات.

أخذتني أفكاري من شادي ووالدته إلى الأطفال اليتامى ومشاعرهم، وإلى المبعثرين في الطرقات عند إشارات السير، والقابعين في دور الرعاية بلا أهل، إلى كلّ أولئك الذين يعاني بعضهم من فقرٍ عاطفي مدقع، وينتظر بعضهم الآخر أن يخرج من سجن الدار إلى الحرّية في الخارج، فيما يحلم آخرون بعيون أمّهاتهم ولمسة آبائهم...

ما أقسى هذا العالم!

هل أحتاج لأن أكون أمّاً لأشعر بقسوة ذلك كله؟ شعرتُ بأنانيّتي ولاإنسانيّتي، وزيف قلبي الذي لم يفكّر يوماً بمعاناة الناس بطريقة حقيقيّة، لم يذهب يوماً أبعد من نشرة أخبار ليذرف دموعاً عابرة على مآسي أطفالٍ كان من الممكن جداً أن أكون واحدة منهم في يومٍ من الأيام.

فكّرت في Lilas، وفي تبنّيها لشادي! ما أهون ذلك في الغرب... هناك، أنت لا تحتاج سوى رغبة حقيقيّة في أن يكون لديك طفل...

أمّا هنا، فأمامك قائمة طويلةٌ من الأسئلة، سين وجيم واستفسارات... لماذا تتبنّى ولداً، هل أنت عاقر؟ هل وافقت عائلتك؟ وكيف ستؤوي في بيتك من لا علم لك بأصله؟ ووو...

لا أدري لمَ كلّ هذه الأفكار تأكل رأسي دفعةً واحدة؟! وهل من الممكن أن أفكّر يوماً بتبنّي طفلٍ مثلاً؟

وصلت بنا السيّارة إلى مطعم «مخلوف» في جونية القديمة. جلسنا في ركنٍ جميلٍ هناك، حيث للميلاد نكهةٌ مختلفة، تتراءى في كلّ شيءٍ، في الزوايا، وفي شجرة العيد، في إضاءات الثريّات، وزينة الطاولات والكراسي.

كل شيء هنا يقرع أجراس الميلاد، ويحتفي به.

حضر الإفطار بعد قليلٍ، وبدأت الإرشادات الغذائية... أجبرت صديقي على أن يتذوّق كلّ شيء، وكأنّني أريده أن يستعيد كلّ ما فاته من ملذّاتٍ بعيداً عن لبنان... فهل تراني أشفقُ عليه؟ لا أدري... خلطة مشاعر متنوّعة انتابتني وأنا معه... وجرفتني عيناه في موجةٍ هادرة، ما لبثت أن انحسرت بسرعة.

ماذا دهاني؟ ما الذي يحدث لي؟ لا أدري.

حاولت الهروب منه إلى الكلام عنه...

– شو؟ طمنّي... كلّ شي ع زَوْءَك؟ بدي ايّاك تدوء[4] كلّ شي...

– ...

– شي مرّة جرّبت طعم البصل مع الفول؟ بيشهّي... كول وما تهتم... المهم تكون مبسوط!

ابتسم لي وعبرت عينيه ومضاتُ حنين، فسألته:

– في بعيونك حكي... شو القصة؟

[4] على ذوقك، تتذوّق.

– في الحقيقة، لقد مرّ زمنٌ طويل على تناولي إفطاراً لبنانيّاً بهذا الشكل، مع أنّني أفطر أحياناً مع صديقي منصور وعائلته على الطريقة العربية، ولكن بنكهةٍ جزائرية. أمّا هذه المائدة، فقد أعادت إليّ ذكرياتٍ لن أنساها.

– حقاً؟! هيّا... أخبرني...

– كنتُ في الخامسة عشرة من عمري يومها، وكانت Lilas مضطرّةً للسفر إلى Nice، لكي تشارك في دفن عمّتها، فأصرّت Tante حنان، جارتنا اللبنانية، على أن أمكث عندهم ريثما تنتهي مراسم العزاء، بدل أن أبيت بمفردي في الشقة. يومها كنت مغرماً بجوليا، وكانت تلك من أجمل الأيّام التي قضيتها برفقتها.

– شووووو!!!! في حبّ وغرام؟؟؟ وبعدك ساكت؟؟؟

ابتسم وهو يغمز لي بعينه متسائلاً بلبنانيةٍ مماثلة:

– شو؟ شايف تحمّستي لمّا بلّشنا بالغرام؟!

– أكيد طبعاً... يللا خبّرني...

– في الحقيقة، كانت أيّاماً جميلة قضيتها معها تحت سقفٍ واحد، سهرنا معاً حتى ساعاتٍ متأخرة، لعبنا، ضحكنا، عزفنا على الغيتار، وشاهدنا التلفاز، وتذوّقت يومها طعم العائلة، وأهميّة أن نعيش في كنف أبٍ وأمٍّ وإخوة. غمرني حبّ جوليا وأنا على مسافة بابٍ واحدٍ من غرفتها، أنام على أريكة بيتها، وأتلحّف بشرشفٍ ربّما احتضن جسدها يوماً. خُيّل إليّ أنّها قد تأتي ليلاً لتدثّرني، أو لتطمئّن عليّ، فأسرق من شفتيها قبلة، ولكنّها لم تأتِ، واكتفت بإرسال طيفها في المنام.

في الصباح، استيقظتُ من نومي لأجدها أمامي بوجهها الملائكي نصف النائم، وملابس نومها الملوّنة، وكأنّها تنتظرني أن أصحو. شعرت يومها بأنّي أسعد عاشقٍ في العالم...

كنت أتابع الحكاية بشغف، وفي قلبي أسئلةٌ كثيرة، ولكنّي لم أقاطعه:

– جلست بقربها في الصالة، تحدّثنا قليلاً ثمّ صمتنا، وإنقاذاً للموقف، أحضرت هي مجموعة الطوابع التي كانت تجمعها منذ وقتٍ طويل لنطّلع عليها معاً وكأنّني لم أرها مرّاتٍ ومراتٍ من قبل. كم تمنّيت حينها لو كنت طابعاً بريدياً لأبقى معلقاً في أشيائها، تطالعني عيناها، وتعبث بي يداها وشفتاها.

بعد ذلك جلسنا جميعنا إلى المائدة، إذ حضّرت لنا والدتها فولاً مدمّساً على الطريقة اللبنانية، مع صحنٍ جانبيٍ من البقدونس والبصل والبندورة المقطّعة قطعاً صغيرة.

اكتشفت في ذلك الصباح معاني كثيرة للحب، وأدركت روعة أن يصحو الإنسان على وجه من يحبّ، وأن يبدأ يومه من عمق عينيه، ويشاركه طعامه وكلامه وصمته وضحكه.

– أتعلم؟ جميلٌ أن تحتفظ بكلّ هذه الذكريات وبالتفاصيل الدقيقة... ولكنّي لن أتركك قبل أن تخبرني قصّة غرامك بالتفصيل...

– إنّها قصّة طويلة...

– وأنا ما عندي شي... يللا خبّرني... عم إسمعك!

راح يخبرني والحنين يشعّ من عينيه...

– كانت جوليا في بداية عامها الثامن، عندما بدأت إقامتي في منزل Lilas... طفلةٌ صغيرةٌ بذؤابتين كستنائيتين ووجهٍ حنطيّ مستدير. عيناها العسليّتان تزدحمان بالشقاوة والفرح والغموض، ولها غمّازةٌ في خدّها الأيمن تختبئ فيها أسرابٌ من الأسرار الملائكية.

صرت أرتاد معها ومع أخيها حسام مدرسة الحيّ، وسرعان ما أمست هذه العائلة الصغيرة وجه لبنان الذي أحبّ، وذاكرة لبنان التي

لن أنسى، وبوصلة قلبي إذا ما توّهتني الحياة، فلقد احتضنوني جميعاً بحفاوةٍ كبيرة، نظراً لجنسيتي الأصلية، ومراعاةً لظروفي العائلية.

– ممم... يعني حبّ من اليوم الأول؟!

– لا أدري... ربّما... وربّما لم يخطر ببال الحبّ أن يضرب لنا موعداً... لعلّنا سبقنا كلّ المواعيد وأيقظنا كلّ الأحلام... أحببتها... أحببتها جداً... كانت بالنسبة لي الوطن الذي حُرمت منه، ولعلّي أحببتُ لبنان لأنّه كان مرسوماً في عينيها... لا أدري...

– وكم استمرّ حبّكما؟ وأين هي اليوم؟ لماذا لم تتزوّجا؟

– استمرّت صداقتنا عشرة أعوامٍ تقريباً، كنت ألتقيها كلّ يوم، وأقبّلها كلّ يوم، وأحلم بها كلّ يوم، ولعلّ علاقتي بها وبعائلتها كانت سبباً رئيساً في تقبّلي باريس ومجتمع التبنّي ونظرة الناس إليّ. ولكن في عام 1994 قرّر والداها العودة إلى لبنان.

– لماذا؟

– بعد أن وضعت الحرب أوزارها، وانتعشت البلاد وبدأ اللبنانيون بترميم الجراح كان للعمّ سليم حينها نظرته الخاصّة في ما يتعلّق بمستقبله ومستقبل أبنائه، فهو حائزٌ دكتوراه في العلوم السياسية من جامعة السوربون، وبإمكانه العمل في جامعات لبنان، وابنه حسام في نهاية مشواره الجامعي، وجوليا في بدايته، فارتأى أن يعودوا، ويبدأوا تأسيس حياتهم، ويجدوا مكاناً لهم في نهضة لبنان بعد الحرب. هذا ما صرّحوا به إبّان السفر، مع أنّي كنت أشعر بأنّ كلّ ما ذُكر لي كان سبباً إضافياً للسبب الرئيسي، وهو إبعاد جوليا عنّي.

– ولماذا لم تلحق بها؟

ارتشف رشفةً من فنجانه قبل أن يتابع:

– لقد كان من الصعب جداً أن أترك Lilas بعد كلّ ما منحتني، وبعد تعلّقها الشديد بي، كما كنت لا أزال في بداية مشوار الهندسة، ولا أفق لحياتي هنا...

– وجوليا؟ ألم تكن تحبّك؟ لمَ لم تتمسّك بك؟

– بلى! طبعاً! كانت تبادلني حباً مجنوناً، لكنّ عودتها إلى لبنان قطعت الطريق على كلّ أحلامنا، بالإضافة إلى رفض والدها القاطع بشأن ارتباطنا بسبب جذوري وديانتي وما إلى ذلك.

– تقصد أنّكما لا تنتميان لطائفةٍ واحدة؟

– نعم. لقد كان ذلك سبباً رئيسياً في رفض أهلها فكرة ارتباطنا، بالإضافة إلى أنّني ابنٌ بالتبنّي، ولا علم لهم بأصلي وفصلي.

– طيّب... ألم تتواصلا منذ ذاك أبداً؟

– بلى! لقد بقيتْ على تواصل هاتفيٍ معي طيلة فترة تردّدها على الجامعة إلى أن هدأت وتيرة الاتّصال بيننا شيئاً فشيئاً، فلم أعد أشعر بقربها، وصارت تتأخّر في الردّ على بريدي، حتى علمتُ بأنّها ستعلن خطوبتها رسمياً وأنّها تحضّر للزواج بشابٍ لبنانيّ، وعندها قطعت كلّ اتصالٍ معي.

أومأتُ برأسي وأنا أجيب:

– للأسف. أنتَ لم تحارب بما يكفي للاحتفاظ بها ولم تُشعرها بمدى أهميّتها في حياتك. النساء يرحلن بصمت عندما يكفّ الرجال عن التمسّك بهنّ.

– ربّما كان كلامك صحيحاً! ولكن هي أيضاً استسلمت من الجولة الأولى ولم تمنح حبّنا أيّ فرصة! لقد حاولتُ مراراً أن أُقنعها بالعودة إلى باريس والارتباط، ولكن لم يكن على لسانها يومها سوى عبارة واحدة «مستحيل».

– أظنّ أنّ البعد سببٌ في فتور مشاعرها نحوك، ألا يقولون «بعيد عن العين بعيد عن القلب»؟ ربّما كان في اكتشافها عالماً جديداً مختلفاً عن باريس، ومحاطاً بالأهل والأقارب والوطن، تعويضٌ عن حبّها لك.

– لقد وجدت نفسها في بيروت. أشعر بذلك في أعماقي، وأنا سعيدٌ لأجلها.

– هل ما زلت تحبّها؟

– كلا، لقد تعلّمت مع الوقت نسيانها، وإن كنّا كبشر، لا ننسى تماماً...

– ولماذا إذن لم تتزوّج حتى الآن؟

– لا أدري... لم يحدث أن فكّرت يوماً بارتباط جديّ...

– أولم تفكر بالبحث عن جوليا ولقائها من جديد، خاصّة أنك في لبنان؟

– لم أفكّر بذلك... مذ اختارت رجلاً غيري... لقد بحثت عنها مرّةً على الفايسبوك ولكنّني لم أوفّق، ومضى الوقت ولم أعد أهتمّ.

لا أدري لماذا شغلتني قصّته مع جوليا وشوّشت أفكاري ونحن في طريقنا إلى سيّدة حريصا... تململ قلبي فضولاً وراح يلهج بأسئلة كثيرة... أتراه الفضول النسائي عندما يتعلّق الموضوع بالحبّ، أم هي الغيرة التي تقرع قلوبنا نحن النساء، عندما نلتقي رجلاً رومنسياً، على قدرٍ كبيرٍ من الوفاء لحبيبةٍ أصبح وجهها من الماضي؟

تخلّصتُ بصعوبة من أفكاري عندما سألني عن حريصا، وأهميّتها، فيما السيّارة تصعد بنا إلى هناك، حيث المزار المتواري على قمّةٍ عالية، ووجه السيدة العذراء يرتفع مكلّلاً بالنجوم، وكأنّه يحرس سماء لبنان.

لاحظت في عينيه بريقاً مختلفاً. قال لي:

– مكانٌ ساحرٌ فعلاً، يفوق كلّ ما شاهدته حتى الآن في لبنان.

– صحيح... لهذا المزار مكانةٌ خاصّة في قلوب اللبنانيين.

أخبرته كيف أنّ عدداً كبيراً من الناس يصعدون القمّة باتجاه المزار حفاةً برغم البرد الذي يلفّ الجبل، لكي يفوا بنذورهم للعذراء، أو ليعقدوا لها نذوراً، ويشعلوا شموع الولاء والإيمان.

أخذتنا خطواتنا فوق الأدراج العالية وصولاً إلى القمّة حيث وقفنا على مقربةٍ من التمثال، وانبسطت أمام أعيننا بيروت، وقد لامس الجبل البحر...

راح شادي يتأملّ التمثال بعنايةٍ واهتمام، وعيناه غارقتان في الدفء المنبعث من وجه العذراء مريم، ثمّ فتح ذراعيه في الهواء وكأنّه يحلّق فوق سحب الأمان التي تتناثر من يديها وهي تحاول أن تحتضن لبنان كلّه وتمطره سكينة وسلاماً.

– أظنّني زرتُ هذا المكان يوماً! فأنا أعرف هذه الرائحة جيداً، وهذا البخور العالق بتلابيب الذاكرة! لا بدّ من أنّي عبرت يوماً تلك الباحة، ولامست قدماي بلاط هذه الأدراج اللولبية. لا بدّ من أنّي زرت هذه البقعة يوماً! ربما أتيتها مع أيتام الدار والست نادية! وهذه الشموع! أكاد أراها في ذاكرتي تتراقص بالأبيض والأسود...

وصلني إحساسه جيّداً، ذلك الفضول الذي ينتاب الناس عندما يشعرون بأنّهم أمام مشهدٍ «déjà vu»، يعيد نفسه عليهم بصورة ضبابية تضعهم بين الشك واليقين، فيتراءى لهم أنّ المكان متطابق، وأنّ الروائح والوجوه هي نفسها، وأنّ الحوار يتكرّر بالحرف...

أشفقت عليه من سطوة الذاكرة، فحاولت الوقوف بينه وبينها.

– شادي! لعلّ الأمور اختلطت عليك، وخدعتك الذاكرة بصور لبازيليك le Sacré-Cœur في باريس؟ فهي تتشابه نوعاً ما مع هذا

الصرح، بلونهما الأبيض وقببهما الحجرية، وأدراجهما العالية، والباحة والإطلالة الجميلة من ارتفاعٍ شاهق؟

– ربّما... لا أدري... لعلّه شوقي إلى باريس... فكلّ شيءٍ هنا يأخذني إلى مقاربةٍ معها...

دخلت معه الكاتدرائية المقابلة لتمثال السيّدة العذراء... هناك، أشعل شمعةً وتضرّع متمتماً بصلاة. راقبته من قريب ومن بعيد ومن كلّ الاتجاهات، وكأنّني أحصي أنفاسه.

شعرت به طفلاً يقف أمام عتبات وطنه مجرّداً من كلّ شيء، من حقده ومن ألمه ومن يتمه. طفلٌ يبحث له عن أيّ شيء قد يربطه بهذه الأرض... ما أصعب أن يعيش المرء بلا جذور، وكأنّه زبدٌ يطفو على سطح الزمان والمكان.

خُيّل إليّ أنه ينقّب في أعماق الماضي عن جذورٍ نسيها ذات يومٍ في هذا التراب، لعلّه يجد نفسه محفوراً على حجر مبنى هنا، أو منسيّاً في زاوية حرجٍ هناك.

بدا اللقاء محفوفاً بالألم... لم أتوقّع أن تؤجّج سيّدة حريصا كلّ هذه المشاعر في قلب شادي، ليرتجف صوته وهو يشكو لي قسوة لبنان وظلمه.

– سحقاً لهذا الوطن! ما أظلمه! لطالما كان قاسياً عليّ، ولطالما حرمني أبسط حقوقي، ولم أحظَ حتّى بقربي منه... وها أنا ذا، أخشاه الآن! أخشى ألّا يتذكّرني... لماذا؟ لا أدري... صحيحٌ أنّي تناسيت الماضي وتجاهلته ولم أعد أهتمّ... إلّا أنّي أخشى أن يتنكّر لي لبناني هذا الآن لأنّ لا داتا لي في ملفاته الثبوتية... وكأنّ كلّ الصور والذكريات والأقران والميتم ليست جزءاً من الوطن؟

أيّ وطنٍ هذا الذي لا ينظر في قلب مواطنيه ليستشعر انتماءهم إليه؟ وماذا عن الآلاف الذين لهم حكايتي ومعاناتي نفسها؟

أولئك الذين نفاهم الوطن بجرّة قلم عندما كتب ذات حربٍ في أوراقهم الملعونة «تمّ التخلي عنه». أولم يكونوا لبنانيين هم أيضاً؟ أولم تسرِ في دمائهم جينات لبنان؟ أوليس من حقّهم أن يعودوا هم أيضاً، وأن يستعيدوا وسط عائلاتهم وذويهم أماكن سُلبت منهم يوماً؟ ألا يحق لهم أن يتعرّفوا إلى أشباههم من إخوتهم وأقربائهم؟

كان الألم يرشح من صوته وأنفاسه وهو يخبرني كيف يعتريه الصمت كلّما ذهب إلى عيادة الطبيب أو إلى أحد مستشفيات باريس، وكيف يرتبك حائراً كلّما سألته الممرّضة عن تاريخ عائلته مع الأمراض الوراثية... فهو لا يدري إن عانى أحد أجداده أو أقربائه من الألزهايمر مثلاً... لا علم له إن وقع أحدهم ضحيّة السكّري أو السرطان أو الصرع أو الربو الذي يلازمه منذ سنواتٍ عديدة، فيجد نفسه في النهاية أمام جوابٍ وحيد «لا شيء... لا وجود لأمراض وراثية في العائلة».

تملّكتني فجأةً رغبةٌ ملحّة في الكتابة... فأنا لم أكتب منذ مدّة، ولا أظنّني سأكتب عن موضوعٍ أبلغ من هذا، ولكن... هل ستتمكّن الكاتبة التي عاشت في كنف أمٍّ وأبٍ احتوياها بكلّ عواطف العالم، من أن تعيش على الورق شعور طفلٍ نفته والدته من حضنها إلى أقاصي الدنيا؟ هل ستتمكّن فعلاً من أن تصوّر ألم شابٍ لم يختبر يوماً حضن الأب والإخوة والعائلة؟

عند عتبات مغارة جعيتا، في وادي نهر الكلب، كان البرد قد بدأ يتسلّل إلى جسدي.

رنّ هاتف شادي ونحن نستعدّ للنزول، فاستأذنني في الردّ... كان اتّصالاً فرنسياً:

– كريستين! اشتقتك... كيف أنتِ؟

– ...

– ما بال صوتك؟ هل أنت مريضة؟

– ...

– كلّ شيءٍ على ما يُرام. لا تقلقي... اهتمّي أنتِ بنفسك.

– ...

– كيف الأصدقاء... والقطّة... وباريس؟

– ...

– وأنا أيضاً...

– ...

– وهل ستبقين هناك حتى انتهاء العطلة؟

– ...

– وأنا أفتقدك كثيراً... استمتعي بوقتك... أحدّثك مساءً... قبلاتي لك.

– ...

انتهت المكالمة، وبدأت النيران تفترسني. هو مرتبط إذن... أتكون حبيبته، أم عشيقته، أم ماذا؟

سربٌ من الأسئلة انفلت داخلي، ووجدتني أقول له:

– من تكون كريستين؟ صديقتك؟

شعرت به متلعثماً، وهو يجيب:

– نعم، زميلتي في العمل، وصديقتي... نعيش معاً منذ حوالى سنة... فتاةٌ فرنسيّةٌ، لطيفة وجميلة... وهي صاحبة ذوقٍ رفيع، وحسٍّ مرهف.

تحدّث عنها وعن قضائها العيد مع والديها، وعن شعورها بالملل هناك... كان الفرح ينبض في صوته، ما أشعرني بأنّها تحتلّ حيّزاً أكبر بكثيرٍ ممّا وصف.

وكأنّه شعر بحيرتي وغيرتي، فأخرج جوّاله مستعرضاً أمامي صورةً صباحيّةً لهما على الشرفة، وهي تجلس في حضنه وبين ذراعيها قطّة صغيرة... إنّها في غاية الجمال! شقراء، نحيلة، بشعرٍ قصير وعينين خضراوين وابتسامةٍ ساحرة...

هل كان عليه أن يُرِيَني صورتها؟ تمنّيتُ لو أنّه لم يفعل. لا أدري لمَ أشعل وجهها غيرتي إلى هذا الحدّ. تخيّلتها بصوتٍ عذب وأنوثةٍ فائضة، وهو في حضرتها، عاشقٌ متيّم... تبّاً لمخيّلتي اللعينة!

عند عتبة المغارة، ومن النظرة الأولى خيّمت الدهشة على وجه شادي، فيما لسانه يردّد:

– Oh la la! Qu'est-ce-que c'est que ça?![5]

مذهولاً تماماً، وقف ينظر أمامه، وكأنّه سافر عبر الزمن، وحطّ في حقبةٍ تاريخية لا تاريخ لها، ربّما عند بوابة العصور الجليدية، فهل نطرق الباب؟ أولن تبتلعنا أرضها وجدرانها؟

تسمّرت عيناه في الشموع والقناديل المتجمّدة، وفي العجائب الربّانية المذهلة والمنحوتات الطبيعية التي لم يمسسها بشرٌ قطّ.

سرنا معاً في ذلك التجويف الكبير، حتى وصلنا إلى المغارة السفلى، جعيتا المائية. هناك، ركبنا قارباً صغيراً لتبدأ رحلةٌ خيالية، معزوفةٌ موسيقيةٌ على أوتار الأثير في مكانٍ من عجائب الدنيا.

جلس بقربي، وشعرتُ للحظةٍ بأنّه يريد أن يحتويَني بذراعيه... شعرت بأنّ ثمّة قبلةً تائهة تحوم على شفتيه، هربتْ منه فجأةً حين سألته، مرتبكة:

– شو في؟ ليش عم تتطلّع فيّي هيك؟

[5] يا للجمال! ما هذا!

هل كان حقاً قاب قبلة أو أدنى من شفتيّ أم توهّمت ذلك؟ وهل انتبه إلى عواطفي وقد مالت نحو ضفة قلبه؟ تمنّيت فعلاً لو أنّه احتضنني، وردّ إليّ قلبي. هل كان عليّ أن أمنحه الأمان ليقدم؟ أنا المرأة الشرقيّة التي قد يخشى الرجل الاقتراب منها بهذه السرعة، وبلا أيّ تمهيد؟ تذكّرت فرنسا وقبلات المترو المحمومة هناك، ووشوشتني قبلةٌ رقصت في صدري: «دعيه يفعل... فلا أصدق من قبلةٍ عابرة»...

في طريق العودة، عاودتني المشاعر الغريبة التي غزتني على القارب حين ضبطته يتفرّس في وجهي، أربكتني نظراته فسألته:

– ما بك؟ لماذا تحدّق فيّ هكذا؟

– أنت جميلة جداً...

أشحت عنه خجلاً... وشكرته بابتسامة، فتابع:

– يارا... هل أنت مرتبطة؟

لم يفاجئني كثيراً سؤاله، وكأنّي كنت أنتظره ليعيد إليّ بلمح البصر وجهاً من الماضي. أجبته دون تحفظّ:

– كنت كذلك قبل عامٍ ونيّف.

– وماذا حدث؟

– للأسف، لم يكن الشخص المناسب، ولكنّي اكتشفت ذلك متأخرة.

– كيف؟

– عندما تكون مغرماً، فأنت تعيش بقلبك فقط وتعطّل كلّ حواسّك الأخرى... لقد مضى وقتٌ طويل، لم أعد أتحدّث في ذلك...

– وهل يزعجك إن أخبرتني؟ أرغب جداً في سماع قصّتك...

أخذت نفساً عميقاً وبدأت بسرد الحكاية:

– اسمه عامر، تعرّفتُ إليه عندما كنتُ أخطو أولى خطواتي في الماجستير، ذهبت يومها لأزور الدكتور مازن صديق العائلة،

وأستشيره في بعض المراجع والمصادر الضرورية لأحد أبحاثي، وكان عامر ينتظرني هناك، كقدرٍ محتوم.

كان زميل مازن في المكتب... محاضرٌ في منتصف عقده الثالث، وسيمٌ بسمرةٍ لافتة وعينين عسليتين وقامةٍ ممشوقة.

عندما التقت عيناي بعينيه في ذلك الصباح المشرق، شعرت بأنّ وجهاً آخر قد سكن ملامحي وأنّ قلباً جديداً بدأ ينبض في صدري.

بعد زيارتين أو ثلاث لمكتب مازن، بدأ عامر يتقرّب منّي ويتّصل بي باستمرار، وأعترف بأنّه كان يتمتع بشخصيّة جذابة وأسلوبٍ لا يقاوم، أوهمني بأنني قد دخلت حرم الحب، أو حرم قلبه، لا أدري.

أحببته بصدق! لعلّه أحبّني هو أيضاً، ولم يكذب في ذلك، أحبّني لأنّي النقاء الذي لم يكُنه يوماً... ألا تظنّ أنّ ما يثير حقد بعض الناس على الطيّبين ويشعل غيرتهم أحياناً، هو فشلهم في أن يكونوا أنقياء مثلهم؟

– ممكن... وماذا حدث بعد ذلك؟

– أحببته جداً، وانشغلت به... لم أعد أرى في الوجود سوى ابتسامة عينيه، مع أنّ كلّ ما كان يشغلني بعد حصولي على منحة الماجستير، هو أن أكمل الدرب بعزيمة لأصبح في ما بعد الدكتورة يارا، محقّقةً بذلك حلمي وحلم والدي، إلّا أنّ عامر استطاع أن يجتذبني إلى عالمه فانزلقت معه في مستنقع الحب...

معه، عشت أسعد أيّام حياتي... انسلخت عن كلّ عاداتي وطقوسي والتصقت به، ابتعدت عن أهلي وصديقاتي، عن كتبي وأبحاثي لأكون معه، معه فقط... أدمنت وجوده في حياتي، وصرنا نخرج معاً باستمرار، نمارس جنوننا وعشقنا المراهق، فيعانق خطونا صخب الشوارع، وتوقظ ضحكاتنا سكون الليالي. شغفت به، وملأ

وجوده كلّ ذرّةٍ في حياتي. كنت أتوقّع أنّ علاقةً كهذه لا تنتهي، وأنّ هذا الشغف لن يتوقّف يوماً، ولكنّها أوهام العاشقين فقط، وأحلامهم، إذ سرعان ما فقدت ثقتي بالحبّ الذي كان يزعمه.

– بهذه البساطة؟

– أظنّ أنّه لم يكن حبّاً... لعلّه كان يشتهيني فقط، كما يشتهي أيّ امرأة، فهو لم يتوانَ عن منح ذلك الحبّ لنساء أخريات دون أن يرفّ قلبه...

عقد شادي حاجبيه استغراباً فيما تابعتُ:

– نعم... لقد كان مسكوناً بعشق النساء... يهوى تحلّق الفتيات حوله وانشغالهنّ به، ويسعد باصطياد قلوبهنّ والعبث بها... رجلٌ مفطورٌ على التعدّد، لن تكفيه أنثى واحدة مهما اختصرت في ذاتها من نساء... لقد حاول مازن أن يخبرني بقصص زميله ومغامراته، مرةً تلميحاً وأخرى تصريحاً، ولكنّي لم أكن أسمع أو أرى، حتى رأيته أمامي ذات يوم، على شاطئ البحر وفي حضنه إحدى معجباته.

– حقّاً؟

– تخيّل! كان قد طلب منّي يومها أن أرافقه إلى مكاننا المفضّل على شاطئ البحر، واعتذرت لارتباطي مع والديّ بمشوارٍ عائلي خارج بيروت، وعندما أُلغيت الزيارة في اللحظة الأخيرة قرّرت أن أُفاجئه بحضوري، فكانت أبشع الخيبات بانتظاري! وصلتُ إليه ملهوفة، لأراه وهو يحتضنها بين ذراعيه تحت المظلة البحرية...

لا يزال الازدحام المروري أمامنا باتجاه بيروت يلتهم الأوتوستراد، وشادي ينصت بكل جوارحه إلى صوتي الذي يرتجف غضباً، وربما اشتياقاً، متسائلاً عن غباء رجلٍ فرّط بفتاةٍ أحبّته إلى هذا الحد...

– وهل نسيته فعلاً؟

– لقد قلتَ لي بنفسك قبل قليل إننا لا ننسى تماماً... وأظنّ أنّي أوافقك، إلّا أنّنا نتناسى... فالنسيان قرار، كما الحبّ قرار، والسعادة قرار... وأنا، منذ تلك اللحظة، قرّرت أن أواريه في غياهب الماضي.

وصلنا أخيراً إلى مشارف المنارة، بعد يومٍ طويل... وحديثٍ أطول!

توقّفت السيّارة بنا أمام الفندق استعداداً لمغادرة صديقي، وبدت بيروت ببحرها الساكن أنثى في قمّة إغرائها والليل يفرد عليها عباءته.

تمنّيتُ لحظتئذ لو أنّه لا يرحل، لو أنّه يبقى معي، فبإمكاننا أن نمضي الوقت على شرفته، صمتاً، في حضرة البحر... أو أن نتابع فيلماً في إحدى دور السينما البيروتية... أو ربّما نتمشّى على الكورنيش وسط الأخبار القديمة والذكريات المتعَبة... وعلى الرغم من رغبتي تلك، وجدتني أستعدّ بكلّ كياني لرفض أيّ عرضٍ آخر منه الليلة... لا بدّ من أن تتوخّى عواطفي الحذر...

أنا حتماً معجبةٌ به، بأناقة روحه... بوسامته، بعينيه الودودتين، بأفكاره الأوروبيّة المتحرّرة، وبإصراره على أن يبقى إيجابيّاً رغم كلّ ما حدث له! وأنا سعيدةٌ أيضاً بصحبته وقد أضفت على عطلتي لمسةً دافئة، ولكنّي أخشى أن يكون تعاطفي معه وإشفاقي على وضعه هما المحرّك الأساسي لمشاعري نحوه، لذا لا بدّ من أن أحتفظ بمسافةٍ كافية تحميني من عواقب ارتطامه المفاجئ بحياتي.

نظرت إليه مودّعة، فانساب في عينيه كلامٌ كثير، وخيّل لي أنّي سمعتهما تقولان لي «لا ترحلي... أرجوكِ»!

أشحت عنه سريعاً بعدما أربكتني نظراته، ففتح الباب استعداداً للنزول، وفي لحظةٍ مفاجئة، عاد به قلبه، واقترب منّي حدّ الاحتراق، آخذاً وجهي بين يديه، طابعاً على شفتيّ قبلةً تستعر حبّاً.

ذاب قلبي من لهيب قبلته، وأُضرمت النار في جسدي، وراحت شفتاي المطيعتان تلملمان أشواق ثغره المبعثرة.

غادرني... لا أعرف كيف ومتى، ولكنّي أذكر نظرته الهاربة حينها، وكفّه التي مسحت خدّي برفق.

وقف يراقبني وأنا أبتعد، وكل شيءٍ فيّ يسأل:

لا بدّ من أنّه مجنون! أقبّلكِ فعلاً، أم هو حلم؟ وما كلّ هذا الشغف الذي انساب من شفتيه؟ أتراه يخادع نفسه هو أيضاً؟

وأنا... ما سرّ هذا الابتهاج الذي دغدغ قلبي؟ ألأنّي كنت أرغب فيها، قبلته؟ أم لأنّها أرضتْ غرور أنوثتي التي لم يتمكّن شادي من مقاومتها؟ تراه قبّلني لأنّه خشيَ أن أرحل عنه وأغادر قبل أن يهبني قبلةً للعودة؟

وصلت إلى المنزل منهكة، بألمٍ في بطني ومعدتي، وشرارات فرحٍ تتطاير من عينيّ. وقفت قبالة المرآة أنظر في تفاصيل وجهي، وأستذكر قبلته. رفرفت في صدري من جديد مشاعر جميلة، ورحت أفكّر بعلاقتي به.

هل أحببته؟ في يومين فقط؟ لا... أستبعد ذلك.

طرقت الباب جانيت، وفي يديها كوب من النعنع المغليّ وكيس ماء ساخن.

قالت لي صديقتي الخادمة:

– يارا... تعي مدّي إجريكي وحطي الكيس عليهن... أكيد أخدتي صقعة من الجبل.

أطعتها وعيناي شاردتان. أفكّر بما حصل لي اليوم مع شادي، فيما هي تنظر إليّ. لمحتُ في عينيها نظرةً مريبة، دعّمتها بجملةٍ ماكرة، وبعربيةٍ خفيفة الدم:

– شكلك مش آخدة صقعة... شكلك مغرومة يا ست يارا...

نظرت إليها بعينين يملأهما العجب متسائلةً إن كنتُ مكشوفةً إلى هذا الحد؟

– شو ما رح تخبريني؟ إنتي بتعرفي إني ما بقول لحدا.

– ولي جانيت شو بدّي خبرك؟ ما في شي...

– يا ست يارا... أنا خابزتك وعاجنتك... ولوّ؟

– جانيت، حلّي عنّي... خلّيني أعرف أشرب هالنعنع...

وعند الباب أعادها سؤالي:

– ليكي... جانيت! شي مرّة حبّيتي بيومين؟

ابتسمتْ بمكر، لعلّها لم تحبّ أبداً في حياتها، ولكنّ فضولها أجاب نيابةً عنها:

– شو! ... شو قلتي؟ إي أكيد... مين هوّي؟

تساءلتُ صمتاً وهي تنظر في وجهي منتظرةً بوحي:

أيُعقل أنّي وقعتُ في غرامه؟ بهذه السرعة؟ لا لا... لا أظنّ ذلك! لا بدّ من أنّه تأثير الفراغ الذي أعيشه منذ مدّة... ولكن، ما سرّ خفقان قلبي المجنون كلّما التقت عيوننا؟ ولمَ لا أتوقّف عن التفكير فيه؟ لمَ كلّ هذا الاهتمام بمظهري وعطري وكعبي العالي؟ والقبلة... قبلته التي زلزلت قلبي في لحظة، وذوّبتني كقطعة سكّر بين شفتيه؟ أكلّ ذلك كان بتأثير الفراغ وحده؟

أفقت على يد جانيت تهزّ كتفي:

– ست يارا شو؟ يلّلا خبريني...

– العمى شو حشّورة... روحي نامي روحي... أنا صحّيت خلص... ما بِني شي... يلّا Bonne nuit[6].

تركتني جانيت لحديثٍ مع نفسي لم ينتهِ:

[6] تصبحين على خير.

يارا إنتي أكيد بتحبّيه... بس بدّك هوي يكون بيحبّك...

وليش حتى ما يحبّني؟ يصحّللو...

ليش يصحلّلو... ليش من شو بيشكي هوّي... شبّ متل القمر، أدب وأخلاق وثقافة...

كنت أفكّر فيه حين رنّ الهاتف مستعرضاً اسمه. هل أجيب؟ ماذا تراه يريد منّي بعدما كنتُ معه طوال اليوم؟ وماذا سأقول له لو قال إنه اشتاقني؟ أو أراد أن يعتذر عن قبلةٍ سقطت منه خطأً على ثغري... أيُعقل؟ لا لن أجيبه.

نزلت تحت البطانيّة الدافئة وراحت الأفكار تلتهمني ببطء.

لقد لمست في قبلته مشاعر حقيقية ودافئة... فهل يريد أن يفاتحني في موضوع علاقةٍ مستعجلة قبل أن يرحل؟ وهل أنا حقاً جاهزة لعلاقةٍ مماثلة؟ ومع من؟ مسيحي، وغير لبناني أيضاً؟ وهل نسيت كم لامني والداي أيّام علاقتي بعامر، وكيف عاتبني الجميع يومها على خروجي معه. لم أنسَ بعد كلام والدتي وهي تحذّرني من ثرثرة الناس وسمعة العائلة.

– يا بنتي ما بيسوا هيك... إنتي بتعرفي سمعة بيّك بين الضبّاط، وإسم جدّك اللي الكل بيحلف بحياتو بالضيعة... بدّك تخلّي الناس تاكل وشّنا وتحكي علينا؟ بدّك يقولو إنّو بنت بوجاد مش مربّاية، وعم تطلع مع شباب؟

– بس يا ماما، أنا وعامر منحب بعض...

– عال... أنا ما قلت شي... عامر شبّ مرتّب وإبن عيلة، ونحنا ما عنّا مانع، خلّيه يجيب أهلو ويلبّسوك محبس، وساعتها اطلعي معه متل ما بدك.

كانت مشكلة أمي آنذاك مع المحبس، لا مع سلوك ابنتها.

كان المحبس هو كلّ ما يشغل والدتي، فهو الذي سيدرأ عنّي كلام الناس وإشاعاتهم، وهو ما كان سيجعل علاقتي بعامر مقبولةً أمام الجميع، دون أن يسألوا عن عمق هذه العلاقة ومداها.

خاتمٌ أو محبس بلهجتنا هو الحدّ الفاصل في قريتي بين فتاةٍ حسنة السير والسلوك، وأخرى «مش مربّاية»... ولكن هذا الخاتم نفسه الذي كان ممكناً يومها مع عامر، ابن الجبل الدرزي مثلي، لن يكون ممكناً مع شادي، التائه بين إسلامه ومسيحيّته، وبين جذورٍ لبنانية وأخرى فرنسية...

ولعلّ أمر الجنسيّة هو العقدة الأسهل، فهو فرنسيّ، وهل تحلم كلّ الفتيات في لبنان بأكثر من أن يتزوّجن بفرنسي؟ فلهذه الجنسية وقعٌ مميّزٌ في آذان اللبنانيين... ولكن...

شعرت بمغصٍ اخترق بطني، وأنا أفكّر بوجه جدّي الشيخ الجليل، إذا ما أخبرته أمّي بأنّ ابنتها تفكّر في الارتباط بشابٍ بمواصفات شادي... فهي قد تعترف له بارتباط ولكن لن يمكنها التلفّظ بكلمة علاقة... أيّ علاقة هذه التي ستسمح لبنت الجبل بأن ترتبط بشابٍ من طائفةٍ أخرى.

«يا باطل! يا غيرة الدين!»، سمعتُ جدّي يقولها بملء فمه، فيما يتراقص شارباه الأبيضان غضباً، وهو يتوعّدني.

لا لن أكمل القائمة، ولن أتخيّل موقف أبي أو عمّي... لعلّ الوحيد الذي سيقف إلى جانبي هو أخي جاد، فشباب اليوم أقلّ ارتباطاً بالقيود، هم أقلّ تعصّباً وأكثر تقبّلاً للآخر، وإن كان لا مفرّ من سلطة الطائفة...

ارتجفت تحت بطانيّتي وأنا أتذكّر الحادث الذي وقع في الصيف الماضي، عندما أقدمتْ إحدى فتيات الجبل على الزواج بمسلم دون موافقة عائلتها... لقد أُصيب لبنان كلّه بالذهول وهو

يسمع يومها في نشرة الأخبار أن أخوَي الفتاة استدرجا زوج أختهما إلى قريتهم بعدما أغرياه بعقد مصالحة، وبدلاً من أن يقطعا دابر الخلاف بينهم، قطعا منه رمز رجولته وجعلاه عبرةً لكلّ من يبحث عن الزواج بآخَر من دين مختلف.

يا إلهي! أذكر أنّني بقيت لفترةٍ لا أجرؤ على الذهاب إلى الجبل... كرهته وكرهت أهله، وقد حاولت والدتي يومها أن تصلح بيننا، وأن تبيّن لي أنّ من ارتكبوا تلك الجريمة ليسوا قاعدة الناس بل هم شواذها، وأنّ أهلنا هناك طيّبون ومحبّون، وأنّ ما حصل كان من الممكن أن يحصل مع أيّ طائفةٍ في لبنان...

لعلّ كلامها صحيحٌ، لكنّه لم يخفّف من آثار الصدمة التي أصابتني يومها.

تذكّرت الجبل، وروعته، ودفء جدّتي وهي تخبز لي على التنّور كلّما ذهبت لزيارتها.

تذكّرت الجيران الذين تقاسمت معهم أيّام الصيفيات الطفوليّة، وقطف العنب والتين من الأحراج الممتدّة على طول القرية.

تذكّرت الخلوات التي كنت أرافق أمّي إليها، فأجلس وعيناي تتنقّلان بين الحضور دون أن أفهم شيئاً.

تذكّرت جلسات المتّة التي لا أزال أستمتع بها وسط أخبار النسوة والصبايا في أرض الديار، ودبكات الأعراس، وخبطة أرجل الشباب التي استهوتني طفلة.

كلّ ذلك استثار ذاكرتي وأشعرني بالحنين.

ألا يجدر بي أن أريه كلّ ذلك؟ ألا يكفي أن أكون صديقته الدرزية ويكون هو صديقي المسلم، أو المسيحي، دون أن ندخل في دوّامة الزيجات الممنوعة؟

ولكنّي أحبّه، أشعر بذلك عميقاً في قلبي!

اليوم الرابع

الاثنين 29 ديسمبر

وعينا أبي ملجأ للنجوم...
فهل يذكر الشرق عيني أبي؟

نزار قبّاني

أقبل الصباح أخيراً، وتثاءبت الشمس في السماء، معصّبة عينيها بشالٍ من الغيوم الرمادية المتعبة. درجة الحرارة منخفضة قليلاً عمّا كانت عليه أمس، والبرد يزحف في الخارج وأنا أجلس على السرير، أنتظر السيّارة التي ستقلّني للقاء والدي.

أفكارٌ من كلّ حدبٍ وصوب، تكوّمت في رأسي.

خوفٌ ورعبٌ وشوقٌ وأمل وانتظار... وهدوءٌ تامّ يسري في شرايين غرفتي. ما بي؟ وما هذا الخفقان الذي لا يتوقف في كلّ جزءٍ مني؟ لمَ أنا متوجّس؟ ولمَ أتردّد في الذهاب؟

أفكارٌ عجيبةٌ تغزوني وأنا أنتظر... أتراني أفتح على نفسي أبواباً قد لا أتمكّن من إغلاقها إن رغبتُ يوماً في ذلك؟ هل سأعود شادي نصّار، كما كنت؟ أم هل ستمكر بي الأقدار من جديد وتضعني على عتبات المجهول دون أن أحرّك ساكناً؟

أطلّ وجه أبي من بين الضباب المحيط برأسي، وابتسم لي مطمئناً...

عند العاشرة تماماً، كنت أجلس مع فريق التلفزيون في سيّارة مرسيدس سوداء، فيما ركب جورج سيّارة فان تحمل شعار Star TV، وما هي إلا دقائق حتى توقفنا جميعاً في أحد مواقف شارع مار الياس، حيث كان الحيّ قد استيقظ على خطو المارّة، والمتاجر قد شرّعت أبوابها لاستقبال الزبائن.

ترجّل جورج وبرفقته زميله المصوّر، وتوجّها نحو بوتيك «A la mode».

راقبت المكان مليّاً من خلف زجاج السيّارة، وفي قلبي طرق متسارع.

وقف الشابّان أمام باب المحلّ وصافحا رجلاً في عقده السادس، حليق الذقن، يرتدي بنطالاً رصاصيّ اللون، وكنزةً صوفية سوداء، ويضع على عينيه نظارة. مظهره بسيطٌ ولكن مرتّب، يكشف عن قامةٍ متوسّطة، نحيلة، ترك العمر بصماته عليها فأحناها قليلاً، فيما تعبث بأصابعه سيجارةٌ قد شارفت على الموت.

أتراه والدي؟

بدا الرجل مرحّباً ومبتسماً وهو يستمع إلى حديث جورج، وما هي إلا لحظات حتى توجّهوا جميعاً نحو العربة حيث كانت تنتظرهم الكاميرا.

إنّه هو إذن... والدي!

حاولت أن أتبيّن وجهه جيّداً لأرى إن كان يشبه الصورة التي كانت ترافق أحلامي منذ سنواتٍ طوال، وتململتُ في مقعدي كطفلٍ صغيرٍ وأنا أتبعه بعينيّ مخافة أن يختفي عن ناظري، ولكنّ الكاميرا حجبته عني... ثمّ أقلع الفان واختفى طيف أبي، وما هي إلّا لحظات

حتى وصلني عبر جهاز تسجيلٍ زُوّدت به سيّارتنا صوت جورج وهو يسأله عن قصّة الابن المفقود.

جاء صوته عبر الجهاز غريباً، بطيء الوقع، مختلج الحروف، لا يشبه صوته في المنام. شعرت به حائراً، يريد الكلام ولكن يخشاه. لعلّه مرتبك، إذ لم يتوقّع أنّه سيتحدّث في موضوع ابنه بعد كلّ هذه السنين.

بتنهيدةٍ تساوي وجع عمرٍ بأكمله، شرح لجورج معاناته باختصار في جملتين متلعثمتين:

– نعم يا بنيّ... كان عندي صبيّ، اختفى في الحرب منذ أكثر من خمس وثلاثين سنة، ولا أعرف عنه شيئاً.

سأله جورج:

– كيف بدأت القصة يا عمّ؟ وأين؟ أما زلت تتذكر؟

– طبعاً أتذّكر، إنّها محفورة في قلبي ووجداني بكلّ تفاصيلها، فكيف أنساها؟

– إذاً تفضّل، أخبرنا كلّ شيء بالتفصيل... ها قد بدأ التصوير.

بصوتٍ مرتجفٍ، وببحّةٍ ترزح تحت ارتباكٍ خفيّ، استهلّ والدي روايته:

– بدأت حكايتي سنة خمس وسبعين. كنت أعيش مع أهلي في منطقة «الدكوانة»، وكان لدينا محلّ لبيع الثياب، في «برج حمود»، وكنّا في تلك الأيّام نتعامل مع شابّ أرمني اسمه سيرج مرشيليان، يسكن في حيّ السريان. كان صديقي، ولم تكن الحرب الحقيقية قد بدأت، كانت الأرض تشتعل تحت أقدامنا شيئاً فشيئاً. وفي بيت سيرج، في حيّ السريان، تعرّفت إلى منى، جارته في البناية

التي يسكنها... «صبيّة حلوة ومهضومة»... كانت تعيش هناك مع أمّها وأخيها.

– طيب... وبعدين؟

بدا والدي محرجاً وهو يستعيد صورة أمّي في مخيّلته، فاستعان بالسعال قبل أن يعاود حديثاً تعثّر بارتباكه...

– أحببتها، وهي أحبّتني أيضاً... ولكنّها كانت من طائفة أخرى، فلم يقبل أهلها بزواجنا، وأغلقوا أمامنا الأبواب، فلم نجد أمامنا إلّا أن نكتب عقد زواجنا عند شيخ في الدكوانة من غير رضى أهلها، كان ذلك في الشهر الثالث عام خمسة وسبعين.

– خطيفة؟ أما خفت من أهلها؟ كان يمكن أن يقتلوك؟

– يا بنيّ كنّا عشّاقاً في فورة الشباب، وكنا نظنّ ألّا أحد يمكن أن يقهرنا في هذه الدنيا، لم نحسب للدنيا حساباً... لم نحسب لأهلها ولا لدينها ولا لطائفتها أيّ حساب... كنا نظنّ أنّ الحبّ يحكم كلّ شيء في العالم.

– وأين سكنتما؟ مع أهلك؟

– لا... استأجرنا شقّة في مار الياس، وتركتْ هي شغلها في مستشفى «أوتيل ديو»... وعشنا معاً... كانت أيّاماً حلوة... حلوة كالعسل... كنت أحبّها كثيراً، وكانت تخاف وتتوتّر أحياناً غير أنّها كانت مثلي تعيش على أمل أن تتغيّر الأحوال نحو الأفضل.

– ألم تتغيّر الأحوال؟

– لم تتغيّر، وأنت تعرف والكلّ يعرف ما جرى... كانت لعنة الحرب تلاحقنا...

استأذن والدي من جورج قبل أن يشعل سيجارة ينفث عبرها همّ الماضي الذي يسكنه... لا أدري شيئاً عن صحّة ما يقول، ولكنّني

أشعر بتعاطفٍ كبيرٍ مع دموعه الصامتة وحشرجاته الخافتة. شيءٌ غريب يشدّني إليه، وأجدني أميل إلى تصديقه.

– وماذا فعل أهلها؟ هل سكتوا؟ ألم يجرّبوا أن يرجعوها إليهم؟

– أكيد جرّبوا... أقاموا الدنيا ولم يقعدوها... ووسّطوا كثيراً من الناس، من بينهم صديقي سيرج... كان حديثه يومها «ضربة ع الحافر وضربة ع المسمار»، مرّة يحدّثني عن أمّها التي تقضي أيّامها في البكاء والنواح، ومرّة يحدّثني عن أخيها شربل الذي لن يصمت، وقد يرسل أشخاصاً من حزب الكتائب ليقتلوني. واستمرّ التوتّر والخوف يحكماننا حتى جاء الخوف الكبير، مع الحرب، بعد أقلّ من شهر على زواجنا. تلك الحرب التي أحرقت الأخضر واليابس، ولم تترك أحداً من شرّها.

– وأنت عم عزّ الدين، ألم تشارك في الحرب؟

– يا بنيّ... الحرب لعبة قذرة، لا تتركنا وشأننا، وأنا لا أريد أن أكذب عليك... في البداية بقيت على الحياد، وحاولت أن أطمئن منى، ولكن لم يكن في يدي أن أغيّر شيئاً... القصّة كانت أكبر من لبنان كلّه، وكلنا كنّا ضحايا... حرب قذرة لم نتعلم منها إلّا أن نكون مع جماعتنا، ضدّ من يقف في وجهها.

– ومنى، ماذا كان موقفها؟

– منى كانت تشعر بما يشعر به الناس، قهرتها الحرب، كان لديها إحساس بأنها وحيدة وغريبة وفي المكان الخطأ. تعاتبنا كثيراً وتشاجرنا أكثر، خاصّة لأنّ أخاها شربل كان يقاتل حينها مع الكتائب... إلى أن وقعت مجزرة السبت الأسود، وصارت بيروت شرقيّة وغربيّة... وأخذت الميليشيات تذبح الناس على الهويّة... كانت منى في تلك الأيّام مصمّمة على أن تذهب إلى أهلها، ولكنّني منعتها، فقد كانت حاملاً، وكنت أنتظر يوماً أصبح فيه والداً بفارغ الصبر.

توقّف والدي عن الحديث لحظةً، وتنفّس عميقاً. أيرهقه استذكار ولده إلى هذا الحدّ، أم هو يخشى أن يضعف فتسقط دموعه حسرات؟

لا تزال سيّارة التلفزيون تقودنا في طرقات بيروت المبلّلة بالمطر، والهدوء التام يسيطر في أرجائها، وأنا أحاول أن أتابع ظلّ أبي من خلال سيّارةٍ تفصل بيننا. كنت ملهوفاً لأراه وجهاً لوجه، ولأمسح عن عينيه تعب العمر وقسوته.

تدخّل المذيع مستأنفاً الحديث:

– احكِ لي يا عم... كيف انخرطتَ بالحرب في تلك الأيّام؟

– أووف يا بني... الله يلعن الحرب... لقد شوّهتنا وخربت بيوتنا... لقد قلت لك... لم أكن أرغب في القتال ولا في حمل السلاح، ولكنّني كنتُ مثل كثيرين غيري مجبراً على ذلك.

– لماذا؟ ما الذي أجبرك؟

– يا بنيّ... من الصعب أن ترى أهلك وأصحابك يُقتلون أمام عينيك، دون أن تفعل شيئاً. عندما ترى ذلك تتعطّل كلّ أجهزة التفكير لديك، ولا تفكّر إلّا بشيء واحد: أن تدافع عنهم وعن نفسك مهما كانت النتائج. هذا ما حدث لي... حينَ قُتلت عمّتي وأولادها في أول أحداث تل الزعتر، لم يكن أمام عينيّ غير البندقية، كنت مليئاً بالغضب والرغبة في الانتقام.

– ألم تفكّر بزوجتك؟ وابنك المنتظر؟

– فكّرت كثيراً، غير أنّ المشاكل تطوّرت بيني وبين منى، وصارت نغمة الطائفية تملأ أحاديثنا، وباتت منى أكثر إصراراً على الذهاب إلى أهلها، على الرغم من أنّها على وشك الولادة. واستمرّ الأمر على ما هو عليه حتّى أول شباط (فبراير) عام ستة وسبعين، حيث كان اليوم الخامس منه أحلى يوم في عمري، يوم وُلد شادي في مستشفى المقاصد.

ارتعش صوت والدي وارتعدتُ فجأةً لسماعي اسمي من شفتيه أول مرّة، كانت في صوته نبرة مترعة بالألم، وارتعاشة حزنٍ سافرة تصلني عبر الجهاز، فشنّفت أذنيّ لكيلا يفوتني من كلامه حرفٌ واحد...

خفَتَ صوتُه قليلاً وتباطأت وتيرة كلامه:

– كأنّ ما حدث في ذلك اليوم قد حدث أمس... ما زلت أتذكّر كلّ التفاصيل... كان يوم خميس، وكان البرد في الخارج «بيقصّ المسمار»، والسّماء تمطر بغزارة... والمدفعيّة تمطر أيضاً، والحزن يملأ الدنيا... وحده شادي كان يبتسم في حضن أمّه ليقول لنا إنّه يستحق أن يعيش...

– أحببتَهُ كثيراً؟

– أوووف... شو بدّو يحكي الواحد ليحكي... الولد غالي يا إبني... غالي كتير. شادي قطعة من قلبي، إنّه ابني البكر، الله يجازي من سبّب لنا كلّ هذا الألم. كنت أظن أن قدوم شادي سيعيد منى إلى ما كانت عليه، ولكنّني كنت مخطئاً... لقد أخذته بليلة ما فيها ضوّ قمر، واختفت.

– تقصد أنّها هربت؟

– نعم... هربت... وحرمتني منه.

خيّم الصمت إلّا من حشرجة بكاء خجول، فقال جورج:

– أتظنّ أنّها هربت بسبب خوفها على شادي من الحرب، أم منك؟ أو ربّما من شيء آخر؟

ارتجف صوته وهو يحاول لملمة أناته.

– لا أعرف... ليتني أعرف... لقد أحبّتني... أحبّتني كثيراً، وأنا استأمنتها على نفسي وعلى شادي، ولم أتوقع منها أن تغدر بي وتخطفه وترحل.

– وبعدها... ألم تبحث عنهما؟

– طبعاً بحثت... بحثت في كلّ مكان أستطيع الوصول إليه... وعلى الرغم من أن الوصول إلى المنطقة الشرقيّة كان مستحيلاً من غير احتمال قتل أو خطف، وسّطت أناساً هناك دون جدوى...

وهكذا استمرّت الحرب، واستمرّ البحث، وكنت كلّما هدأت الأحوال قليلاً أبحث من جديد، غير أنّني لم أصل إلى أيّ نتيجة، ولكنني لم أفقد الأمل بعودتها لأنّ الصبيّ لم يكن مسجّلاً في دائرة النفوس، وليس عنده بطاقة هويّة.

وشيئاً فشيئاً ضاعت منى وضاع شادي، ومضت سنوات قبل أن أعرف أنّها أدخلته ميتماً في منطقة «يسوع الملك»... كان مجرّد خبر... ثمّ اختفت أخباره تماماً.

– أما زال عندك أمل أن تجده؟

– والله يا بني... الله كبير، وإن كان لي نصيب أن أراه فسيرجع. كلّه بأمر الله. أفكّر أحياناً أنّ شادي ومنى لو ماتا أمام عينيّ في الحرب لكان الأمر أهون من هذا الضياع، من هذا الانتظار الذي أعيشه وأنا ألوم نفسي.

توقّف والدي عن الكلام والدموع تخنق نبرته، فيما جورج يغالب دموعه هو الآخر.

أمّا أنا، فلم أكن أفضل حالاً من أبي، وقد تدحرجت على خدّي دمعتان صامتتان...

في سيّارة التلفزيون التي أقلّت والداً إلى لقاء العمر مع ابنه، واصل جورج حديثه أمام الكاميرا... سأل ضيفه عن الدار التي أُودِع فيها ابنه، ولكنّه لم يكن يذكر الاسم، كلّ ما علق في ذهنه يومها هو اسم منطقة «يسوع الملك».

اقترح جورج استكمالاً لخطّته السرّية أن يتابعوا مشوارهم باتجاه المنطقة المذكورة وأن يسألوا هناك عن دور الأيتام الموجودة، لعلّهم يصلون إلى أيّ خيطٍ قد يربطهم بالابن المفقود.

وافق أبي بامتنان، وتابع أخباره عنّي، وهو يروي لجورج كيف بقي محتفظاً لمدة عشرين سنة بقطعةٍ من ملابسي، بعدما تركتها والدتي إثر رحيلنا، ثمّ تحدّث عن الصور القليلة بالأبيض والأسود التي لا يزال يحتفظ بها في درج خزانته، واستفاض في وصف جمال وجهي، وعينيّ الواسعتين الضاحكتين يوم كنت طفلاً في شهره الخامس.

هل أبكي؟

لم أعد أذكر المرّة الأخيرة التي بكيت فيها، لعلّها كانت إثر وفاة Lilas. ولكن كيف لا أبكي، وأنا أسمع حشرجة صوت والدي وهو يتحسّر على عمرٍ قضاه بعيداً عنّي؟

تساءلت عن قسوة أمّي، وحقارتها... كيف أمكنها أن تحرمه منّي وأنا فرحته الأولى؟ كيف طاوعها قلبها أن أعيش بعيداً عن حضنٍ لن يمنحني دفئَه حضنُ العالم بأسره.

بعد دقائق وصلت سيّارة جورج أمام مبنى احتوى طابقه الأرضي محالّ تجاريةَ ومخبزاً، فيما أسرع سائقنا وركن سيّارتنا في مكانٍ قريب منهم، بانتظار وصولهم. طلب جورج من أبي أن يترجّل لكي يباشرا بحثهما سيراً على الأقدام في الأبنية المقابلة، ثمّ سأل أحد المارّة هناك عن دور الأيتام الموجودة في المنطقة، فذكر له اثنتين، ما جعل والدي يطمئنّ إلى صحّة الرواية، دون أن يلاحظ أنّ هذا المذيع الشاب قد جمع كلّ المعلومات التي عجز هو عنها، وأنّه يقوم بتمثيلية صغيرةٍ أمامه لكي يحافظ على عذرية المفاجأة.

حان دوري، فترجّلتُ من السيّارة عندما تلقّيتُ إشارة المذيع ورحت أسير باتجاه والدي، وقسماتي ترتجف توتّراً وخوفاً وفرحاً.

الكاميرا تتعقّبنا بخفّة، وعلى بعد خطوتين منّي، أوقف جورج الرجل الستيني المستغرق في الحديث، فلم يلفته وجهي، وقال له:

– سيد عزّ الدين... انظر إلى الأمام جيداً، أتعرف هذا الشاب؟

التفت عزّ الدين إليّ، ثمّ إلى المذيع مستوضحاً الأمر، وعاد يتفرّس في وجهي مليّاً، عندما تسمّرت قدماه في الأرض وانغرزت عيناه في عينيّ.

هو ابنه! نعم... ابنه! كيف يخطئ هاتين العينين اللتين ارتسمتا في قلبه وجوارحه مهما بلغ بهما العمر؟

هو ابنه... طبعاً! قلبه الذي ينبض خارج جسده منذ ثمانية وثلاثين عاماً، فهل آن الأوان لأن تبتسم له الحياة؟

بدا والدي عاجزاً عن الحركة والنطق، وكأنّ قلبه توقّف في ضلوعه، وانتقل الخفقان إلى أعضائه كلّها. كأنّ حواسّه تعطّلت، ولم يعد يشعر بجسده، لم يشعر سوى باللهيب في عينيه وهما تذرفان دمعاً حارّاً، حرارة الفقد الذي كوى أحشاءه لثمانٍ وثلاثين سنة.

كان ينظر في عينيّ وكأنّه يطلب من الزمن أن يتوقّف للحظاتٍ فقط، ومن الموت أن يتريّث قليلاً ريثما يحتضنني بين ذراعيه، لمرّةٍ واحدة في حياته.

شفتاه المرتجفتان حاولتا أن تلفظا اسمي وخانتاه على حين صدمة، فتوارى صوته في أعماق حنجرته، وبحّة حنين وألم وأسى تحاول أن تستجمع الحروف المشتهاة:

– شا ... د ... ي... أنت... شادي.

مشهد العمر ذاك لم يحتج سوى إلى لحظاتٍ قليلة لكي ينتقل فريق التصوير من عالمٍ إلى آخر. لعلّهم لم يتخيّلوا وهم الذين اعتادوا

تصوير المشاهد المؤثرة والحكايات المبكية، أنّهم قد يعيشون في يومٍ ما لحظةً إنسانيةً مماثلة.

انحنيتُ على جسد والدي النحيل واحتضنته بكلّ جوارحي وأصبحتُ فجأةً الوالد.

أظنّ أن تلك البقعة من الأرض لم تعرف يوماً دموعاً أبلغ من تلك التي تدفقت هناك شلّالَ فرحٍ وابتهاج ووجع.

راح والدي يتحسّس كلّ ذرّةٍ فيّ، ويتلمّسني بيديه ودموعه ونبضاته، يقبّل يديّ وعينيّ وجبهتي، ثمّ هوى على الأرض يقبّلها، ولسانه يلهج بالحمد، وقبل أن يقف على قدميه احتضنني من ركبتيّ، ضمّهما إلى صدره، تمسّح بهما، ومرّغ دموعه بهما وهو يقول «يا حبيبي يا إبني».

لم أعش، ولست أدري إن كنت سأعيش في يومٍ من الأيام، عواطف مماثلة.

كنت كمن يشهد لحظة ولادته ولكن من جسد والده، من عينيه وقلبه ويديه وكلّ حواسّه. كأنّني خرجتُ لتوّي إلى العالم، ولم أعش قبل الآن لحظة كدرٍ واحدة، ولم أذرف في حياتي دمعة يتمٍ واحدة.

ها هو ذا قلب والدي ينبض فوق صدري بدفءٍ أزال من ذاكرتي كلّ معاني الحرمان. شعرتُ كأنّي لم أنفصل عنه يوماً، ولم أُحرم من وجوده قَطّ. عوّضتني تلك اللحظات القليلة عن عمرٍ من الوحدة، وغسلت من قلبي كلّ آثار الألم.

لم أكترث باسم هذا الشخص الذي يحتضنني بحنان الأرض كلّه، لم أعبأ بشكله، ولا بديانته، ولا بمهنته، ولا بأيّ تفصيلٍ آخر سوى أنّه للمرّة الأولى في حياتي أعثر في أبجديتي على لفظٍ تاه منّي لثمانٍ وثلاثين سنة. ها أنا ذا أعثر عليه اليوم في وجه هذا الرجل، في قسماته الدافئة، في عينيه المملوءتين دموعاً...

«بابا»...

ها أنا ذا أتلفّظ بها أول مرّةٍ منذ وُلدت، من قال إنّ في الوجود لفظاً أروع من «بابا»!؟

اليوم الخامس

الثلاثاء 30 ديسمبر

هو فراغك أنت ما يرعبك في دويّ الغياب،
لا خلوّ المدى من الحاضرين...

أنسي الحاج

الثامنة وعشر دقائق صباحاً – مار الياس – بيروت.

– بعدك نايم حبيبي؟ يللا ناطرينك كلنا عالترويقة، مش مصدّقين نشوفك... أيّ ساعة رح توصل؟

– يللا بابا، ساعة وبكون عندك.

أقفلتُ الخط مستغرباً استخدامك لفظ «بابا» بسهولة وانسياب وكأنك عشتَ في كنفي طيلة حياتك. تشابكت أفكاري متسائلةً عن اللقاء الذي سيجمعنا بك اليوم... عن شعورك بيننا، عن شعور الاغتراب الذي قد يلاحقك حتى عقر دارك، وعنهم... أتراهم سيتقبّلون وجودك بينهم ببساطة؟ هل ستصبح فعلاً واحداً منهم، أم سيرون فيك «يوسف»، وستبقى بالنسبة إليهم الولد الغريب، الدخيل على العائلة؟

كان الوقت يمرّ ثقيلاً جدّاً من الصباح الباكر. استيقظتُ عند الفجر بعد نومٍ متقطّع، صلّيت ودعوت لك، ثمّ ذهبتُ إلى السوق وأحضرتُ طلبات أم رائد، كلّها... عاونتني رانيا في ترتيب الصالة، حيث أعدنا توزيع طقم الكنب بشكلٍ يتّسع معه المكان لكراسٍ ومقاعد إضافية، ونفضتُ أنا الطراريح والستائر الخمرية، فيما مسحت هي الطاولات في الزوايا والوسط، ورتّبت صور العائلة المعروضة بإطارات فضيّة، وكذلك الآيات القرآنية، والمزهريّة.

تراه سيعجبك، بيتنا المتواضع؟ كنتُ مهتمّاً جدّاً بأن تجد في منزل والدك الدفء والراحة، وإن كنتُ أعلم جيّداً أنّ فخامة الأثاث أمرٌ ثانويّ في منحنا ذلك الإحساس، ولكنّي أردت أن تحتفي كلّ الأشياء بقدومك.

عند التاسعة والنصف توقّفت سيّارة أجرة في الشارع، ترجّلتَ منها ووقفتَ للحظة تنظر إلى العمارة... هل تردّدتَ في الدخول؟ رأيتك تتأمّل البناء القديم الذي صبغه الزمن بلونٍ أصفر باهت، حيث ارتفعت طوابقُ خمسة، في كلٍ منها شقّتان، وها هو ذا منزلنا في الجهة اليسرى من الطابق الثالث، يبتسم لقدومك، فهل دقّ قلبك للمكان الذي تفتّحت فيه عيناك؟

شعرتُ بك من الشرفة، متردّداً ومرتبكاً، وكأنّك تتريّث في الدخول... كأنّك تخشى ما ينتظرك.

لم يتسنَّ لك أن تقرع الجرس، فباب الشقة مفتوحٌ على مصراعيه، وأنا والعائلة ننتظرك على العتبة بوجوهٍ وعيونٍ شاخصة.

ليتك تعلم حقاً كم انتظرتك... عمر بأكمله... وإخوتك، لقد كانوا ينتظرونك هم أيضاً ثلاثين عاماً دون أن ينتظروا حقاً... كنتَ بالنسبة إليهم اسماً بلا صوت وبلا ملامح، اسماً يجمعهم به رجلٌ واحد، كان يرى في وجوههم صورتك، ويلمح في عيونهم ابتسامتك.

ها هم، إخوتك، يصطفّون خلفي، وفي عيونهم ألف سؤالٍ وسؤال، وعلى شفاههم ابتسامة الدهشة، وكأنّهم لم يصدّقوا من قبل حكايات والدهم عن ذلك الشبح الذي يسكن حديثه كلّما أتى على ذكر الماضي، فإذا به يتجسّد فجأةً أمامهم، بشحم ولحم.

لمحتُ في وجوههم نظراتٍ لا تقلّ حيرةً عن نظراتك، فلعلّ الحذر والترقب يسكنانهم هم أيضاً، وربّما تتلاعب بهم المحبّة واللهفة... لعلّهم يريدونك ويخشونك في آن واحد، ينتظرون لقاءك ويحذرونه.

جالت عيناك في كلّ الوجوه المنتظرة، لحظاتٌ بدت لي دهراً.

كنّا لا نزال على العتبة، حيث عمرٌ ينتصب أمامنا مرتعشاً ومشتاقاً، احتضنتك بين ذراعيّ فيما بدأت عبارات الترحيب من أمّ رائد، زوجتي.

– أهلا وسهلا، أهلا وسهلا، نوّرت.

ابتسمتَ لها وأنت تتعثّر بحيرتك أمام العيون المترقّبة... كأنّك تائهٌ بينها، متردّدٌ بين مصافحةٍ واحتضان... فبين هذي وذاك مسافةٌ تكفي لأن يموت عمرٌ ويحيا آخر... وقبل أن تنكشف عنك خيالات الحيرة، رأيتُهم يقتربون منك جميعاً، يصافحونك، ويعانقونك ويردّون عن عينيك شبح الوحدة والماضي.

ها هي ذي الأمور تبلغ خواتيمها، وها أنا ذا أقطع دابر المجهول وأحتضنك بين ذراعيّ!

بدأت بتعريفك إلى الحاضرين.

– هيدي الست أم رائد، مرتي، وهيدي رانيا، أختك الوسطانيّة، رندة، أختك الكبيرة وابنها آدم، وهيديك عمّتك فاطمة...

كانت الابتسامات مرحّبة، وعلى الشفاه ارتعاش أسئلة. بادلتَ الوجوه أمامك ابتسامةً مماثلة، وتوقّفت لحظةً أمام الصغير آدم... كأنّك عثرتَ على نسخةٍ مصغّرة منك...

انتهى لقاء العتبة الأول، وواكبك الجميع إلى الصالة حيث كان ينتظرك هناك فوجٌ آخر.

رحتُ أعرّفك إليهم...

– عمّك إبراهيم، كبير العيلة... عمّتك إم مصطفى... بتول بنت عمتك... حسن ابن عمك المرحوم عبد الكريم، وابنه أمير، وهيدا جدّك أبو إبراهيم الله يطوّل بعمرو...

كنت تتوقّف عند كلّ اسمٍ، تصافح وجهه قبل كفّه، وترسل له عيناك ابتسامة ودٍّ ومحبّة... كان في وجوههم بشاشةٌ مريحة، والكثير الكثير من الأسئلة.

شعرت بأنّ جدّك أبو إبراهيم كان أجمل مفاجأةٍ خبّأتها لك الأقدار. أطلتَ الوقوف أمامه، يدُك بين يديه المرتجفتين، وهما ترحّبان بك بحرارةٍ وحبّ...

راقبتَ العجوز التسعينيّ مليّاً، وقد سلبه الزمن ملامحه، ولم يترك له سوى أنف كبير وأمواج من التجاعيد الكثيفة... جسد نحيل ممدّد على الكنبة، تشكو ساقاه تعب العمر وشقاءه، ويد هزيلة تعبث بسبحة صلاةٍ بنّية اللون.

انحنيتَ لتقبّله فاحتضنك طويلاً وهو يردّد بصوتٍ خافت:

«الحمد لله عالسلامة... ألف الحمد لله... اللي ردّ يوسف ليعقوب ردّلنا ايّاك...».

جلستَ في مقعدٍ اختاره لك عمّك، في الوسط، وبدوتَ مرتبكاً وأنت تتأمّل كلّ ما حولك، فتدهمك عيونٌ وعيون.

كان أوّل ما لفت نظرك صورة لي بالأبيض والأسود، عُلّقت على الجدار، يوم كنتُ في بداية عقدي الثالث، بشعرٍ كثيفٍ وحاجبين عريضين وعينين متمرّدتين... تأمّلتَها مليّاً وكأنّك تبحث عن شبهٍ بيننا، وتنقّب عن خطوط العمر الذي فاتنا معاً.

في الكرسيّ المقابل لك، جلست أختك رندة، وراحت تتأمّلك بحنان، فيما وقفت رانيا قرب الباب، بالقرب من بتول، صامتة. ابتسمتَ لرندة وهي ترحّب بعودتك وحاولتَ التودّد لصغيرها آدم الذي لاحظ الجميع أنّه يشبهك كثيراً بسمرته، واتّساع عينيه وجبهته، وشفتيه الصغيرتين.

كان أخي أبو ناصر أول المعلّقين على الشبه بينكما:

– سبحان الله! الولد لو بار تلتينو للخال[1]...

قالها متودّداً...

في الحقيقة كان فيك شبهٌ أيضاً من رندة، وإن كانت أجملكم كما يحلو لجدّك أن يقول... لرندة طلّة بهيّة لا علاقة لها بجمال الملامح، بل ثمّة جمالٌ ينبع من روحها ومن بشاشة مبسمها. هي حنونةٌ جداً ومحبّة، على الرغم من أنّها عنيدة أحياناً، وأظنّك لاحظتَ قربها منك، فأنت عفويّ جدّاً في الحديث معها، بعكس أسلوبك مع رانيا. أتعلم؟ لعلّ رانيا هي أكثر أولادي غبناً، فهي في الوسط، لم تنل أهميّة رندة ولا دلال رائد، ونشأت بشخصيّةٍ كتومة ورسميّة، مع أنّها طيّبة جدّاً وخدومة.

بدأت العائلة تطرح عليك الأسئلة الافتتاحية المتوقّعة عن بيروت وفرنسا، وعودتك المحتملة إلى لبنان في المستقبل القريب. جلست بقربك، أقدّم لك سيجارةً حيناً، ثمّ أناولك منديلاً أو كوب ماء حيناً آخر، وعيناي لا تفارقان وجهك...

أردتُ أن أعوّضك أبوّةً متأخّرة...

رحتَ تخبرنا عن السيّدة التي تبنّتك في باريس، عن حنوّها عليك، وعن العائلة اللبنانية التي عشت بجوارها سنواتٍ طويلة

[1] مثل بالعامية اللبنانية. يعني أنّ الولد مهما لفّ ودار فإنه بثلثيه يشبه الخال.

ومدّتك بالعطف والدعم، عن عملك الذي تحبّه وعن أصدقائك الكثر... ثمّ التفتّ إليّ، وسألتني بارتباك:

– بابا، وين رائد؟ مش شايفو معنا...

أجبتك بغصّةٍ لن يشعر بها سوى من كان أباً...

– رائد يا بيّي مش هون... الله يردّو بخير... رائد بعرسال، مع الجيش...

كأنّك لمحت دمعةً حييّةً خلف نظراتي، فبهَتَ لونك وأنت تسأل:

– عرسال؟ مش هيدي نفسا المنطقة اللي عم يحكو عنها بالأخبار؟

– هي بذاتها...

– ورائد ليش هونيك؟

– خيّك مجنّد بالجيش... والأخبار يا بيي ما كتير بتطمن. الله يردّ عنو وعن الشباب... هلّأ محجوزين بالخدمة هالفترة وما فيهن ياخدو إجازات.

– وما عم تحكوا معو؟

– من وقت لوقت... بيحكينا لما يكون قادر... إلو تلات أيام ما اتّصل وإمو قلبها عم يغلي نار.

ناولتُك عن إحدى الطاولات صورةً لرائد بثياب العسكريّة، ورحت تتأمّل بعينين حزينتين وجه أخيك البريء وابتسامته النديّة... وتسأل عنه، عن عمره ودراسته وطموحه.

أخبرتك بأنّه سيبلغ العشرين بعد أيّام، وأنّه التحق بالجيش قبل أشهر بعدما يئس من مستقبله الأكاديمي، في مجتمعٍ تتكدّس فيه الشهادات الجامعيّة في مقاهي البطالة. لقد اختار أخوك أن يترك دراسة الحقوق في الجامعة اللبنانيّة لأنّه شعر بأنّه عبء عليّ، حاولت

إقناعه بالبحث عن عملٍ له بعد الظهر، لكنّه اختار أن يلتحق بالجيش حتى يقضي الله أمراً كان مفعولاً.

هل شعرتَ بشوقي لرائد، بخوفي عليه وبمرارتي وأنا أحكي لك عنه؟ هل تخيّلت الشاب الذي لم يرَ من الدنيا بعد إلّا الضياع والفراغ والحرب؟ هل لمستَ حزني وأنا أستقبل ابناً بعدما ودّعت آخرَ قد لا يعود؟ وهل بعثك الله إليّ بعدما أسلمتُ إليه مصير ولدي الذي عجزنا عن أن نجد له واسطة تنقله إلى بيروت وتبعده عن ساح الدمّ، في بلدٍ كلّ شيءٍ فيه محسوبيّات، وعلى كلّ مواطن فيه أن يدّخر لنفسه معارف سياسيّة لوقت الحاجة؟

استمعت إلى الجميع وهم يدلون بدلوهم في التحليلات السياسيّة، معلّقين على ما يجري في البلد، بعدما اختطف الإرهابيون قبل فترة عدداً من جنود الجيش اللبناني، وهدّدوا بذبحهم مقابل تسويات معيّنة، والبلد صامتٌ لا يحرّك ساكناً.

أخبرك ابن عمّك حسن عن «علي السيّد وعبّاس مدلج»، الجنديّين اللذين ذُبحا على يد تنظيم داعش قبل أربعة أشهر، أمام شاشات التلفزة وعيون آبائهم وأبنائهم. شاهدتَ معه الفيديو المؤثّر الذي تداولته صفحات الإنترنت عن مشهد ذبحهما بدمٍ بارد، وموقف عائلتيهما المشرّف، وبكيتَ وأنت تصغي لأم الشهيد وهي ترثي ابنها عريساً...

بماذا فكّرتَ تلك اللحظة؟ بوالدتك، أم بأخيك؟ هل خشيت أن يقع رائد في أيديهم هو أيضاً؟ أن يخسر شبابه ظلماً؟ أن أُثكل به؟ هل خشيت أن تتكرّر مأساتي بغيابك بشكلٍ أو بآخر؟

حاولتُ تغيير الموضوع بعدما سيطر على الجلسة نفَسٌ حزين، واستعنتُ بأختي لتشارك في الحديث عن الماضي وذكرياته وطفولتك المسروقة.

أتـراك أحببتَ عمّتك أم مـررت على وجـودها مـرور الكرام؟ هي في الحقيقة امرأةٌ طيّبة وحنونة، ولكنّها لا تعرف كيف تكسب ودّ الآخرين، فكثيراً ما يتذمّر البعض من ادّعائها وفضولها وأسلوبها في استعراض ثـروة زوجـها، بكثرة الـذهـب الـذي تـزيّـن بـه زنديها، والحجاب الحرير الذي يبلغ سعره رقماً خيالياً بالنسبة لنا، والملابس التي تذهب خصّيصاً إلى تركيا لتختارها بنفسها... فضلاً عن حديثها الذي لا ينتهي عن إنجازات زوجها ونشاطاته الخيرية، وذكاء أولادها واهتماماتهم السخيفة...

وُضعت المائدة أخيراً ووُزّعت الأطباق على الطاولة. لم تترك أم رائد نوعاً من الفطائر والمعجّنات والكشك المغليّ والألبان والأجبان والمناقيش والعصّورة والبابا غنّوج، وكلّ ما يخطر وما لا يخطر بالبال إلّا جهّزته.

بدأنا الطعام بـ«سيلفي» أخذتها لنا بتول، ابنة عمّتك، تخليداً لهذا اليوم التاريخي، وشعرتُ بالامتنان في حديثك وأنت تخبرنا عن الفرق الهائل بين طاولةٍ في فرنسا بكرسيٍّ واحد وفنجان قهوة وطبقين، وطاولة في لبنان يشغلها أكثر من عشرة أشخاص، تتشابك فيها الأيدي باحثةً عن حبّة زيتونٍ هنا وعرق نعنع هناك، وتصل قرقعة ملاعقها وصحونها إلى الشارع المقابل.

رحت أراقب بتول وهي تجلس في الكرسيّ بقربك، كم تبدو جميلة بحجابها الملوّن ووجهها البهيّ، وكم تبدوان مناسبين واحدكما للآخر، وهي تناولك ملعقةً تارةً وتسكب لك الشاي تارةً أخرى، وفي عينيها فرحٌ لم أرَه في وجه والدتها... هي لا تشبهها على أيّ حال... لاحظتُ أنّ بتول لا تتحدّث إليك مباشرة، بل تكتفي بالمرور في أحاديث الحاضرين، ربّما لأنّها خجولةٌ، لم تسمح لها الحياة بالاحتكاك كثيراً بالناس، فوالدها الثريّ لا يوافق على عملها لأنّها لا تحتاج إلى

المال، و يتدخّل في حياتها بطريقة منفّرة، فيتقصّى عن صديقاتها ومشاويرها وزياراتها.

تخيّلتكما زوجين، لا أدري لِمَ، هل لأنّني أحبّ ابنة أختي اللطيفة، وأتمنّى لها زوجاً صالحاً؟ أم لأنّني أريدك أن تمدّ جذورك في بلدك، ومع عائلتك، حتى وإن كان الوقت متأخراً...

قد تكون بتول زوجةً مناسبةً لك، إن تجاوزنا حجابها الذي لا أظنّه سيناسبك، أنت الذي عشتَ مسيحيّاً في بلدٍ لم يكن يوماً متسامحاً مع الحجاب، وخبرتَ الحياة المنفتحة هناك وعاشرت الباريسيّات... ولكن، من يدري؟

ها هي ذي بتول، تجلس بالقرب منك، وتلمع عيناها بفرح كلّما توجّهت إليها بالحديث، أتراها تحلم بالتحليق معك في فضاءٍ أرحب من عالمها؟

مع انتهاء الفطور، اجتمعنا من جديد في الصالة، كان الجوّ يزداد ألفة وارتياحاً، وقد بدأتَ تتحرّر شيئاً فشيئاً من رسميّتك. لاحظتُ اهتمامك بجدّك... راقبتكَ وأنت تطلّ عليه بين حينٍ وآخر، ترفع الغطاء على كتفيه حيناً، وتمسح على يديه حيناً آخر، وتحدّق في وجهه بحبّ... سألتني عن وضعه الصحيّ، وأخبرتك بأنّه يعاني من السكّر في الدم، وروماتيزمٍ مزمن...

استأنف الحديث عمّك إبراهيم، وسألك عن إمكانيّة انضمامك رسميّاً للعائلة، ورغبتك في ذلك. كنتَ لطيفاً جداً عندما التزمت الصمت فيما دار نقاشٌ طويل حاول فيه حسن أن يجيبَ عمّك نيابةً عنك:

– يا عمي شو بدّو بهالوجعة الراس... الزلمي أوروبّي... فرنساوي، شو بدّك فيه ترجّعو لبناني، وشو رح بتفيدو دخلك هالجنسيّة العظيمة؟

– أد ما كان... أصلو من هون وما بيصير ينكر أصلو...

– يا عمي ما حدا عم يقول ينكر أصلو، بس إنت متخيّل هالشغلة أدّيش بتاخد وقت وجهد؟ بدّو يقضّيها رايح جايي من الداخلية للخارجية لدايرة النفوس للمحكمة الشرعية... وبالآخر شو رح يطلعلو؟ بلد تعبان...

– هلّأ هو شو خسران... المهم يتغيّر إسمو ويصير من العيلة.

– لَيْك... إذا شي، خلّينا نبادل، بعطيه أنا إسمي وبيعطيني هوّي جنسيّتو وألله يلعن اللي بيقعد بهالبلد دقيقة بعد هيك.

– خلّصني يا زلمي... إنتو جيل مستقلع... بدكن كلّ شي يوصلكن عالجاهز... ما بتحكو غير بالسفر والهجرة...

هنا انفجر حسن ضاحكاً لأول مرّة منذ هذا الصباح، ثم أجاب عمّك ابراهيم قائلاً:

– أيّ جاهز يا عمّ اللي عم تحكيني عنّو؟ بشرفك... مين اللي حاطط دمّو ع كفّو وعم يحمي هالبلد برموش عيونو غير الشباب؟ ومين اللي عم يركض ورا الوظيفة ورغيف الخبز غير الشباب ويا ريت ملاقيين شي؟ نحنا اللي بدنا كلّ شي عالجاهز، وتلات رباعنا عم يسافرو ويتشمشطو من بلد لبلد ليأمنو جنسية تحفظ كرامتُن، لأن بلدُن مش سائل عنُّن؟ ليش إنتو وجيلكن شو ورّتتونا بهالبلد غير المشاكل والحروب وقرطة سياسيين فاشلين بدهن حرق؟

أراد عمّك أن يجيب، لكنّه لم يملك ما يقوله بعد الكلام الذي استرسل به حسن.

ارتشف قهوته، وهو ينظر من الشرفة وكأنّه يرثي البلد بمن فيه. لقد نال منه كلام ابن أخيه... لقد كان على حقّ تماماً في كلّ ما قاله... هو متأكّدٌ من ذلك... ولعلّ أكثر ما قد يحسدك عليه أقرباؤك

وعموم الناس في لبنان هو جنسيّتك الأوروبـيّة، وراحـة البال التي تنعم بها هناك.

صمت عمّك أبو ناصر، لأنّه تذكّر حجم معاناته من قسوة هذا البلد وانحيازه... هو الـذي عمل ميكانيكياً لأعـوامٍ طويلة في أحد كاراجات ضاحية بيروت، محاولاً توفير لقمة عيشٍ كريمة لأفراد عائلته، ولم يتمكّن من تسفير ولده محمّد الذي أصابه سرطان الدم، لإجراء عمليّةٍ في الخارج على حساب الوزارة، فلا مال للمواطنين في جيب الحكومة إلّا لمن كانت لديه واسطة كبيرة... وراح يتحمّل، هو العامل البسيط، مشقات علاج ابنه بعد أن باع ما باع، واستدان ما استدان، لكيلا يراه شمعةً تحترق أمام عينيه...

شعرتُ خلال جلستنا بـأنّ حسن هو أكثر من أثـار إعجابك، بشخصيّته وحضوره الطاغي وكلامه المتّزن، وحزنه السرّي الواضح...

راقبتك، كيف تصغي إليه بتمعّن، وتصادق على كلامه، وتتأمّل عينيه بحبّ، كأنّك تبحث فيه عن نفسك، فأنتما من عمرٍ متقارب... لكنّ ظروف حياة حسن أنضجته باكراً جـداً، فبدا كأنّه يفوقك سنّاً وعلماً وتجربة... أظنّ أنّ ما يجعلنا أكثر عمقاً في نظرتنا للحياة هو الألم... وربّما الأبوّة أيضاً...

أنت لا تعلم بأنّ حسن كان أكثر المتحمّسين للقائك اليوم، فأنا لن أخبرك عمّا جرى يوم أمس، إثر عودتي من لقائنا، أنا وأنت، مع جورج... ولماذا أخبرك، وأنا أحاول إقناعك بأن تبقى، وتنضمّ للعائلة؟ هل أخبرك أنّ زوجتي أم رائد لم ترحّب كثيراً بعودتك؟ فهي تظنّ أنّك «فرنجي»، ستستعرض علينا عضلاتك الأوروبيّة، وأفكارك الاجتماعيّة المسمومة. لقد حكمت عليك قبل أن تراك، وأقنعتْ عمّتك فاطمة وابنتها بتول بأنّك حتماً فارغ، لا تحمل أيّ عمق في حياتك وأفكارك، ولا يعنيك سوى نمط اللهو الأوروبي.

كانت تتحدّث بثقة:

– دخلك يا بو رائد... ما بعرف ليش كلّ هالأد متفائل برجعتو؟ هلّأ من كلّ عقلك إنو شادي رح ينسجم معنا؟ وين هو ووين نحنا؟ يعني مع احترامي إلك بس تربايتك غير ترباية الفرنساويي. هلّأ شادي اللي عايش حياتو بالطول وبالعرض بفرنسا، متل رائد اللي حاطط دمو ع كفو وعم يقاتل مع العسكر؟ شو جاب ل جاب؟

حاولت أن أخبرها بأنك ربما لست كذلك، فأنا التقيتك وحدّثتك واستكشفت جانباً من جدّيتك، ولكن عبثاً... كلّ ما خلصت إليه هو:

– شو بعرّفني... متل ما بدّك... خلّيه يجي إزا بدّك ومنتعرّف عليه... بلكي بيفيدنا بشي... بلكي بيسحب رائد لعندو ع فرنسا وبيزبّطو بشي شغلة منيحة هونيك بدل هالشمشطة بالجيش.

هذا كلّ ما كان يهمّها من عودتك، فهل يعنيك أن أخبرك؟ هل أقول لك إنّ عمّتك فاطمة لم تُرد أن يُذاع الخبر بين عائلة زوجها؟ لقد قالت لي بالحرف:

– شوف يا عزّ الدين، إنت خيّي وحبيبي، وشادي ع راسي وعيني، إنت بتعرف معزّتو من معزّتك، بس يا ريت ما تطنطنو الخبرية... خلّوها بيناتنا بس، بكرا ان عرفوا إخوات جوزي وسلفاتي بيصيرو يهتّوني إنو عندي ابن خيّ مسيحي، من إم الله بيعلم شو أصلها وفصلها... وإنّو أكيد في قصّة طويلة عريضة ورا تسفيرو ع فرنسا...

لم أفه بكلمة... تأمّلت أختي وهي تتحدّث بلهجةٍ تراوح بين المواساة حيناً والتهكّم حيناً. تركتها تتابع كلامها:

– بعدين يا خيّي، شو رح يطلعلك من هالشادي بالآخر؟ شو رح يشيل الزير من البير؟ آخرتو رح يرجع ع فرنسا... وينسانا... هيدا إذا تعنّى واعترف فينا أصلاً... شو غايبة عنّك إنّو اللي بيربو برّا بينسو أصلن وبيصيرو يشوفو حالن ع مين إلُن...

نعم... كلّ هذا الكلام سأخفيه عنك، وسأوهمك بأنّ ما تراه اليوم من ترحيبٍ وابتسامات هو حقيقة عائلتك، وليس حفظاً لماء وجهي أمامك.

أمّا عمّك ابراهيم، الذي تراه مبتسماً أمامك الآن، فلم يُبد هو الآخر ارتياحاً تامّاً لعودتك، لعلّه كان سعيداً بفرحتي وهو يهنّئني، ولكنّه كان قلقاً بشأن عودتك. لقد قال لي أمس:

– يا خيّي اللي قالولك اياه الجماعة صح... إنت هلّأ مبسوط إنّو إبنك رجعلك، بس ما بدّي اياك تتّاخد بعواطفك حتى ما تنصدم بعدين... شادي بيضلّو غريب، ما رِبي ع إيدك ولا تعلّم عاداتنا وتقاليدنا... بعدين لازم تعملو فحوصات إنت وياه لتتأكد، وإزا بدّو يرجع عالعيلة لازم يمشي ع ممشانا... يعني لازم يأسلم، ما بيصير بيت شعبان يكون فيهن واحد مسيحي...

منذ مساء أمس، وأنا أفكّر بك، وبهم. لقد وعدوني بعد هذا الحديث الطويل، والنصائح الأخويّة، بأنهم سيحضرون اليوم ليتعرّفوا إليك، فهم فرحون لأني سأرمي عن كاهلي همّ فقدك بعد كلّ تلك السنين، ولكنّ أحداً فيهم لم يظهر لهفةً للقائك سوى حسن ورندة... حتى أختك رانيا لم تبدِ أيّ تعبير... كانت صامتة ومتحفّظة كعادتها.

لا أدري إن كان يحقّ لي أن ألومهم على موقفهم الاستباقي منك... فهل كنت حازماً بما يكفي وأنا أدافع عنك، وعن أبوّتي لك؟ ألم أضعف أنا أيضاً أمام فكرة الابن الغريب الذي لا أعرف عنه شيئاً سوى دموعه وهو يحتضنني يوم أمس؟ وهل كان إحساسي ببنوّتك لي كافياً؟ وهل سأوافق على ضمّك للعائلة بالاسم فقط، متجاوزاً اختلافك معنا في كلّ شيءٍ آخر؟

تخيّلت لو أنّ رائد كان بيننا، كم كان سيسعد بك، وكم كنتَ ستسعد بنكاته ومرحه... رائد مشاكس وعنيد، لكنّه طيّب جداً،

وعطوف. لقد اشتقته كثيراً... أشتاق صوته وصخب حضوره في المنزل، وأشتاق مشاجراتنا حين كان يستخدم السيّارة مع أصدقائه، ولا يعود قبل ساعاتٍ، متناسياً حاجتي إليها.

ها هو ذا رائد، في ساح المعركة... إلى الأمس كان لا يزال طفلاً لا يعرف صنع شيء، حتى السندويشة كانت تحضّرها له والدته، فماذا تراه يصنع وحده هناك؟ هل كَبِرَ فجأةً وامتلأ رجولةً دون أن ألاحظ؟ أم الحرب تفرض علينا أن نصبح رجالاً رغماً عنّا؟

آه يا شادي، لو أنّك تدرك حرقة قلبي حين أفكّر بأنّه قد يقع أسيراً في أيديهم، فيذبحونه، أو يعذّبونه، كما يفعلون بالأسرى... لو أنّك تعلم كم أكتم لوعتي أمام الجميع مخافة أن أثير فزع والدته، فهي لا تكفّ عن البكاء والتفكير فيه... ليتك تعلم كيف مرّ عليّ خبر ذبح العسكريّين، مع أنّي كنت أعلم أنّ أخاك حرّ طليقٌ... يومها خرجت ولم أرغب في العودة إلى المنزل... لم أتمكّن من النظر في عيني أم رائد ورانيا، وهما تتساءلان بصمت، إن كان سيحلّ برائد ما حلّ بزميليه...

كنت منفرداً بأفكاري، فيما الحديث يدور بينكم في الصالة، وأنت تستمع إليهم وتبتسم، وفي لحظةٍ مباغتة سكت الجميع، وساد الصمت، فقالت رندة جملتها الشهيرة:

– جابت بنت...

لم تفهم أنت طبعاً قصدها، ولم يشرح لك أحدٌ معنى هذا القول واكتفوا بابتسامة...

فاستطردت أختك:

– شادي! شو رأيك تشوف حالك وإنتَ زغير؟

ابتسمتَ لفكرةٍ لم تخطر ببالك، فيما عادت هي ومجموعة الصور التي كنتُ أحتفظ بها.

– هيدي صورك لما كنت بيبي... كنتْ كتير مهضوم... وطبلوج... شوف شو بتشبه آدم...

أمسكتَها بفرح طفل، ورحتَ تتأمّلها بعينين مدهوشتين... جميعها بالأبيض والأسود، يظهر وجهك فيها سميناً بخدّين منفّخين ورأسٍ حليق، وأنت تبكي هنا وتضحك هناك، والمصّاصة في فمك.

بدوتَ مسروراً جدّاً وأنت تعثر على الماضي محفوظاً في ألبوم صور، وتوقّفتَ أمام أحد المشاهد متأمّلاً وجه والدتك وهي تحتضنك من الخلف وتنظر إلى الكاميرا بوداعة. كانت جميلةً جداً، ترتدي فستاناً قصيراً، وترفع شعرها فوق رأسها كذيل حصان، وفي عنقها صليبٌ صغير. كم بدت جميلة وحنونة وهي تضمّك إلى صدرها، وكأنّها تتشبّث بك!

تساءلتُ وأنا أنظر إلى عينيها، إن كانت عانت في تلك الفترة من اضطراباتٍ نفسية... أيحدث أن تتنازل امرأةٌ عن عواطف الأمومة وهي في كامل قواها العقلية والنفسية؟ أوليست الأمومة مفتاح قلب الأم وروحها وعقلها؟ فماذا يبقى منها إن هي فرغت من أمومتها؟ وماذا بقي لوالدتك عندما عادت من المطار وحضنها خالٍ من أنفاسك؟ أبكت فقدك؟ أم هي اطمأنّت إلى أنّك قد نجوتُ من الحرب؟

وأنت، هل كنتَ ستفضّل البقاء مع والدتك لو أنهم خيّروك بيني وبينها؟ ألا يختار الصغار أمّهاتهم دائماً، مهما كانت علاقتهم صحيّة وقويّة بآبائهم؟ لا شكّ في أنّ الأم هي حاجة الطفل الأولى والأخيرة، والفلك الأكبر الذي يدور فيه عالمه، أمّا الوالد فهو احتياجٌ متأخر، نكتشفه لاحقاً.

شعرتُ بأنّ حضور والدتك في الصور أصابك ببعض الكدر، بينما أعاد إلى ذهني ذلك الحبّ المجنون الذي جمعني بها ذات يوم. أردتك أن تعرف أنّي لم أعد غاضباً منها، أو حاقداً عليها، فرحت

أخبرك سريعاً ببعض التفاصيل التي لم تسمعها مني يوم أمس، مستغلّاً وجود أمّ رائد في المطبخ.

كنت مرتبكاً جداً... شعرت بقلبي يخفق وبصوتي يرتجف وأنا أخبرك عن ذكريات الحب الذي كنت أرسله لها عبر شرفتها، كيف كنت أقف حيناً وأتمشّى أحياناً بانتظار أن تخرج لأراها، كيف كنت أرمي الرسائل على شرفتها ملصَقةً إلى حجرٍ صغير. شعرت بالحرج من تعليقات وغمزات حسن ورندة عندما حدّثتك عن مغامرة الخطيفة، يوم تركتْ منى بيت جدّك، كيف انتظرتها على الموتوسيكل أمام مدخل البناية، وكيف رمت لي بحقيبتها من شرفة غرفتها...

ضحكنا لنكات حسن على جيلنا وأسلوبه في الحبّ، وسعدتُ بسيل ذكريات تدفّق إلى رأسي دفعةً واحدة، وأوقفته أمّ رائد منهيةً بحضورها سيرة الماضي...

لملمنا الصور، ثمّ غادَرَنا عمّك ومعه عمّتك فاطمة عندما حلّ أذان الظهر، واستأذنتك لأداء الصلاة، ثمّ تبعني حسن، وتركناك وحدك مع رندة وبتول.

سمعتكم تتحدّثون عن أزمة الحجاب في فرنسا، وعن قصّة صديقةٍ لك كانت تتعرّض للكثير من المضايقات في الطرقات، وعن مساندتك لها مع صديقين لك هناك...

طمأنينةٌ غريبةٌ سرت في قلبي، وشعرت بأنّ لصلاتي في هذا اليوم معنىً جديداً وعمقاً مختلفاً، حين انهمرت دموعي على وجهي وأنا أقول:

«سمع الله لمن حمده... ربّنا لك الحمد»!

***

الخامسة عصراً بتوقيت المنارة...

عزيزي منصور...

أفتقدك وأفتقد باريس على الرغم من أنّني في وطني، وبين أهلي... لقد غادرت لتوّي منزل والدي، بعدما التقيت أفراد عائلتي، ولن أستطيع أن أصف لك مشاعري المختلطة وأنا أرى مشهد الرؤوس المصطفّة لاستقبالي، إذ ليس من السهل أن تستيقظ من نومك لتجد ثلاثة إخوة لا تعرف عنهم شيئاً، تجري في عروقكم دماءٌ مشتركة، ينتظرونك في الطرف الآخر من العالم. كانوا ينتظرونني فعلاً... بلهفةٍ طفحت بها عيونهم وقلوبهم، وأشعرتني بأنّ العمر الذي انقضى، لم يكن سوى فراغ...

كيف أصف لك حضن أبي، وحنانه وفرحته بوجودي في منزله؟

كيف أحكي لك عن اهتمامه بي وعن سخف أيّامي بعيداً عنه... لم يحدث أن خامرني يوماً شعورٌ بالأمان كما حدث وأنا في كنفه...

ليس هذا فحسب... بل إنّ لي جدّاً طيّباً على قيد الحياة يُدعى «أبو إبراهيم»! تخيّل؟! كما عثرت أيضاً على نسخةٍ منّي! لن تصدّق! إنّه آدم ابن أختي رندة! لا أروع من أن تجد لك شبيهاً من حيث لا تحتسب! تخيّلتُ لو أنّ لي ولداً، هل كان سيرث ملامحي كما يفعل هذا الصغير؟ من فرحتي به، تمنّيت لو أنّه كان ابني... أو لو كان لي ولدٌ مثله...

ولكن، على الرغم من حفاوتهم ومحبّتهم جميعاً، لمحت خلف عيونهم كلاماً مخفيّاً... شعرتُ بأنّهم يسألونني صمتاً عن ماضيّ وديانتي، وعن إمكانيّة اعتناقي للإسلام... تمنّيت لو أنّهم أفصحوا عمّا أخفته قلوبهم، فقد كان بإمكاني أن أطمئنهم أنّ الدين لا يعنيني كثيراً.

منصور، أنا عاجز عن وصف مشاعري، شيء ما هنا يُشعرني بأنّي حيّ، وعلى قيد الفرح، مع أنّ نبأ التحاق أخي بالجيش ووجوده في بؤرة الخطر أرّقني. لن تصدّق حجم التناقض الذي يسكنني ويسكن هذا البلد...

هنا تعرّفت إلى الوجه الآخر للوطن: وجه لا يشبه أبداً الذكرى الجميلة التي حدّثتك عنها. غلاءٌ فاحشٌ يستشري هنا، والوضع السياسي يتأرجح على كفّ تجّار السياسة. لا شيء سوى الهجرة والاغتراب وتصلّب الأطراف الذي يكبّل مستقبل الجميع بانتظار المجهول.

منصور... أشتاقك وأفتقدك وأشعر بدفء في قلبي... لعله حبٌ لبنانيٌ في طريقه إليّ... سأوافيك بالتفاصيل لاحقاً.

قبلاتي لك وللعائلة.

شادي

اليوم السادس

الأربعاء 31 ديسمبر

الأجوبة عمياء... وحدها الأسئلة ترى...

أحلام مستغانمي

لم أتّخذ يوماً من نهاية السنة عيداً، ربّما لأنّها تحمل صفة الوداع الذي لم أصنع معه يوماً علاقةً سويّة... لطالما ترصّدني الوداع وجرّدني ممّن أحب، فهل سيكون لهذا التاريخ اليوم تحديداً علامةٌ فارقة، بعدما قرّر الواحد والثلاثون من ديسمبر 2014 أن يكون مختلفاً، وأن يجمعني بوالدتي تكفيراً لي عن كلّ السنوات التي استهللتها وحيداً؟

مرّ طيفها في خيالي.

حتى الآن هي لا تعلم بوجودي في بيروت، ولا خبر لديها عن كلّ ما آلت إليه الأمور، وعلى الرغم من توتّري وتخوّفي من اللقاء، أشعر بحماسةٍ وفضولٍ لرؤيتها. أريد أن أحتضنها أخيراً لعلّي أشعر بحنانها، وأن أعاتبها وأبكي غربتي على صدرها، لعلّي أقيم ما تهدّم في جدار علاقتنا.

لقد سمعتُ مراراً بأنّ للأمّهات قدرةً عجيبةً على أن يترصّدن حزن أبنائهنّ ويكشفن بواطنهم وإن كانوا في السماء السابعة، فهل

تشعر والدتي بتوتّري الآن؟ وهل تستشعر وجودي معها في المدينة نفسها، على بعد أمتارٍ منها؟ وكيف تراها ستتلقّف الخبر؟ تراها ستفرح؟ هل ستُجنّ عندما ستراني أمامها؟ أم لن تولي وجودي اهتماماً كبيراً؟ لا أدري لمَ تسكنني الرهبة كلّما فكرّت في لقائها...

لعلّ أجمل ما في لقائي بوالديّ أنّهما مسجّلان للأبد، ليس في ذاكرتي وحسب، بل على أقراص مدمجة سيزوّدني بها تلفزيون «STAR TV»، وسيكون بإمكاني أن أطالعهما كلّما أثقلني الحنين، وأن أعيش تلك اللحظات الخالدة في قلبي أو مع أولادي في ما بعد.

خرجتُ إلى الشرفة، كانت الشمس قد استفاقت نشيطة ودافئة، سرحت في الأفق الممتّد أمامي. لا طعم لبيروت بدون يارا، ولا معنى للوقت في غيابها.

مرّت غمّازتاها أمام عينيّ، فابتسم قلبي متسائلاً: «ما رأيك أن تتّصل بها، أو تدعوها للقاء؟».

لا أدري لمَ أشعر بالحرج من الاتّصال بها، فهي لم تجب على هاتفي يوم أمس. أتراها استاءت من قبلتي ذلك المساء؟ ولكنّي لمست في شفتيها دفئاً وشى لي بكلامٍ كثير وبمشاعر متبادلة بيننا.

«هل أعاود الاتّصال بها؟» فأنا أرغب في أن ترافقني اليوم إلى موعدي، أرغب في أن تشاركني هذا الحدث المفصليّ في حياتي وأن تحتوي اضطرابي وتوتّري سكينةُ عينيها الحبيبتين. ولكن ماذا لو اعتذرت، أو تجاهلت هاتفي؟

كنتُ مرتبكاً أمام شوقي إليها ورغبتي في وجودها معي، فارتأيت أن أكتب إليها رسالةً هاتفية قد تجنّبني حرج الحديث:

«يارا! أشتاقك جدّاً، وأرغب في لقائك... لا أدري إن كان من اللائق أن أكرّر طلبي إليك بمرافقتي الليلة إلى اللقاء التلفزيوني، ولكنّ وجودك بقربي يعني لي الكثير...».

وفي غمرة انشغالي بانتظار ردّها، مدّني الهاتف برسالة...

Cher Chadi,[1]
Tu me manques toi aussi et je suis très heureux pour toi!
Enfin te voilà dans les bras de ton père! Incroyable!
Profites-en bien et ne pense à rien d'autre; tout va s'arranger... même cette confusion affective envers Beyrouth.
N'oublie pas de m'envoyer une photo de ton nouvel amour!
J'attends que tu viennes et que tu me racontes.
Bonne année!
Mansour

لم تكن يارا إذن...

إنّه منصور! إنّها نفحات باريس!

شعرتُ بحنينٍ صاخبٍ إليه، إلى المكتب الذي يعرف خطونا وجنوننا، إلى شرفتي وغيتاري، وإلى العجوز بيار في الطابق الأول. كنت مشتاقاً لكل شيء هناك، للمترو والطرقات والحانات، لزحمة المحطات وروائح النساء، لوجوه المارّة على رصيف نهر السين، ولطعم الباغيت الطازج... لكلّ شيء.

نفثتُ دخان اشتياقي مع آخر نفسٍ في سيجارتي، ثمّ عدتُ إلى الغرفة، فتحتُ التلفاز ورحتُ أقلّب في القنوات والفضائيات. محطةً بعد أخرى، صادفتُ عدداً من البرامج العربية المتنوّعة، مررتُ بنشرة

1 عزيزي شادي، أنا أيضاً أفتقدك، وسعيدٌ جدّاً لأجلك. ها أنت ذا أخيراً في أحضان والدك، لا أصدّق! استمتع بوقتك وحسب، ولا تشغل بالك، كلّ الأمور ستصطلح في النهاية، حتى علاقتك المضطربة ببيروت. لا تنسَ أن ترسل لي صورة حبيبتك اللبنانية. أنتظرك لتخبرني بكلّ شيء.أتمنّى لك عاماً سعيداً. منصور.

الأبراج اليومية، ثمّ بإعلان ترويجي عن برنامج ساخرٍ ينتقد الوضع السياسي القائم في البلد، ونشرة أخبارٍ صباحية.

لا شيء سوى السياسة في هذا البلد الصغير، حتى الكوميديا سياسة.

أخبارٌ عن الأوضاع الأمنية البعضها الأمنية في جرود عرسال والمعركة المحتدمة بين الجيش اللبناني والتكفيريين، تهديدٌ للخاطفين ومساوماتٌ على وجودهم، ومطالب لذوي المخطوفين واعتصامات، يتمّ وأسرٌ وابتزازٌ وتشرّد، ثمّ أخبارٌ عن الغذاء الفاسد في المطاعم والأسواق اللبنانية يصل إلى ذروته، وأطنانٌ من السكّر والقمح الفاسدين في مطابخ اللبنانيين، وكأنّ أزمة الغذاء هي جلّ ما كان ينقصهم.

برامج بلا جدوى هنا، ومقابلاتٌ سياسيةٌ تحرّض على الفتنة هناك، ونشرات أخبارٍ شغلها الشاغل التنكيد على المواطن بآخر صيحات السياسة. عَبَر أمام ناظريّ على شاشة «Star TV» إعلانٌ عن برنامج «فرحة عمر»، يظهر فيه جورج كرم باسماً بزيّ رسمي ونظّارة.

أخذني الإعلان إلى أحداث الليلة، هل أنا جاهزٌ حقاً للتصوير؟ لعلّي لم أفكّر كثيراً في ظهوري على التلفاز أمام الكاميرات والأضواء والجمهور، ولا في الكلام الذي سأقوله، ولا بالارتباك الذي قد يعتريني لدى ظهوري على الهواء للمرّة الأولى.

كلّ ما فكرتُ فيه يوم عُرضت عليّ فكرة البرنامج، هو أنّني قد أعثر على والدي من حيث لم أحتسب.

تساءلتُ عن حقيقة رغبتي في العثور على عائلتي. لماذا لم أكن مهتمّاً بذلك من قبل؟ لماذا لم آتِ ولو مرّة واحدة، فأعيث في ذاكرة أمّي بحثاً وتنقيباً؟

هل كنتُ شفّافاً فعلاً عندما أخبرتُ جورج بمشاعري تجاه والدتي؟ وهل كنت صادقاً عندما ذكرتُ له أسباب تغيّبي؟ ألم تكن

تلك مسوّغات أستر بها كسلي واستسلامي واكتفائي بباريس حضناً بديلاً؟

تابعت التقليب بين قنوات التلفاز درءاً للوقت. وفي لحظةٍ مباغتة بين الخيال والواقع، وبين الماضي والحاضر، أطلّ أمامي على إحدى الفضائيات وجهٌ ستيني، ورمى بي عشرين عاماً إلى الوراء.

أتراه هو فعلاً أم هي خدعة الحنين؟

اختلطت الوجوه أمامي على الشاشة وتداخلت فجأةً مع الأصوات والمشاهد القديمة، مع حرف الشين الذي كان له وقعٌ مختلف وسط أبجديته، ونظرته العميقة التي ازدادت عمقاً ووقاراً. لم أكن أستمع إلى ما يقوله الصوت الجهوريّ، ولم أكن لأكترث بمضمون الأفكار التي يناقشها مع المذيعة، فقد كان الماضي صاخباً من حولي، والوجوه المتزاحمة تشوّش تركيزي.

لم أصدّق ما أرى! رحتُ أدقّق في ملامحه التي بدا اختلافها يظهر أمامي شيئاً فشيئاً، بدءاً بشعره الذي اختفى نصفه تقريباً، وعينيه اللتين شحّ بريقهما، ثمّ أنفه المستدير الذي أصبح أكبر حجماً، والتجاعيد التي اجتاحت وجهه وابتسامته، ولكنّه لم يتغيّر تماماً. لا يزال وسيماً رغم الزمن... فالأحبّاء لا يتغيّرون، لا يشيخون ولا يشحبون، يبقى بريقهم ساطعاً في أعيننا وإن أتعبتهم السنون، وتبقى محبّتهم تسدّ زوايا قلوبنا وإن غابت عنّا وجوههم.

تذكّرتُ فجأةً يتمي، وتذكّرتُ كم مرّةً تمنّيتُ في الماضي لو أنّ لي أباً طيّباً كالعمّ سليم.

وسرعان ما ابتعدت الكاميرا عنه لترسم في مربّعها ابتسامة المذيعة وهي تشكر الضيف والمشاهدين على حلقة اليوم، وترميني بجوابٍ قطع شكّي باليقين:

«نشكر ضيفنا الدكتور سليم صبّاغ، أستاذ العلوم السياسية في الجامعة اللبنانية على حضوره معنا اليوم».

إنّه هو، ولم تكن أضغاث رؤية!

أنا لا أحلم! هي جوليا إذن! لعلّها تعيش معي اليوم تخاطراً من نوعٍ خاصّ، أو تستشعر وجودي في عالمها.

عبر مخيّلتي فجأةً وجهها الذي لم أره منذ سنواتٍ طويلة. أين تُراها الآن؟ أيّ شارعٍ من شوارع بيروت يضمّ ظلّها وعطرها وخطوَ قدميها؟ تذكّرتُ ابتسامتها الجميلة، وبحّة صوتها العذب.

تساءلتُ إن كانت تتذكّرني كما أتذكّرها؟ هل تتحدّث عنّي إلى صديقاتها كما تفعل معظم النساء عندما يجتاحهنّ الحنين إلى الماضي؟ أم باتت تخبر قصّتنا ببرود بعدما أصبحنا صديقي ماضٍ فقط، سقطت عنهما كلّ أوزار الحبّ؟

نزلتُ إلى الشارع، في محاولةٍ للهرب من براثن الماضي. كان صدى صوت العم سليم لا يزال يرنّ في أذنيّ. حاولت أن أشغل نفسي بمشاهدة البحر والمارّة... الجوّ دافئ، وزرقة السماء تنبئ بتراجع المطر... لا أجمل من منظر الموج الذي يتكسّر على الشاطئ، ثمّ يتراجع نحو عمق البحر! هذا ما تقوم به ذاكرتي منذ قدومي إلى لبنان، تتلاطم الذكريات عند بوابتها بقوّة، وتعود لترقد في حضن الماضي بسلام، مدّ وجزر دون توقّف.

على كورنيش الروشة، وقفت مستنداً إلى الحاجز الحديدي الذي يفصل البحر عن الرصيف، أمام تلك الصخرة التي تحطّمت عليها ذات يوم أحلام الكثيرين، وشهدت حكايات الأيّام الغابرة... رحت أتأمّلها والمدى الهادئ، وهما يودّعان سنةً أخرى، ثمّ أتلفّت إلى المارّة، متفحّصاً وجوههم، وكأنّي أبحث في ملامحهم عن حكايات تشبه حكايتي.

لو أنّ لهذا الرصيف لساناً لباح لي بآلاف القصص التي تعبره كلّ يوم، ولو كان للبحر أن ينطق، لما توقّفت حكاياته يوماً.

راحت عيناي تراقبان الأولاد المتنقّلين بين الناس بسلال وردٍ وعبوات ماءٍ يبيعونها للمارّة... بوجوهٍ حزينة، وأجسادٍ باردة، وملابس معظمها بالٍ أو ممزّق. تذكّرتُ حديث عائلتي أمس عن أزمة اللاجئين السوريّين الذين يملأون المدن اللبنانية، وأطفالهم الذين تغصّ بهم الطرقات والكورنيش، إذ يتجوّلون ويتحايلون على الحظ ليرسل في دربهم أولاد الحلال ممّن سيشترون ما بحوزتهم من علكة، أو مناديل ورقية، أو ماء، فهم أيضاً أصبحوا بلا وطن، ويتشاطرون الغربة على أرضٍ لن تكون لهم يوماً وطناً.

اقتربتْ مني إحداهنّ، فتاة صغيرة ابتسمت لي ابتسامةً حزينة. كانت في العاشرة من عمرها تقريباً. شقراء، جميلة، بعينين خضراوين ونظراتٍ مكسورة. طلبتُ منها باقةً من الورود الحمراء، وسألتها عن تفاصيل كثيرة، لأكتشف أنها سوريّةٌ فعلاً، من مدينة حمص، وأنّها فقدت والدها العام الماضي في الحرب، ولها أخٌ يجول معها في المنطقة ليكسبا قوت يومهما ويعيلا والدتهما وأخويهما.

كانت بلون الأحلام، ترقد في عينيها حفنة طفولة، وبقايا شعلةٍ أطفأها الألم... وكنت أستمع إليها بحبّ، وأرى وجهي مرسوماً في ملامحها، وطفولتي المبتورة مصلوبةً فوق ابتسامتها، تعاتبني: «ما أقبح عجزكم أيّها الكبار!».

ودّعتني بابتسامة، وأنا مسمّر على المقعد الخشبي، أفكّر بمصيرها هي وآلاف الأطفال غيرها ممّن فقدوا بيوتهم، وذويهم ووطنهم وأحلامهم. فهل من العدل أن ينعم أولاد الخارج بحياةٍ مرفّهةٍ ومستقرّة، فيما ينتظر هؤلاء الأطفال مصيراً مجهولاً، ويعيشون الشتات والذل والقهر؟

تساءلت عن مصيري لو أنّني بقيت شادي اليتيم، بلا جنسية أجنبية أو حضنٍ فرنسيّ يقيني اليتم والفقر والضياع، هل كنت سأحظى باستقبالٍ مماثلٍ في مجتمعي وعائلتي؟ وهل كنت سألقى الحفاوة نفسها والاحترام والترحيب نفسيهما بين أهل بلدي؟ أم كنت سأتسوّل عطفهم وعونهم تماماً كما يحدث لهذه الطفلة السورية وغيرها؟

عجّت بصدري صورٌ بعيدة وأصوات مدافع لطالما دكّت فرح طفولتنا لسنواتٍ طويلة، عندما كانت تحتجزنا في قبو الدار مع الست نادية والأب بولس، وسط البرد والخوف والظلمة، مكوّمين واحدنا قرب الآخر، وملتحفين ببطانيّاتٍ خفيفة.

ما زالت رائحة الرطوبة والغبار هناك تحكّ أنفي، وظلالٌ خفيفةٌ آتيةٌ من حيث لا أدري، وهمسات أطفال وضحكاتٌ بريئة، وبطاريّة منهكة يتراقص نورها في يد «أبونا» بولس، تتلصّص لنا على المدخل، كلّما أراد أحدنا أن يتبوّل، عند باب القبو الخارجي.

عبرتني تلك الذكريات الباهتة، يوم كانت الحرب تستعر في الخارج، ونحن، بضحكاتنا وشقاوتنا، ننتظرها أن ترحل... تساءلت، هل عشتُ ذلك حقّاً؟ هل جلستُ في الملجأ السفليّ مع حنّا وفؤاد ونادر نلعب «الزؤوط»، متحدّين الحرب ببعض الحجارة الصغيرة؟ هل غطّينا أجسادنا ووجوهنا ذات مساء بشراشف الأسرّة البيضاء، وذهبنا إلى الحجرات المجاورة لنخيف الرفاق النائمين في أسرّتهم، فتعالى صوت الست نادية آتياً من الممرّ، مستنكراً ضجيجنا وصراخنا وضحكنا؟

أستغرب تماماً ألّا يحضرني الآن شعورنا بالخوف آنذاك، أطفالاً... كأنّنا لم نكن نخشى أصوات القذائف... ولم نكن نخشى الموت... أوليس الموت واحداً أينما حلّ، والحرب واحدة مهما اختلفت أياديها؟ فهل يختلف شعور الناس بين حربٍ وأخرى، ومن

جيلٍ لآخر؟ لمَ أشعر بأنّنا كنّا أكثر اطمئناناً في حربنا آنـذاك من أطفال اليوم؟

كانت وجوه الأطفال المتناثرة على الكورنيش تعبر عينيّ، فيعلق في قلبي حزن ابتساماتها، وأتساءل: أولسنا جميعاً مسؤولين عن كلّ ما يحدث؟ أولسنا شركاء في صمتنا وتخاذلنا؟ فكّرت في أخي رائد، في خوفه من الحرب، في شعوره وهو يهاجم أعداءه، وهو الذي لم يتجاوز العشرين بعد... أتراه مؤمناً ومقتنعاً بما يقدم عليه؟ أم هو لا يملك الخيار؟

توقّفت أمام وجهٍ ستينيّ ابتسم لي بعينيه الحزينتين، وسرد على قلبي بصمته حكاية فقدٍ أو ربّما وجعٍ أو شتات... لمحت فيها لوعة Lilas وحنانها، فوجدتني أقبّل رأسها وأزرع في أحضانها باقة الورد التي ابتعتها، وأغلّفها باعتذارٍ خجول عن وحشيّة هذا العالم وظلمه وتعسّفه.

***

الحادية عشرة والنصف صباحاً، الروشة، بيروت.

ابتسمتُ لوجه رندة الملائكي الذي جلس بمحاذاتي، في مطعم «دبيبو»، معتذراً عن قدومه بلا موعد.

لرندة حضورٌ دافئ، ولعينيها حديث يطول ويطول، تشعرانك أحياناً بقلقٍ خفيّ يكتنفهما، ثمّ تبرقان فجأةً بابتسامةٍ طفولية.

سعدت بحضورها وحديثها وهي تحوطني باهتمامٍ أخوي. لقد تكبّدت مشقّة الحضور بالتاكسي لتراني وتمدّني بالدعم معتذرةً عن عدم تمكّنها من مرافقتي إلى الاستديو... فلولا آدم لكانت أوّل المرافقين لي...

أبهجتني لهفتها وهي تتحدّث عن سعادتها بعودتي، وعن الفرح الذي لم تره قبل اليوم في عيني والدنا.

– بتعرف شادي، نحنا وزغار يمكن ما كنا نحسّ كتير بعذاب البابا... ما كان يحكي عنك كتير، مرّات كان يصفن وتلمع بعيونو دمعة، بس ما كنا نعطي الموضوع أهمّية... لحدّ مبارح... مبارح، لما شفتو كيف كان عميطلّع فيك، وكيف صار يبكي لما فلّيت، عرفت أديش كان شايل بقلبو، وأديش كان فراقك معذبو ومش عم يحكي...

– أنا كمان ندمان... ندمان ع العمر اللي ضاع... يا ريتني جيت من زمان...

– حبيبي... المهم انك بالآخر جيت، وفرّحتو... مع إني ما بعرف إذا رح يقدر يتحمّل سفرك مرة تانية...

أجبتها دون أن أفكّر في صدق ما أقول:

– شو فيي أعمل؟ لازم إرجع... بصير إجي شوفو من وقت لوقت...

– إي والله يا ريت... ما تكسر بخاطرو... ما بتتخيّل أديش هو حنون وقلبو طيّب... حتى لما منزعل نحنا وياه، ما بيضاين كتير، دغري بيجي يصالحنا...

– وبتتزاعلو كتير عادةً؟

– يعني... مش زعل زعل... بس ما بيخلا الأمر، كلّ عيلة بيصير فيها نقارات.

– وشو بتكون الأسباب؟

– كتير إشيا... هلأ صحيح بابا قلبو طيّب وبدو مصلحتنا، بس ما بيشوف الأمور إلا من زاويتو، وبدّو يمشّينا دايماً عذوقو، ما قادر يستوعب إنو نحنا صرنا كبار، عنا آراءنا وأفكارنا ومنعرف الصح من الغلط وحابين نعيش متل ما بدنا...

–إي بس أكيد هو خايف عليكن وبدو حياتكن تكون أفضل...

– بنظرو... الأفضل بنظر الأهل مش بالضرورة يكون الأفضل دايماً.

– أكيد... معك حق، بس ما بتتناقشو سوا؟

– مبلا... مرات بيسمع وبيناقش... وأكتر الأوقات بيصير اللي بدو ياه...

ابتسمتْ وأنا أسألها كيف، فأنا لم ألاحظ ذلك في شخص أبي.

اختالت في عينيها أخبارٌ وحكايات كثيرة. تابعت:

– أمورٌ كثيرة... بعضها جوهريّ وبعضها الآخر عابر، ولكن من الصعب أن تتنازل دائماً عن رغباتك من أجل إرضاء الآخرين، وإن كانوا والديك... فمثلاً زواجي بيوسف، لم يكن بالأمر السهل... لم يوافق والداي ببساطة، وحتى اليوم، لم يتقبّلا فكرة زواجنا تماماً...

– ماذا تقصدين؟ هل تمّ الزواج خلافاً لرغبتهما؟

– ليس تماماً... لنقل إنّهما وافقا ولكن على مضض، بعد أن ملّا طلب يوسف المتكرّر للزواج بي على مدار أعوامٍ ثلاثة، ولأنّهما خشيا أيضاً من أن نتزوّج «خطيفة» فتلوك الناس سيرة العائلة. ولكن إلى اليوم، لم تتحسّن كثيراً علاقتهما بيوسف...

– أف... إلى هذا الحدّ؟ وما السبب في هذا الجفاء؟

– هو ليس اعتراضاً على شخص يوسف، بل على ظروفه... فهو فلسطيني، متواضع الدخل، يعيش في المخيّم ويحمل وثيقة الشتات، ولا مستقبل له ولا لأيّ فلسطينيٍ آخر في لبنان في ما يتعلّق بالعمل والتملّك وما إلى ذلك، وعموم الناس هنا لا يحبّذون تزويج بناتهم بمن كانت له ظروف مماثلة. لقد خطبني قبل يوسف ابن خالتي عدنان... رجلٌ فاحش الثراء... جاهٌ ومالٌ وسيّاراتٌ وخدم، ولكنّي لم أحبّه يوماً، كنت مغرمةً بيوسف حتى النخاع، ولم أكترث أبداً بوضعه الماديّ أو الحياتي.

– طيب... وماذا حدث بعد ذلك؟

– فسخت خطوبتي بعدنان، فلم تستسغ العائلة الأمر، جَافوني لفترةٍ طويلة واعتبروا أنّني قد تسبّبت بشرخٍ مع أسرة خالتي التي لم تنسَ يوماً رفضي لابنها، فقطعت علاقتها بي تماماً.

– وأنتِ؟ أسعيدةٌ أنت مع يوسف؟

– جداً... جدّاً... يوسف رجلٌ محبٌ وشهمٌ وكريم النفس. قد تكون ظروفنا صعبة في أغلب الأحيان، ولكنّنا متحابّان ومتفاهمان، ونفكّر جديّاً بالسفر، على أمل أن تتحسّن الأوضاع.

– إلى أين تنويان السفر؟

–إلى الخليج... أحد أقرباء يوسف وعدنا بتأمين تأشيرةٍ لنا إلى دبي للعمل معه هناك، في إحدى الشركات...

استمرّ الحديث طويلاً، حدّثتني عن وضعهم الحالي، عن صعوبة حياة الفلسطينيين اليوميّة في لبنان وعن المخيّم ومشاكله، ثمّ غادرت، بعدما دعتني لزيارتهم غداً.

قالت:

– شادي! لعلّي لم أعرفك إلا منذ يومين فقط، ولكنّي أشعر بأننا قد أمضينا العمر كلّه معاً، وتقاسمنا الكثير الكثير في هذه الحياة. وأرغب في أن أقول لك شيئاً: "ترفّق بوالدتك الليلة واستوصِ بها خيراً... تملَّ من حضنها، ولا ترهقها بالعتاب، فيكفيها عذابها لفراقك... أنا أمّ، وأفهم معاناتها جيّداً، وأقدّر شعورها... فلا تلتفت لما مضى، المهم أنّك قد عدت إليها وإلينا، وأننا لن نفترق بعد اليوم أبداً... الله يوفقك يا خيّي.

دغدغ قلبي لفظ «خيّي»... لم ينادِني به أحدٌ من قبل... كان له وقعٌ غريبٌ في روحي، أشعرني بالامتلاء.

***

السابعة مساءً، المنارة، بيروت.

على عتبة المساء وقفتُ أمام خزانة غرفتي، مرتدياً روب الحمّام الأبيض، ورحت أجهّز ملابسي لسهرة الليلة... لا أرغب في ظهورٍ تلفزيوني لافت، وأخشى أن تزيدني البدلة جفاءً ورسمية فتؤثر سلباً على حضوري.

أخرجت البلايزر الكحلية وقميصاً أبيض وجينزاً أنيقاً، وبدأت بالاستعداد للسهرة... كانت الأفكار ترتع في رأسي بالجملة، وفكرة وجودي بعد ساعتين في مقابل الكاميرا والإضاءات والجمهور تزيد من اضطرابي.

لقد أخبرني جورج بأنّ الفقرة المخصّصة لظهوري على الهواء مع والدتي لن تتعدّى العشر دقائق، وأنّ الوقت الباقي من الحلقة سيكون مخصّصاً لفقراتٍ أخرى، ومع ذلك فأنا شديد القلق.

سكبتُ كأساً من النبيذ، وجلستُ أنظر في الفراغ. باغتني شعورٌ عارمٌ بالوحدة. لا أدري لمَ يتفاقم اليوم شعوري بالحنين إلى باريس، وكأنّني غادرتها منذ وقتٍ طويل... فهل من الممكن أن أفكّر بالاستقرار يوماً في بيروت، بعيداً عن عالمي هناك؟

كنت أشعر بأنّ كلّ شيء هنا مختلفٌ عما اعتدته في باريس، الأمور هناك منظّمة جدّاً ومدروسة، كلّ شيءٍ مخطّط له مسبقاً بدقةٍ فائقة، وقلما تتعثّر يوميّاتي بمفاجآتٍ طارئة، حتى الوجوه والأشخاص والأسماء، أنا من أختارهم وأدخلهم إلى عالمي.

أمّا في بيروت، فالصدفة هي التي تتحكّم بزمام حياتي بطريقة عبثيّة، وكأنّ المدينة تعيش عشوائية الأحداث والتواريخ والأماكن، فلا توقّع لما قد يحدث، ولا تصوّر مسبق لما قد يباغتني حصوله في ما بعد.

نعم... إنّها بيروت! سيّدة الصدف والمفاجآت. لعلّ الشعور بالوحدة هو الفارق الأبرز بين هناك... وهنا. فالوحدة هناك نموذج يوميّ طبيعي، لا غرابة فيه، أمّا هنا، فلا فرصة لديك لتمارس طقوس وحدتك، لديه دائماً ما يشتّت فراغك.

تذكّرت احتفالات رأس السنة هناك، وابتهاج الناس وفرح المدينة، واستحضرت السهرات الممتعة التي كان يدعوني إليها أحياناً أصدقائي، والتي كانت تمتلئ بضحكنا وسكرنا وجنوننا. هو الحنين... يحوطني من كلّ اتجاه. تناولت جوّالي وباشرت بكتابة معايدات لأصدقائي، حين قُرع جرس الغرفة.

على عتبة الباب تسمّر قلبي وهو يرى يارا بكامل بهجتها تحدّق في عينيّ، بخبثٍ أنثوي عجيب وتقول:

– بصراحة ما هان عليّي خليك تروح عالاستديو لحالك! بس لعِلْمَك، ما في شي ببلاش! لازم تعوّضلي السهرة اللي راحت عليي!

مفاجأةٌ عبثت بكل جوارحي، وفرحةٌ لن تسعها جدرانٌ أربعة، فأنا بحاجةٍ لأن أفسح لها المكان وأشرّع لها الأبواب لكي تغمر كلّ شيءٍ حولها.

احتضنتها بين ذراعيّ وكل ما فيّ يرقص ويغنيّ لها «اشتقتلك»، غير مصدّقٍ أنّها هنا، معي، وأنّني في لحظةٍ واحدة امتلأتُ طمأنينة وأنا أتنفس ضوء عينيها.

هي معي إذن، هنا... في غرفتي...

للحظ فنونٌ أحياناً في استمالة قلوبنا، نحسبه فارقنا وهو عند عتبة بيتنا، يراقبنا بمكر وينتظر استنفادنا كلّ الآمال ليمدّنا مبتسماً

بأملٍ إضافي، وما أجمل هذا الحظ تحديداً عندما يأتي محمّلاً بعينيْ يارا!

لا يعنيني أيّ سبب قد تبرّر به حضورها إليّ، هي هنا لأنّها ترغب في رفقتي، وتفضّل البقاء معي في الاستديو على أن تستمتع بهذه الليلة المتميّزة وسط أصدقائها، هذا ما أريد أن أصدّقه الآن، فقط لا غير.

يا إلهي! ما أروع إطراقة عينيها الخجولتين، ونظراتها المرتبكة والمشتّتة وهي تهرب بنظرها في الغرفة، مطلقةً رشقاً من التعليقات والأسئلة، وقلبي هائمٌ في فضاء صوتها:

– أنا في غاية الامتنان لحضورك!

– شادي... يسعدني أن أكون رفيقة أمسيتك، كذلك أنا أشعر بالفضول لأرى عيني والدتك لحظة لقائك، ولأستشعر نبض قلبها وهي تحتضنك بين ذراعيها.

هل سبق للعمر أن ضحك لي هكذا، ومنحني طوعاً أجمل لحظاته؟

***

التاسعة والنصف مساءً، سنّ الفيل، بيروت.

جلست يارا بالقرب منّي في غرفةٍ صغيرةٍ في الكواليس بانتظار بدء الحلقة. استحكم منّي التوتر، وقلبي يعدو في صدري بلا توقّف.

في ذلك المربّع الضخم حيث يطغى اللون الأحمر، ويغطّي أحد الجدران شعار المحطة واسم البرنامج، توزّعت أربعة مدرّجاتٍ متقابلة، في كلٍ منها ثلاثة صفوفٍ من المقاعد يشغلها جمهور من مختلف الأعمار، وتفصل بين المدرّجات مقاعد مؤلفة من ثلاثة كراسيّ منفصلة، وزينةٌ تتلألأ فرحاً وابتهاجاً.

السكون يطغى في مدرّجات القاعة، وجورج، بطلّته الأنيقة، يتوسّط المكان بحضورٍ طاغٍ، وأنا خلف الكواليس، أنتظر... تتآكلني الرهبة والتوتّر.

بدأ التقرير الأول في الحلقة.

انتقل البرنامج من التقرير إلى مقابلةٍ سريعة مع شابٍّ هولندي من أصول لبنانية يُدعى ستيفن، سُفّر خلال الحرب اللبنانية، بعدما تبنّته عائلةٌ هولندية وهو في شهره التاسع.

هو ليس اللبناني الوحيد الذي يحطّ رحاله في هولندا قبل أربعين عاماً، فلقد سبقه وتبعه العديدون. كان ستيفن قد حضر إلى لبنان قبل ثمانية أعوام، ولا شيء بحوزته سوى شهادة ميلاد موقّعة من المستشفى الذي وُلد فيه، وقد حاول أثناء زيارته التي دامت أربعة شهور آنذاك أن يتصل بالطبيب الذي أشرف على ولادته، ولكنّه لم يعثر عليه، ولم يتوصّل إلى أيّ خيط قد يربطه بعائلته.

تحدّث ستيفن بحرقة عن رغبته في التعرّف إلى ذويه، وعن والدته التي يحلم بالنظر إلى عينيها، فهو لم يفقد الأمل حتى الآن، ويشعر بأنّها تفكر به باستمرار، وبأنه سيجدها ولو بعد حين.

ما زال التوتّر يثقل عليّ، ونبضات قلبي تتسارع أكثر فأكثر، ومعاناة لطالما كتمتها في صدري تتجسّد أمامي بوجوه وملامح عديدة.

انتهى ستيفن لتبدأ سيلفيا السويسرية. تحدّثت بدورها، وعيناها تفيضان أسىً:

«أريد أن أعرف اسمي الحقيقي، وتاريخ ميلادي الصحيح... من حقي أن أعرف اسم أمي وأبي، ولماذا تخلّيا عنّي؟ هل تنازلا عنّي بملء إرادتهما؟ هل اختُطِفت منهما؟ أم أنا لست سوى لقيطة عُثر عليها مَرميّة في سلّة المهملات، فبيعت في ما بعد في سوق الصفقات المربحة؟ لقد انتظرت أعواماً طويلة قبل أن أتمكن من

المجيء إلى لبنان، بعدما ادخّرت راتبي لفترة طويلة، واليوم أتيت على جناح الأمل، يحدوني اليقين بأنّي سأعثر على ضالتي، وسألتقي عائلتي، ولكن، يبدو أنّني أنتمي لبلدٍ لا فكرة لديه عن وجودي وعن ألمي وضياعي».

أنهى نديم الفقرة الأولى من البرنامج بملخص عن آلاف الأطفال الذين جرى تبنّيهم بطريقة غير شرعية خلال الحرب الأهلية، عن هواجسهم وحقوقهم وأحلامهم، عن العائدين الكثر الذين يحلمون بالهويّة، واستعرض سريعاً مشروعاً مستقبلياً تتبنّاه إحدى الجمعيات المعنيّة بحق معرفة الجذور، لينتقل بعدها إلى فاصلٍ إعلاني طويل.

استفقت من أفكاري على صوت المقدّم يدعو الجمهور للترحيب بالسيدة منى، إحدى الأمّهات الشاهدات على لوعة فراق أبنائهنّ.

تقدّمت منى إلى مقعدٍ أشار إليه نديم، أمام عينيّ اللتين كانتا تلتهمان الشاشة. هوى قلبي منّي لحظة رأيتها تقترب من المسرح بخطو ثقيل، وقامةٍ طويلة وملابس أنيقة... سيدةٌ ستينيّة بتجاعيد كثيرة وملامح مألوفة، ترتدي تنّورة سوداء وقميصاً سكريّ اللون، شعرها القصير مصبوغ باللون البنّي، وابتسامةٌ مرتبكة تظلّل شفتيها. تبدو جميلةً رغم تقدّمها بالسنّ.

هل يخفق قلبي فرحاً بها، أم شوقاً إليها، أم خوفاً منها؟ لا أدري.

وقفت أتأمّلها مسترجعاً في ذاكرتي صورتها يوم ودّعتني آخر مرّة في بيروت. كانت دموعها الصامتة تهطل بحرارة وهي تضمّني إلى صدرها... هل كانت تعلم أنّها المرّة الأخيرة التي ستراني فيها طفلاً؟

استهلّ جورج الحديث بمعايدتها.

– ستّ منى، كيف أمضيتِ ليلة الميلاد؟ أين؟ ومع من؟

– وحدي، في غرفتي، لم أغادر سريري. حضرت القدّاس في كنيسة الحيّ، ثمّ عدت إلى منزلي، تفقّدت صورة ابني، عايدته، وأشعلت التلفاز لأزداد بفرح الآخرين ألماً.

حاولتُ أن أطابق الصوت الذي كان يأتيني عبر الهاتف مع الصورة أمامي. تخيّلتني في حضنها طفلاً صغيراً، تداعب يداها شعري، وتزرع قُبلها الحانية على وجهي. يا إلهي! كيف احتملتْ فراقي عمراً بأكمله؟

– ألا تشعرين بالفرح أيّام العيد؟

– الفرح هو الناس والعائلة والأحباب. هم الفرح الحقيقي. لا معنى للعيد إن لم يكن أحبابك حولك... ولا معنى للعيد ولا أحد يشاركك البهجة والشجرة والهدايا والطعام.

– ولماذا أنت وحيدة؟ أين هم أقرباؤك وأبناؤك؟

– لقد كنت أعيش مع والدتي منذ سنواتٍ طويلة، كانت هي كلّ من بقي لي بعد وفاة والدي، وبعدما قضى أخي الوحيد في الحرب. لكنّها تُوفّيت قبل عدّة أعوام، وتركتني للوحدة.

– ألم تتزوّجي؟ أليس لك أبناء؟

– بلى، تزوّجت ثمّ انفصلنا، ولي ابن وحيد يعيش في فرنسا، ولكنّه هو أيضاً في حكم الغائب، فأنا لم أره منذ ثمانٍ وعشرين سنة.

– لماذا؟ ما الذي يمنع لقاءكما؟

استمعت إلى حديثها وعيناي تغصّان بدموع خفيّة، وصدري يزداد ضيقاً كلّما أتت على ذكري... فاجأني تماسكها الواضح، تراها اصطنعته، فصوتها يخونها ويتقطّع حيناً، ويرتجف حيناً. أردتُ أن أصرخ بملء رئتيّ وحواسّي وقلبي: لماذا تخفين الحقيقة؟ لماذا لا تعترفين بأنّك حرمتني من حضن والدي ومن وطني؟ أكنت الطفل

الوحيد المهدّد بالحرب؟ ألم يعش كلّ اللبنانيين هذه المآسي؟ فهل تخلّت كلّ الأمّهات عن أبنائهنّ كما فعلتِ أنتِ؟.

تابع المقدّم حواره مع ضيفته:

– هل كان ذلك تهرّباً من المسؤولية أم تضحية من جانبك؟

– بل منتهى التضحية. وهل تظنّ أنّ من السهل على الأم أن تحيا بعيداً عن أبنائها؟ لقد عشت المرارة والعذاب في غيابه، ولكنّي كنت أعضّ على الجرح في سبيل سعادته.

– والآن، هل أنت نادمة على ما حدث؟

هنا، لم تتمكّن من الاحتفاظ بهدوئها، فانفجرت باكية:

– بالطبع أنا نادمة، لقد أقدمتُ على أمرٍ لم أحسب عواقبه أبـداً، إذ لم أفكر للحظة بـأنّ العمر سينقضي وأنـا أقـف على بوابة الانتظار... صدّقني ليس أفظع من أن تنام وحيداً وتصحو وحيداً وابنك في الوجود... صحيحٌ أنّ شادي كان يهاتفني ويطمئنّ عليّ، لكنيّ لم أشعر يوماً في صوته بلهفة ولدٍ يطمئنّ على والدته، مكالماته تلك لم تكن سوى بدافع الواجب الذي اعتاد أن يؤدّيه، فقط...

لا أدري ما الـذي اعتـراني، ازداد وجهي شحوباً وأصبحت ملامحي أكثر تقلّصاً، لم أعد قادراً على البقاء في مقعدي، وفي لحظةٍ واحدة استدرت إلى الخلف مغادراً الغرفة الصغيرة، ففزعت يارا من مكانها وتبعتني بسرعة.

لقد قـرّرت العـودة إلى الفندق. لم أعـد أريـد المشاركة في البرنامج ولا حتى رؤية والدتي، كفاني غضباً وحنقاً وحزناً.

تبعتني يـارا ومعها إبراهيـم مساعد جـورج، وبعد لحظات وجداني أقف في الخارج أمام المبنى، والشرر يتطاير من عيني.

«ليس من الكياسة أبداً أن يترك شادي البرنامج ويغادر لامبالياً، ولا يجوز أبداً أن يكافئ فريق العمل وخصوصاً جورج على كلّ ما فعلوه لأجله بإفساد هذه الحلقة المفصلية في تاريخ عملهم».

هذا ما كان يجول في خاطر إبراهيم وفي عينيه وهو ينظر إلى يارا متسائلاً عمّا يحدث، وأنا تائهٌ في بحر انفعالاتي، لا أدري أين أرسو وماذا أقول، فيما يارا تحاول أن تتفاهم معي وتقنعني بالعودة قبل أن يفوت الأوان، فبعد دقائق قليلة يحين موعد ظهوري على الهواء.

عانقتني بكلّ ما أوتيت من حنان وأنا أقول:

– ما بدّي شوفا. خلص... بيكفّي اللي صار... ما بدّي إكرها أكتر.

– روق شادي روق... معليش... أنا حاسّة فيك... بس كرمالي، كمّل الحلقة... ألله يخلّيك...

في حضنها دفءٌ يختصر كلّ أمّهات الأرض، فهل أقاوم؟ حاولتُ التمسّك بموقفي، ولكن بكلمات سحرية همست لي بها، أعادت بعض الهدوء إلى روحي، وراحت نبضات قلبي المتسارعة تسكن شيئاً فشيئاً.

عدنا معاً إلى الاستديو... لا تزال والدتي تتابع حديثها.

– بالطبع، أنا لا ألومه أبداً، فهو أمضى ثلاثين عاماً بعيداً عنّي وعن حضني، لم أكن بقربه عندما كان يحتاج إليّ، بل كان ثمّة أمّ أخرى وأشخاص آخرون، وأنا أتفهّم تماماً ألّا يكون لديه أيّ حافزٍ لزيارتي أو للعيش معي، لأنّي لا أعدو أن أكون بالنسبة له صوتاً كأيّ صوتٍ غريب، يأتيه عبر السمّاعة.

– وهل شرحتِ له ما حدث؟ هل طلبت منه العودة يوماً؟

– أكيد... لقد أخبرته مراراً بالدوافع التي قادتني إلى تسفيره صغيراً، وكنت في كلّ مرّةٍ أرجوه أن يأتي لأراه، ولكنّي لم أشعر يوماً بأنّه يتفهّمني. كانت في نبرته دائماً نقمةٌ خفيّة.

– وكيف تفسّرين موقفه منك اليوم؟ لماذا لم يعد يتّصل؟ هل انشغل بحياته مثلاً؟ هل تزوّج وتفرّغ لعائلته الجديدة؟

– حتى آخر اتصالٍ معي لم يكن قد تزوّج بعد، ولكن من يدري؟ أخشى ما أخشاه أن يكون حدث له مكروه ما، أن يكون مسجوناً، أو مريضاً أو...

تابع جورج حديثه معها، سألها عن تفاصيل عديدة تتعلّق بطفولتي، وبذكرياتها معي، فأخبرته بأنها ساخطةٌ على نفسها، لأنّها فشلت في استمالة قلبي واستدرار عواطفي نحوها.

شعرت بأنّ نبرتها قد تغيّرت، وأصبحت أكثر صدقاً، وبدأت ألمح المرارة والأسى جليّين في عباراتها، وأنا أنصتُ إليها بحواسّي كلّها، هل كنت مخطئاً؟ هل بالغت في ظلمها؟ أخبرها جورج بأنّه حاول العثور عليّ عبر الفايسبوك ولكنّه فشل، وسألها عن ملامحي، فأخرجت له صورةً بالأبيض والأسود تجمعني بها في آخر زيارةٍ لي لبيروت. كنت في العاشرة تقريباً.

سألها عن ملامحي اليوم، كيف تتخيّلني؟ فاستعادت نوبة البكاء، وكأنّه لا شيء أصعب على الأم من أن تجهل معالم وجهٍ سكن أحشاءها وعاش في كلّ تفاصيل وجودها، هي لا تعرفني، وإن التقتني في الطريق مصادفة، فربّما لن تتنبّه إليّ.

أخرج جورج صورة حديثة لي، استعرضها أمامها وهو يخبرها بأنّه لم يجد سوى هذه الصورة باسم شادي نصّار على الفايسبوك، ثمّ سألها إن كانت هذه الملامح تشبه حقاً ملامح شادي الطفل؟

انكبّت على صورتي وأغرقتها بالنظرات واللمسات الحانية وكأنّها تتلمّس وجهي، فطفرت الدموع من مقلتيها وهي تؤكد لجورج أنّ هاتين العينين هما عيناي، لا شك لديها في ذلك، مهما كبرت واختلفت ملامحي فلن تخطئهما يوماً.

وعندما سألها ماذا ستقول لابنها اليوم إن كان يسمعها، أجابت:

– لا أريد منه سوى أن يعذرني ويسامحني، وأن يدعني أراه لمرّةٍ واحدة فقط قبل أن أسلم هذه الروح.

كان السؤال الأخير هو الإشارة التي ينبغي لي أن أقتحم المسرح على أثرها، كنت في الكواليس، مشوّشاً، أقف خلف الباب المغلق بانتظار فتحه، فيما وقفت في أعماقي سنواتٌ من الحرمان واليتم والغربة.

ها أنا قاب خطوةٍ واحدة من حضن والدتي.

عندما أنهت حديثها، كنت أقف على طرف المدرّج في مقابل عينيها. التفت إليّ الجميع وعلا التصفيق في القاعة، فإذا بعينيها تبحلقان فيّ، تغيبان، تتساءلان، تبحثان... أتراه هو؟ أخذها التحديق لثوانٍ قبل أن تطلق صرخةً تاهت بين التأكيد والدهشة والفرح والألم.

ها أنا ذا أمام والدتي، لا يفصلني عنها سوى خطوة واحدة، تعادل عمراً من الانتظار، فهل أقدم؟ أأرمي بنفسي بين ذراعيها أم أعود أدراجي؟ وكم سيكون مؤلماً برد حضنها! وبخطوةٍ واحدة رأيتها تقف أمامي، ذراعاها تلتفّان حول جسدي، ورأسها مدفونٌ في صدري، وصوت نحيبها يتصاعد من كلّ جزءٍ فيها، وسط تصفيق الحضور ودموع بعضهم.

تشبّثت يداها بعنقي وكأنّها تخشى فقدي من جديد، وراحت تتلمّسني وكأنّها تتأكّد من أنّني لست وهماً أو شبحاً، وعباراتٌ مبهمةٌ ومتلعثمة ترتعش على شفتيها.

كلّ شيءٍ فيها كان يرتجف، ويبكي ويرتعد، قسماتها وشعرها وأطرافها. نبضها المتسارع فوق صدري، يتعالى من كلّ ذرةٍ في جسدها، ويداها الباردتان تتلمّسان شعري وأنفي وعينيّ، وكأنّهما تقولان لي أهذا أنت حقاً؟! أخيراً... في حضني؟ راحت شفتاها

المرتجفتان تلثمان بجنونٍ يديّ ورأسي وعنقي، وعيناها المذهولتان تبحثان في وجهي عن نظرة عفوٍ وغفرانٍ، وكأنّها تستعطفني وترجوني: «سامحني يا بنيّ، فلا شيء في الكون يعادل نظرةً واحدة إلى عينيك! سامحني، وهب لي ما بقي لي من عمر بقربك، فلا معنى للحياة بعيداً عن قلبك!».

وأنا، أمام ملايين المشاهدين، وعلى مرأى ومسمع من الكاميرا والجمهور، أسدلتُ الحزن على وجهي وغرقتُ في بحر دموعها.

لا شيء غير الدموع يغسل بواطننا الملبّدة بالسخط والألم والأسى، ومع ذلك لم أبكِ. استسلمتُ لحضنها، وأنا أراها تعيدني إليها بعد عمرٍ من الحرمان، فهل كان بإمكاني أن أفلت من قبضة أمومتها؟ أم هل كنتُ أقوى على إشهار غضبي واستيائي في حضرة رجائها ولهفتها؟

انتهى أخيراً لقائي الصامت مع أمّي، وحان دور الكلام. مسحت دموعها واحتضنت جورج شاكرةً له هذه المبادرة الإنسانية الرائعة، ثمّ عادت لتتوسّد صدري، والفرحة تخفق في أعماقها. كان عليّ أن أجيب عن شعوري بلقائها:

– بصراحة، أنا كتير مبسوط إني عم إرجع شوف إمي بعد كلّ هالسنين، ولا مرّة فكرت إني معقول إرجع ونلتقي، بس أنا مبسوط وبتشكر محطة الـ«STAR TV» على هالإنجاز الكبير، وبحب قول إنو في كتير شباب وصبايا لبنانيي عم يعيشو نفس قصتي ومعاناتي، ويا ريت يقدر حدا يعملّن شي ويساعدن.

– شادي كيف حاسس حالك وأنت بحضن إمك بعد هالعمر كلّو؟

– أنا أكيد فرحان بس كمان خايف، يمكن لازم إتعلم كيف إرجع إرتبط بإمي، بتعرف سنة ورا سنة تعوّدت إنها مش موجودة بحياتي، والوقت بيضيّع العلاقة، هلق لازم إتعوّد من جديد عليها حتى ترجع العواطف لمطرحا.

تتابعت الأسئلة عن فقدان الاتصال بيني وبينها، عن مشاعري في الغربة عندما كنت أكبر وأمرض وأنجح وهي ليست بقربي، وعمّا أريده اليوم منها وأنا على حافة الأربعين، وكانت إجاباتي متلعثمة تارةً ومباشرة تارةً أخرى.

وبعد حوارٍ دام ثماني دقائق، انتهت الفقرة المخصّصة لي، وانتقل البرنامج إلى فاصل قبل متابعة الجزء الثالث من الحلقة. شكرت جورج وفريق العمل وعدت مع والدتي إلى الغرفة الصغيرة خلف الكواليس.

أقبلت عليها يارا، وصافحتها معرّفةً بنفسها، «يارا، صديقة شادي»، ثمّ جلست بقربي في الغرفة، نشاهد الفقرة التالية ونستمع إلى حديث والدي مع جورج. كانت أمّي تنصت بكلّ حواسّها، مرتبكة ومتوتّرة وربّما خائفة، وفي عينيها ألف عذرٍ وألف اعتذار.

هل أحرجها ظهور زوجها السابق برفقة ولده؟ هل فكّرت بالأخبار التي قد سردها لي والدي. كانت كأنّها تجلس فوق قنبلةٍ موقوتة، تريد أن تغادر ولكن لا تستطيع، ثمّة شيء كان يشدّها لتبقى معلّقةً على ذلك الكرسيّ، تنظر في وجه رجلٍ أحبّته في الماضي، ولكن، الحبّ وحده لا يكفي أحياناً.

قبل انتهاء الحلقة بعدّة دقائق اعتذرت متذرّعةً بالتعب، واستأذنت للعودة إلى البيت، فثمّة تاكسي تنتظرها في الخارج، حجزتها من الصباح تحسّباً لأزمة توفّر سيّارات الأجرة في ليلة رأس السنة، فغمزت لي يارا بأن لا أدعها تغادر بمفردها.

في سيّارة «نيسان» الفضيّة جلسنا ثلاثتنا، وقد قاربت الساعة منتصف الليل. اتّجهت العربة نحو الحازمية حيث تسكن أمّي، وصمتٌ متقطّعٌ يخيّم على الجميع، شعرت بأنّ حزنها على العمر الذي قضته وحيدةً، والماضي المنتصب أمام عينيها يفسدان متعتها بوجودي قربها.

رحت أشغل نفسي عنها بمراقبة الشوارع والطرقات، حيث الاحتفالات على أشدّها. موسيقى صاخبة، وأبواق سيّارات، وألعاب ناريّة كما في كلّ بلدان العالم، تضيء السماء إعلاناً عن ولادة عامٍ جديد. وحده إطلاق الأعيرة الرصاصية أثار دهشتي، مذكّراً بأننا في لبنان، البلد الذي على ما يبدو لا يعرف أهله الاحتفاء إلّا بالرصاص، فذلك السلوك بحسب يارا، هو ماركة لبنانية مسجّلة، وشرطٌ من شروط الأهازيج والابتهاجات الشعبية هنا.

توقّفت السيّارة أمام أحد المباني القديمة حيث أشارت والدتي، ألحّت على أن نرافقها ونكمل السهرة في منزلها... لعلّها ستحضّر لنا طعاماً لذيذاً، وربما ستجلس بجواري إلى مائدةٍ ملّت وجهها ووحدتها، وقد ترمي بالعمر المتعب على كتفيَّ بعد طول غياب، ولكنّي لم أكن مستعدّاً نفسياً لهذه الجلسة الوديّة بعد، كان اللقاء أصعب ممّا توقّعت، فعواطفي لا تزال قيد التطويع، وقد تحتاج إلى المزيد من الوقت.

أمام نظرات والدتي وعينيها الشاحبتين، ترجّلت من مقعدي، وغمرتها متمنيّاً لها عاماً سعيداً، ومؤكداً أنّي سأزورها قريباً. عانقتني طويلاً وقبّلت وجهي، وبيدٍ خالية من الأمل راحت تلوّح لي، وتودّع ظلّي الهارب مع الظلمة وهي تردّد: «الله يكون معك حبيبي».

ابتعدت بنا السيّارة وسط أنوار الابتهاج، ما زلتُ صامتاً ومتأمّلاً، أفكّر في والدتي، وفي شعوري المبهم نحوها، هل كنت قاسياً؟ هل كان عليّ أن أجاريها وأشعرها بحاجتي إليها، هل كنت جافّاً في رفضي دعوتها مع أول إطلالةٍ للعام الجديد؟

نظرت إليّ يارا بعينين متسائلتين:

– ما بك؟ لمَ أنت صامت؟

– لست أدري... أنا في حيرةٍ من عواطفي... والدتي وبيروت تتشابهان كثيراً... كلتاهما عصيّتان على الفهم بتناقضاتهما

وأسرارهما... لقد شعرت بألمٍ كبير وأنا أغادر أمّي الآن بهذا البرود المقيت، ولكنّي، في نفس الوقت، لا أشعر بلهفةٍ نحوها...

– هوّن عليك شادي، إنّه شعورٌ طبيعي تماماً، وستتبدّل عواطفك مع الوقت... ارمِ كلّ ذلك خلفك... الوقت كفيلٌ بإصلاحه...

– ...

– قل لي... إلى أين تريدني أن أقلّك؟ إلى الفندق؟

حدجتها باعتراض، فأنا لا أرغب في مغادرتها، ولا يعنيني أيّ مكانٍ أقصده بدونها. هل أفصح لها عن ذلك؟ هل أخبرها بأنّي أريد قضاء ليلتي في سيّارتها، متوسّداً صدرها؟ هل ستتفهّمني؟

وجدتني أقول لها:

– يارا! بعتذر لأنّي ضيّعت عليك السهرة مع أصدقائك، كنتْ كتير أناني، بس فينا نعوّضها ونروح نسهر بشي محل.

– ما في داعي تعتذر، أنا اللي قرّرت إجي معك، وكنت كتير مبسوطة برفقتك، صدّقني.

– شكراً يارا... شكراً كتير!

– ...

– شو... منروح نسهر؟

– مممم... عبالي إبقى معك، صدقني، بس مش زابطة... الليلة راس السنة وما فينا نروح مطعم أو أوتيل بلا حجز، وكمان نحنا تعبانين والوقت تأخر، خلينا نفلّ وبكرا الصبح بحكيك ومنخطط لشي مشوار سوا، شو رأيك؟

– بس أنا حابب عن جد إبقا معك! ما بدي اتركك...

– وأنا ما عندي مانع، بس ما بعرف وين معقول نروح؟

– وين ما بدّك... ما بيهمّ... إذا بدك منروح عندي، عالأوتيل...

– لاء... عندك لاء... إذا شي، بفضّل نجي لعنّا عَ البيت، بكون مرتاحة أكتر...

ابتسمتُ لها ممتنّاً وأنا أغلق هاتفي بعدما توالت عليه الرسائل من الأصدقاء في فرنسا، أما هي، فاكتفت بأن أبقته صامتاً. أتراها تنتظر هاتف أحدهم؟ شعرت بارتباكها، هل تحرجها استضافتي في منزلهم، وإن يكن، لن أسحب طلبي... قد أكون متطفّلاً وأنانيّاً، ولكنّي أشعر بحاجةٍ لأن أبقى معها.

عند عتبة بيتهم كانت الصالة تصدح بالموسيقى والأغاني الصاخبة. استقبلتنا جانيت، خادمتهم الفليبينية التي كانت تتابع أمام التلفاز حفل رأس السنة، ومعها قطّة صغيرة بيضاء بعينين تتلألآن كجوهرتين، ما إن دخلت يارا حتى ركضت نحوها وراحت تداعب قدميها.

جلستُ في الصالة مع القطة بانتظار عودة مضيفتي، ورحت أتأمّل الديكور والتحف وتناسق الألوان.

استوقفتني في إحدى الزوايا خزانة فخمة تجمّعت فيها بعض التحف الفضيّة وقطع الكريستال، فيما تدرّجت على الجدار المقابل ثلاث صورٍ من الحجم الكبير ليارا وجاد وسارة، في ثياب التخرّج، وعلى الرفّ الأنيق المعلّق فوق التلفاز، توزّعت صورٌ أخرى صغيرة الحجم بإطارات فضيّة للأسرة مجتمعة، وللوالدين منفردين.

وحده بيانو أسود أنيق كان منزوياً بصمت، يناديني، بالقرب من شجرة الميلاد، وقد تدلّت منها النجوم والأجراس الفضيّة بألقٍ باهر وفرحٍ متعمّد. لفتتني الشموع الصغيرة المصطفّة على حافته العليا... ناداني البيانو مجدّداً، فلبّيت... وراحت أصابعي تعبث بالمفاتيح الأنيقة، في محاولة عزفٍ سريعة، تحيّة عن بعد لغيتاري الفرنسي الحبيب.

تذكّرت المرّة الأولى التي عزفت فيها عليه. كانت ماما Lilas قد أهدته إليّ في عيد مولدي، وكنّا على بعد أيّام من مسابقة موسيقيّة في المدرسة، جلست يومها مع جوليا، في صالة منزلهم، وأمامنا والداها وماما Lilas، وبدأنا نتبارى بالعزف استعداداً للمسابقة. كانت الفرحة في أبهى صورها وهي تغمر العيون أمامنا، والتصفيق يتعالى بين حينٍ وآخر.

أعادني وجه يارا من أعماق الذاكرة، أطلّت وقد ارتدت جينزاً وكنزةً خفيفة، شعرها مرفوعٌ إلى الأعلى، وابتسامةٌ مرتبكة تعاكس شفتيها...

جلست بقربي على الكنبة ولفّت ذراعيها حول ساقيها كقطّةٍ كسلى، ثمّ قلّبت في المحطّات لتعثر على نشرة أبراج 2015 لماغي فرح... كانت تتحدّث عن برج القوس، ما يعني أن الحديث قد فات عن الأسد، برجها، فيما ستكون التوقعات لاحقاً للدلو، برجي أنا؟

وقفت ترتّب على الطاولة أمامنا صينية المازات والنبيذ والحلوى.

راقبتها وهي تسكب الشراب، وتعدّ لي صحناً متنوّع الحلويات والفواكه، ثمّ تثني الفوطة بأناقة وتضعها جانباً. أحببت اهتمامها ذاك، وإن كان يبدو عادياً في بيروت أن يولى الضيف إكراما خاصّاً، إلّا أنّي لم أشعر بأنّي ضيفها، بل خيّل لي أنّ اهتمامها ذاك كان بداعي الحبّ. تعمّق إحساسي بها، وتكشّفت لي أكثر فأكثر رغبةٌ حثيثة في مشاركتها كلّ تفاصيل حياتها.

لعلّي رغبت في أن أكون زوجها، في أن نعيش معاً في منزلٍ واحد، في أن أستيقظ معها في السرير، وأتناول القهوة الصباحية برفقتها، أشاركها ثرثرتها وأفكارها ومشاريعها، نتسوّق معاً ونتشاجر، وتنجب لي طفلاً يشبهني، وأسهر في ليل عينيها، وأسكر معها وبها.

حضرني فجأةً وجه كريستين ليسألني: «أتفكّر بالارتباط؟ لماذا؟ أليس هذا ما يحدث بيننا في باريس؟».

ووجدتني أجيبها بصراحة: «بلى كريستين... فعلاً، نحن نعيش معاً منذ مدة، ونتشارك الكثير من الأمور، ولكن لا حبَّ يجمعنا، ولا شغف يجعلني مجنوناً بتفاصيل علاقتنا كما يحدث لي مع يارا الآن...».

لكنّ صديقتي الباريسية أجابتني بمكر: «ليس الشغف يا عزيزي، أنت ترغب فيها كما قد ترغب في أيّ أنثى، لكنّك تعلم جيّداً أنك لن تحظى بكلّ ذلك معها، في مجتمعٍ شرقيٍ محافظ، خارج إطارِ **الارتباط**».

انتشلني من بحر أفكاري صوت يارا:

– شو بِكْ؟ بشو شارد؟ يللا تسمّع... إجا دورك...

هل أقول لها: دعيني أفكر بك، وأتخيّلني معك... دعيني، فأنا لا أؤمن أصلاً بالأبراج وبما يقوله المنجّمون؟

صمتُّ...

بدأت ماغي فرح تتحدّث عن برج الدلو:

«تكون التأثيرات الفلكية شديدة جداً في هذه السنة، بحيث تتخلّص من ضغوط ساتورن التي هزت استقرارك لأكثر من سنتين. تكافح أيّها الدلو وتحدث تغييرات حلمت بها ابتداءً من منتصف شباط حتى آخر آذار، أمّا عاطفياً، فقد تميل إلى الازدواجية في علاقاتك. العواطف القوية على موعدٍ معك... تتحدّث الأفلاك عن علاقةٍ غير تقليدية وأجواء غراميّة مناسبة في الشهر الأول، حيث يكون كوكب الحب فينوس في برجك، ثمّ بين أواخر شباط ومنتصف آذار حيث تعقد صلات استثنائية».

انتهت التوقعات.

كانت يارا أكثر انتباهاً وتركيزاً منّي. ما إن انتهت ماغي حتى ضربت كفها بكفي وقالت:

– مين أدّك... تفضّل... هيدا الحظ كلّو معك... غرام ومفاجآت وأحلام...

ابتسمت لحماستها:

– بتمنىّ... بكل الأحوال، أنا مش ناطر شباط 2015 متل ما عم تقول ماغي، من فترة وأحلامي عم تتحقق.

– حلو كتير... بصراحة ما في أجمل من حلم بيتحقق بلا موعد!

– صحيح... وإنتِ... شو أحلامك؟

ابتسمت بسخرية:

– أحلامي... أحلامي... ممم..... عم إحلم بأمير من ألف ليلة وليلة جايي على حصانٍ أبيض...

ثم تابعت بمرارة:

– لا أدري يا عزيزي... لعلّك ستضحك منّي إن قلت لك إنّه لا أحلام حقيقية لديّ! من أين آتي بالأحلام وأنا أعيش في مجتمعٍ أفلست أحلامه وتبخّرت في الهواء... نحن جيلٌ قلقٌ ومحبط، ويرتاب في الأحلام... جيل لم يرث سوى الخيبات والانكسارات ويخشى المزيد منها...

– أف! ما أكثر تشاؤمك؟

– ليس تشاؤماً... بل واقع! أنت تعيش بعيداً ولم يتسنّ لك الاطّلاع على الظروف المحيطة بنا. بماذا أحلم ولم يبق لمعظم اللبنانيين سوى حلم الهرب من الموت، وحلم إيجاد لقمة عيشٍ يسدّون بها رمق أبنائهم! لن تتخيّل كم تتصاغر الأحلام في بلادنا...

سادت لحظة صمت قطعتها بالقول:

– بتعرف، الليلة عيد ومش لازم نحكي عن المآسي. هات انت... خبّرني عن حياتك هونيك... كيف بتقضي راس السنة عادةً؟

وقفت أمامي تجدّد لي كأس النبيذ منتظرة بوحي، وعيناي تلتهمان غمّازتيها وشفتيها... آه من صوتها، ونبرتها، والنغمة الفريدة للكلمات عندما ينطق بها ثغرها! هل عليّ حقّاً أن أخسرها؟ وهل كُتبت عليّ الخسارات دوماً؟

أردتُ أن أحدّثها عنّا، عن دفء روحها الذي يلفّني، عن الحلم الذي يراودني منذ التقيتها، ولكنّي صمتّ، ورحت أحدّثها عن أصدقائي المقرّبين، جيروم وتوم ومنصور وباتريك، وعن شلّتنا الماجنة.

استوقفها منصور.

هل لأنّه يحمل اسماً عربيّاً، أم لأنّي أبتسم بمحبة حينما أتحدّث عنه؟ لا أدري.

– منصور من أيّ بلد؟

– من الجزائر... تعرّفت إليه في العمل وأضحى من أعزّ أصدقائي...

– لاحظت ذلك، فأنت كثيراً ما تتحدّث عنه...

– منصور رجلٌ شهم وأصيل... والأهم من ذلك أنّ وجوده في حياتي يخفّف عني قسوة الغربة ومرارة الوحدة، ويمنحني شعوراً بأنّ لي أخاً من حيث لم أحتسب...

– وباقي الأصدقاء؟

– أحبّهم جميعاً، ولكن لا تربطني بأحدهم علاقة عائليّة أو أخوية كما هي الحال مع منصور.

صمتُّ وسرحت عيناي في الفراغ، ويارا تنظر إليّ، كأنّها تنتظر المزيد، ولكن تخشى أن تزعجني بفضولها.

– تخيّلي مثلاً... لا أحد منهم يعرف بقصّتي، لا أحد، سوى منصور، وأنتِ... حتى كريستين التي تعيش معي تحت سقف واحد، لا تعرف شيئاً عن جذوري... جميعهم يعتقدون أنّ Lilas هي إمّي الحقيقية... وحده منصور وعائلته يعرفون التفاصيل... فأنا أصبحت فرداً من العائلة، أذهب إليهم باستمرار، أسهر معهم، وأمضي الكثير من الوقت بينهم... وبالمناسبة فإنّ والدة منصور سيّدة مدهشة، باذخة الحنان والرفق... لطالما عوّضني حضنها عن أمومةٍ افتقدتها باكراً... ولطالما زادني حنانها ذاك كرهاً لوالدتي.

شعرتْ بلهيب دموعي يلفح وجهها. ابتسمت لي بحزن:

– أتعلم؟ ثمّة ما أريد أن أطلعك عليه.

تناولتْ حاسوباً وفتحتهُ، ثم أدارتْ لي الشاشة.

كان ثمّة تقارير أو مخطوطات باللغة العربية.

– ما هذا؟

– مذ تعرّفت إليك وأنا أقرأ عن موضوع الأطفال الذين رُحِّلوا عن لبنان. الحقيقة صادمة. لم أكن أعرف الكثير عن هذا الأمر. الأرقام خياليّة والقصص موجعة، وجورج لم يُثر كلّ جوانب الموضوع في حلقة الليلة. ثمّة ما هو أبشع وأخطر ممّا نتوقّع. لقد جمعت الكثير من المعلومات... أعرف أنّك لن تفهم شيئاً، ولكن بإمكاني أن أترجمها لك باختصار.

بعد حديثٍ مليءٍ بالمرارة، توقّفت يارا عن الكلام. شعرت بألمها! مؤلمٌ جداً أن يعيش المرء في عالمٍ يعاني أطفاله إلى هذا الحدّ! يتمٌ وتشرّدٌ وضياعٌ وفقرٌ وليس باستطاعته أن يحرّك ساكناً، سوى الدموع...

– بتعرف! تعا نغيّر الموضوع...

– أحسن...

– شو رأيك أعزفلك؟ صحّ مَنّي كتير موهوبة، بس تعلّمتْ شوي من إختي سارة.

تلاشى وجه أمّي والأطفال والميتم حين بدأت أنامل يارا بالعزف على البيانو، ورحت أصغي لمعزوفة «إديش كان في ناس»، متجاهلاً بعض النشاز هنا وهناك...

شغلني سحر أنوثتها وهي تجلس على الكرسيّ بأناقة، موليةً ظهرها...

شعرت برغبةٍ في عناقها من الخلف، في احتوائها طويلاً، في حملها إلى سريرها الورديّ لأسكب فوق جسدها أنّات عمري المتعب، ولكنّي لم أحرّك ساكناً، وبقيتُ في الكنبة، أنصتُ لرغبتي بصمت... هل كان عليّ حقاً أن أُسكت الصهيل الذي ارتفع في داخلي احتراماً لها؟ كي لا أخدش مبادئ مجتمعها وأفكاره؟

خفتت الموسيقى فجأة حين أطلّت جانيت، فاستأذنتني يارا للحظات...

انتظرت عودتها على أنغام «When I need you»[2].

الموسيقى تعزف على أوتار قلبي، والصوت الإسباني الساحر ينهمر فيّ عميقاً غيمات شغفٍ ومواسم لذّة، وأنا أحتضن ظهرها العاري بين ذراعي، وأنثر الحبّ فوق جسدها همساً ولمساً ولثماً، فيما يداها الصغيرتان تحوطان عنقي وتداعبان رغبتي... يا إلهي! ما أعذب همسها!

تلاصقنا... تمازجنا، تشابكت خطواتنا وتعانقت أقدامنا... توحّدت روحانا وانعتقنا في فضاءٍ بلا حدود وبلا قيود، فتنهّد الجسدان بوحاً نديّاً، فيما الشجن الإسباني لا يزال يهمس:

[2] عندما أحتاج إليك.

When I need you[3]
Just close my eyes and I'm with you
And all that I so want to give you
It's only a heart beat away

لم أعرف متى عادت، ولا أدري إن كانت عادت أصلاً. تعطّلت الذاكرة بي فجأة، ولم أذكر أين توقّف بنا المشهد. كنت مثقلاً بالنبيذ، وبالذاكرة... استيقظت في الصباح مسكوناً بوجه يارا، وبجسدها المتمايل على أنغام قلبي، لأجد نفسي على كنبة الصالة في منزلها، مدثّراً بغطاءٍ شتوي، ومن حولي سكونٌ تام.

كيف لا أزال هنا؟

هل حقاً قضيت ليلتي في منزلها؟

هل حقّاً رقصنا معاً؟

هل...

تأملّت المكان حولي. لا شيء يشي بأنّنا كنّا معاً، أو أنّ شيئاً ما حدث. الصالة مرتّبة والطاولة نظيفة، ولا أثر لمرور النبيذ أو أيّ شيءٍ من هنا.

استرقتُ النظر إلى القسم الداخلي من المنزل، حيث امتدّ أمامي ممرٌّ توزّعت فيه ثلاث غرف. تراها في أيّ غرفة تنام؟ أأدخل وأوقظها؟ لا... لن أوقظها، سأقف أمام سريرها فقط، أتأمّلها وهي غارقة في أحلامها، يكفيني أن أرى وجهها وهو يتبدّل بين لحظةٍ وأخرى، وبين منامٍ وآخر.

لكنّي شعرت بالحرج، فآثرت المغادرة.

[3] عندما أحتاج إليك، أغمض عينيّ فقط فأصبح معك، وكلّ ما أودّ أن أمنحك هو فقط على مرمى خفقة قلب.

كانت الساعات الأولى من 2015 قد أطلقت صفرة البداية.
لملمت بعضي على عجل، أغلقت الباب بخفّة، وتسلّلت مسرعاً...

اليوم السابع

الخميس، الأول من يناير 2015

وحين افترقنا، تمنّيت سوقاً
يبيع السنين، يعيد القلوب،
ويحيي الحنين.

فاروق جويدة

في معظم مدن العالم، يستيقظ الصباح الأول من العام الجديد متأخراً، ثملاً ومسكوناً بالأحلام. خرجت من منزل يارا، والهدوء والسكون يسودان معظم الأحياء البيروتية. الناس نيام والبرد يزحف على الطرقات وفي الأزقّة، منبئاً بسنةٍ عاصفة.

لم أكن أرغب في العودة إلى الفندق، ولم يكن يعنيني كسلُ ذلك الصباح المنهك.

ذهبت إلى الشاطئ في نزهةٍ تأمّليّة، وكأنّ العدّ العكسي لرحيلي بدأ، وعليّ منذ الآن التزوّد من لبنان، من الوجوه التي أصادفها منذ أيّام فأرى نفسي في عيونها، من الكورنيش الذي بات ينتظر مروري، فيجمع لي النوارس لكي تشاركني نزهتي، من الأزقة التي سأشتاق ازدحامها وصخبها وعبقها، ومن السيّارات التي لن أختبر يوماً في فرنسا تمرّدها وألفتها.

عليّ أن أتزوّد من كلّ ما يمرّ في ناظري، فمن يدري كم سيطول بي السفر، ومن يدري إن كنت سأعاود الكرّة، وأنفق هنا، عشرة أيّامٍ أخَر؟

أفكارٌ غريبةٌ تغزوني وأنا أتنزّه منفرداً، يداي في جيبي، وعيناي على المدى الغافي أمامي، فيما قلبي ينبض بأسئلة غريبة.

هل أحببت بيروت حقاً؟ وهل سأشتاقها؟ أليست هي مسقط رأسي، ومرتع طفولتي الأوّل؟ فهل من العدل أن يضجّ قلبي بالعودة إلى فرنسا ولم يمضِ على وجودي في لبنان أيّامٌ قليلة؟

فكّرت في الوطن... أتراه خياراً ثانويّاً؟ وهل الأهل ارتباطٌ اختياري؟

أسئلةٌ كثيرةٌ حاصرتني، دون أن أتمكّن من صدّها بأيّ جواب.

فكّرت في الذهاب للقاء والدتي، فنصفُ عذابي سببه التباس علاقتي بها، لا بدّ لي من أن أجلس معها لنهدم معاً ذلك الحاجز البارد الذي ينتصب بيننا، لعلّي أرتاح وأهدأ.

لكنّ عواطفي لم تقتنع بعد بضرورة ذلك.

قبيل الظهر، وبحسب اتفاق يوم أمس، ركبت مع رانيا سيّارتها الصغيرة وتوجّهنا نحو مخيّم برج البراجنة، على الأطراف الجنوبية لبيروت. الطرقات خالية تقريباً، لا ازدحام ولا ضجيج، سكونٌ يخيّم في السيّارة، ومطرٌ خفيفٌ يتحرّش بالزجاج، أمامنا.

حاول كلانا فكّ الصمت العالق بيننا ببعض الملاحظات العابرة، ولكنّنا لم نفلح تماماً... سألتها عن رائد، فقالت إنّه اتصل بوالدي ليل أمس... كان على عجلةٍ من أمره، وأخبرهم أنّه بخير، لكنّ الوضع العام هناك سيّئ... والخطر محدق.

شعرت بحرج رانيا وهي تحاول أن تجمع الكلمات من هنا وهناك، لتركّب حواراً مع أخيها. لم يكن الحديث معها انسيابياً كما

هي الحال مع رندة، ثمّة حواجز في شخصيّتها تحول دون ذلك، لعلّها خجولة، أو متحفّظة، وربّما لم تقتنع بعد بالأخوّة التي تربط أحدنا بالآخر... في الحقيقة أنا لا ألومها، لأنّي أنا نفسي، أجد صعوبةً في التودّد إليها، وفتح الطريق أمام أيّ حديثٍ أخويّ بيننا...

حاولت أن أبدو مهتمّاً بها... سألتها:

– كيف ملاقية الشغل بمدرستك؟

– يعني... ماشي الحال... أنا ما كتير بحبّ الاولاد الزغار... وما بحبّ التعليم من أساسه.

– أف... وليش عم تعلّمي لكن؟

– لأنّي ما بقدر أعمل غير شي...أهون شي تكون إستاذ...

– كيف يعني؟ معقول ما بتعرفي تعملي شي تاني؟

– مبلا أكيد... بس قصدي مش كلّ الخيارات ممكنة.

– ليش؟ شو كنت مفكّرة تعملي؟

– مسرح... أنا كتير بحبّ المسرح...

وعلى الرغم من أنّي لم ألمس فيها شخصيّة الفنان وروحه، تابعت حديثي معها باهتمام:

– حلو كتيبير... وليش ما درستيه؟

– ما وافقو أهلي...

– ليش؟

– قالولي التمثيل مش خرج بيئتنا... وكمان صعب لاقي شغل بسرعة... الموضوع بيحتاج كتير معارف وفوتات وطلعات...

– بس كنتي جرّبتي عالقليلة...

– إي... يمكن كنت لازم جرّب... بس ما حدا شجّعني... وهيك اختصرت الطريق...

استغرقت قليلاً في التفكير بكلام رانيا، وبعقلية والدي، واستعدت حديث رندة عنه يوم أمس. ثمّة تناقض يتبدّى لي هنا وهناك، فهو لا يبدو متشدّداً في ما يتعلّق بلباس بناته مثلاً، أو بامتلاك ابنته سيّارةً تطوف بها شوارع بيروت مع أنّها ضعيفةٌ في القيادة، ولكنّه يتدخّل بقوة لإبعادها عن دراسة المسرح، مع علمه بأنّه هوايتها ورغبتها الأولى، ويحاول بشتّى الوسائل أن يمنع زواج ابنته الأخرى برجلٍ تحبّه لأسباب تبدو غير مقنعة.

على وقع أذان الظهر، دخلت الهيونداي البيضاء المخيّم، وعثرت بصعوبة على موقفٍ لها.

كانت باحة المسجد حيث ركنّا السيّارة تعجّ بالرجال من مختلف الأعمار. بعضهم بلحى طويلة، وبعضهم حليقو الوجوه، في استعدادٍ لأداء الصلاة.

هناك، بدا لي للوهلة الأولى أنّ عيدي الميلاد ورأس السنة لم يزورا المخيّم في الأيام الماضية، كما حدث لبيروت المدينة، ولم يمرّا به حتّى مرور الكرام. لا آثار للزينة والألوان والشجرة. لا آثار لبابا نويل. لا هدايا هنا، لا أجراس ولا فرح...

رنّ في أذنيّ لفظ «صبرا وشاتيلا»، لا أدري لماذا؟؟ ألأنّنا هنا أيضاً في مخيّم، أم لأنّي لا أزال إلى اليوم أذكر ذلك اللفظ، بصوتٍ إذاعي رخيم لا أعرف صاحبه، مع أنّي سمعته مراراً يتعالى في راديو الست منى، عندما كنت أتسلّل من الغرفة برفقة فؤاد، في الصباحات الباكرة، لنجول في الأرجاء...

كان وجه المخيّم قاتماً، معصّب الجبين، بعيونٍ وملامح حزينة...

فقرٌ وعشوائيّاتٌ متناثرة على طول المخيّم، وأطفالٌ بملامح أكثر جدّيةً من المعتاد، ومظاهر لا تعرف العيد.

لم أستغرب ذلك. فالأماكن كالبشر، تحرص على تدوين الألم بكلّ تفاصيله، وتبرع في استذكاره وإحيائه، فيما يمرّ الفرح عابر سبيلٍ فقط، لا نستوقفه كثيراً ولا نذكره دائماً.

الأحياء هنا ضيّقة، والأبنية منخفضة وقديمة بمعظمها، وأسلاك كهربائية تتشابك بين البيوت، وكأنّها ترسم خريطةً لن يفهمها سوى أهل المخيّم. صورٌ لزعيمهم «أبي عمّار» هنا، وأخرى لسياسيين لا أعرفهم. بعضها قديمٌ وممزّق وبعضها الآخر بلا لون، شعاراتٌ مخطوطة على أبنيةٍ هنا، وآثار حربٍ بعيدة في بعض الزوايا هناك.

لفتتني حركة الناس الاعتيادية في أول يومٍ في السنة، وجوهٌ وأصواتٌ وتحايا، أطفالٌ وسيّاراتٌ ودرّاجات هوائية، باعةٌ جوّالون وعربات خضار وفاكهة، ومحالّ صغيرةٌ، ونوافذ مشرّعة على الأمل! حياةٌ تنبض بالحياة. لا أثر لتعب ليلة أمس على وجه المخيّم.

عند الباب وقفت رندة وبقربها يوسف لاستقبالنا. وجهان يتلألآن ابتساماً ومحبّة، وعباراتٌ ترحيبيّة تصدح عند المدخل.

صافحني يوسف بحرارة، ودعاني للجلوس في صدر الدار.

كان البيت صغيراً ولكن مرتّب، فرح، ومسكون بالأسود والأحمر. يطالعك على الحائط المقابل للكنبة الرئيسية في الصالة ألبوم صور من الحجم الكبير، يجمع وجوهاً عديدة، في قائمتها وجه والدي وزوجته أم رائد، ووجهان آخران لعجوزٍ يضع على كتفيه كوفيّة بالأبيض والأسود، وسيّدة يغطّي شعرها منديلٌ أبيض، ثم صورتان لأختي وزوجها، وباقي اللوحات لوجه آدم الملائكي.

– مية هلا بابن حماي. نوّرَت...

بدا لي يوسف ودوداً ومحبّاً تماماً كما وصفته لي رندة. رحّب بي كثيراً وحدّثني عن جذوره التي تعود إلى مدينة صفد في فلسطين، وعن الشتات والوطن...

– والله يا شادي شو بدّي أَحكيلَك... شوفة عينك... الناس تِعبَت وطِهِئَت من هالعيشة. لا فلوس في، ولا شغل في... وهالشباب مش عارفة إيش تسوّي، ما عندها حلّ غير الهجرة.

– خبّرتني رندة إنو يمكن تسافرو ع دبي...

– آه... إن شاء الله... خلص، هالبلد ما عاد قادر يحملنا... هي أنا بَشْتغِل بالأونروا وكل ما انو الوضع لَوَرا... إحنا مُش زَيّكو، ما بيطلعلنا فيزا وين ما كان، ولازم ندبّر حالنا...

– وشو مفكّر تشتغل بدبي؟

– بشهادتي... أنا مهندس...

– وليش مش عم تشتغل بالهندسة لكن؟

– لأنو بلبنان ما بَقدر أَنْتِسِب لنقابة المهندسين... ممنوع...

– ليش؟

– لأني فلسطيني... ما بيحقّ لي...

– وبدبي بيمشي الحال؟

– والله ما بعرف بس وعدوني خير... وكمان إبن عمي هُناك... عشّمني يساعدني أعمَل هجرة لكندا... من هُناك المُعاملات أهون...

– كندا؟؟؟

– آه... هي صح بعيدة حبتين، بس عالقليلة بنحاول نعطي جنسية لآدم وبنضمنلو مستقبلو وجامعتو لما يكبر...

– إي... يمكن معك حق...

كان يوسف يتحدّث ويستفيض، وأنا غارقٌ في أفكاري، أتخيّل حجم المعاناة التي تقيّد مستقبل هذا المجتمع المتعب... فكّرت في آدم الغافي في حضن والدته، متشبّثاً بزندها، وعيناه تحلّقان بعيداً في عالم الأحلام الخدّاعة... بماذا تراه يحلم؟ وماذا ينتظر أن يقدّم له هذا العالم عندما يكبر؟ ماذا سيكون مصيره؟ هل ستلاحقه لعنة

الشتات والنفي التي تتربّص بوالده وأجـداده، أم سيرث عن خاله تخبّطه وضياعه بعدما ورث عنه ملامحه أيضاً؟ فكّرت في رندة وهي تمسح على شعر ابنها، ثمّ تقبّل يده المستسلمة... فيض حنانٍ يتدفقّ من عينيها وهي تتحدّث عنه...

– يقبرني ما أطيبو هو ونايم... من غير شرّ بس ينام بنحسّ البيت فاضي أدّ ما بيشيْطِن... الله يحميه...

تذكّرتُني طفلاً، أحلم بحضن أمـيّ ويديها... وتساءلت، هل كانت تتحدّث عنّي كما تفعل رندة الآن؟ هل كانت تمسح على شعري هكذا؟ ولماذا يتعالى في صدري الآن صوت الحاجة إليها وكأنّها رغبة مكبوتة على مرّ السنوات عرفت أخيراً طريقها إلى البوح.

لا أدري كيف مرّ الوقت معهم بعدما طغت أخبار يوسف على الجلسة وغدا الجوّ أكثر ألفةً وانسجاماً.

قرع المغيب الأبـواب على عجل، وارتفع الأذان مهيباً معلناً نهاية اللقاء... غادرناهم، أنا ورانيا والظلام يستعدّ ليرخي سدوله في الخارج، ويغرق المخيّم وسط سحبٍ سوداء باردة.

شقّت السيّارة طريقها وسط عتمٍ كفيف يغلّف الطرقات والأبنية.

وحدها وجوه الناس هناك أضاءت لنا عتمة الدرب.

***

السابعة والنصف مساءً، الداون تاون، بيروت.

ها هي ذي يـارا تنتظرني بكامل أنوثتها وإشراقـها، بفستانٍ بنفسجي اللون، كثير البساطة والإغراء.

قبّلت يدها محيّياً واستعلمتُ عن وجهتنا.

– سأدعوك إلى أحد أهم المطاعم البحرية في الداون تاون، ما رأيك؟

– عظيم، أنا صاحب الدعوة إذن، ألست مديناً لك بدعوة عوضاً عن سهرة أمس؟

– حسناً، اتفقنا.

مكانٌ أنيق، رومانسيّ وهادئ. اختارت صديقتي طاولةً جانبيّةً في ركنٍ بعيدٍ، حيث الأنوار خافتة، والزينة الحمراء صاخبة، والموسيقى الناعمة تتغلغل في الأسماع بعذوبة.

لاطفتها قائلاً:

– بإمكانك العمل دليلاً سياحيّاً، ستنجحين حتماً.

ابتسمت بعذوبة محاولةً التهرّب من نظراتي، متظاهرةً بانشغالها باختيار العشاء. أسرني حضورها... لم أرَ فيها الأنثى من قبل كما رأيتها في هذه الجلسة... كلّ شيءٍ فيها يناديني، ويقرع باب رجولتي. عينان تذوبان إغراءً، تقابلهما عينان تطفحان رغبة، وشفتان تطبقان على قبلة هاربة، كما يطبق كتابٌ على سرٍّ خطير، تقابلهما شفتان تستعران اشتياقاً لتسرقا القبلة النائمة في ثغرها.

افترشت الطاولة أمامنا أطباقٌ بحرية ومقبّلاتٌ ونبيذٌ أحمر وروائح شهيّة، وشعرت بيارا كأنّها تجمع الأحاديث والأخبار من هنا وهناك لكي تستر بها عورة صمتها وتوتّرها.

– يارا! في شي؟ حاسّك ملبّكة.

– لا أبداً، ما في شي... شويّة تعب بس... يمكن من السهر.

أذعنت لجوابها، وحين لملم العشاء صحونه وملاعقه وروائحه وعاد أدراجه، استأذنتني للحظات، كنت قد تلقّيت حينها اتصالاً من والدي، ولم أشعر بعودتها إلّا عندما نادتني من الخلف، قائلة:

– شادي، اسمح لي بأن أعرّفك إلى صديقة.

التفتّ إليها وإلى الوجه حيث أشارت يدها، فوقع نظري على امرأةٍ ثلاثينيةٍ جميلة، خيّل لي للوهلة الأولى أنّها تشبه جوليا. أنعمت

النظر، لا لم تكن تشبهها، كانت هي! جوليا صبّاغ! بكلّ فتنتها، تقف أمامي، فتنتصب بيننا ذاكرةٌ مرتعشة!

شعرتُ بخفقانٍ خاطفٍ في قلبي، ووقفتُ مذهولاً أمام مكر المفاجأة. تحرّكت يدي تلقائيًا لتصافح الكفّ الصغيرة الممتدّة أمامي، وكل ما فيّ يحاول استبيان الصوت الذي يعزف في أذني بعد غيابه لعشرين عاماً.

– كيفك شادي؟

أهو صوتها؟ نعم إنه هو، سأتعرّف إليه ولو كان بين ألوف الأصوات، وهذه يدها، حتماً، لن أنسى يوماً دفئها وارتجاف أناملها.

إنّها هي، جوليا، تقف أمامي، وتغتال بنظرةٍ واحدة عمراً من الفراق.

لا يمكن للقدر أن يكون قاسياً إلى هذا الحدّ، ولا يمكن ليارا أن تكون بهذا المكر. كيف يمكنني أن أصدّق أنّي سأرحل بعد يومين، وأنا ألتقي اليوم بجولياي.

جلسنا ثلاثتنا إلى الطاولة، وكان الذهول رابعنا.

نظرتُ في عيني يارا وكأنني أقول لها: كيف ومتى ولماذا؟.

وكي لا أبقى غارقاً في بحر ظنوني وأفكاري، أخبرتني بأنّها قد جنّدت كلّ صديقاتها وزملائها في الجامعة للتقصّي عن د. صباغ، مذ أخبرتها بقصّتي مع جوليا في جونية.

قالت بمكرٍ فاقع:

– حبيّت ساعدك... وحبّيت شوفك مبسوط قبل ما تفلّ...

لم أُجب، كنت لا أزال تحت تأثير الصدمة. ثمّ بدأت أستوعب الموقف شيئاً فشيئاً، وبدأ البريق يجتاح عينيّ، وأنا أنظر في وجهٍ احتوى كلّ عالمي لسنواتٍ عديدة.

جوليا أمامي، صامتة ومبتسمة... تغيّرت ملامحها قليلاً، ازداد وزنها بعض الشيء، وغزت عينيها تجاعيدُ صغيرة، ولكن بريقَهما لم يتغيّر، وغمّازتها لا تزال على حالها، تنطق سحراً.

لقد ازدادت جمالاً وأنوثةً وإغراءً.

بعد دقائق قليلة، انسحبت يارا بلطف، مفسحةً المكان للماضي المقبل من بعيد، فاردةً له كرسيّاً خاصّاً لكي يرتاح في جلسته. ألححت عليها لتبقى، ولكنّها اعتذرت، ململمةً حقيبة يدها، وهاتفها، وشالها البنفسجي، ومضت، فما كان منّي إلا أن استأذنت من جوليا للحظات لكي أوصل صديقتي إلى سيّارتها.

مشهدٌ كثير الغرابة، فالمرأة التي أحبّها تهدي إليّ على طبقٍ من ذهب امرأةً أحببتها طويلاً، وتتركني لها، في مربّع سيطرتها... وامرأةٌ كنت أحبّها، تنتظرني بعد عشرين عاماً لأرافق المرأة التي أحبّها إلى سيّارتها.

خرجتُ من المطعم وأنا أسأل يارا صمتاً عن سبب ما أقدمت عليه. لمحت على شفتيها ابتسامة مكابرة.

ماذا أفعل؟ هل أتركها تذهب؟ أوليس من العدل أن آخذها بين ذراعيّ وأبوح لها بما يضجّ في صدري منذ التقيتها؟

وجوليا التي تنتظر؟ لماذا تراها أتت؟

فتحت يارا باب سيّارتها، وهي تقول لي:

– شادي! جوليا هي كلّ ما كان ينقصك لكي يكتمل المشهد، صدقّني... أنت صديقٌ عزيز، وسعادتك تهمّني.

– ولكن... يارا... اسمعيني...!

– ليس الآن... هيّا ... اذهب إليها... لا تدع امرأةً تحبّك تنتظر... أراك غداً.

مضت بسيّارتها، وأنا أتساءل إن كانت تعتبرني صديقاً فقط، بلا أيّ مسمّياتٍ أخرى؟ كيف خطر لي أمس أنّها تبادلني حبّاً بحبّ؟ أوَلا يجدر بمن تحبّ أن تستميت في الاحتفاظ بحبيبها، وأن تدرأ عن عينيه كلّ نظرات النساء من حوله؟ فكيف أصدّق أنّ يارا تحبّني فعلاً، وهي التي قرّرت أن تتنازل عنّي لجوليا حبّاً وطواعية؟ هل كنت مشتبهاً في عواطفها نحوي؟

اجتزت الطاولات من جديد وصولاً إلى عينيْ جوليا. دقائق مرّت كأنها دهر. عدت وجلست في مقابلها فابتسمت لي، وضجّ الكون من حولي.

ارتباكٌ سافرٌ لوّن وجهها، ونظرات غريبة أطلّت من عينيها. ثوانٍ من الصمت، ثم بادرتُ إلى الحديث:

– أنتِ... أخيراً... لا أصدّق...

– سرّني جدّاً أنّكَ عدت إلى لبنان والتقيت عائلتك!

– شكراً جوليا، أنا سعيدٌ جداً بلقائك، لقد مضى زمنٌ طويل...

– .....

– ما زلت كما كنتِ!

– ليس تماماً، لقد هرمنا يا عزيزي... أخبرني ما مستجدّاتك؟ أين رست بك الحياة؟

– لا جديد حقيقيّاً في حياتي سوى عثوري على أهلي وجذوري، ما عدا ذلك روتين باريس الذي تعرفين.

– ألم تتزوّج؟

– لا... ليس بعد، كنتُ أحاول أن أصنع لي كياناً في مجالي المهني، والأمور في تحسّنٍ دائم...

غابت عيناها لحظة ثمّ عادتا.

– أهاه... وماذا أيضاً؟

– لقد تُوفّيت Lilas قبل سنوات، ومذ ذاك أصبحت وحيداً فعلاً...

– أووه... أنا آسفة... محزنٌ فعلاً خبر وفاتها، كانت تحبّك جداً.

– نعم صحيح... وأنتِ، ما أخبارك، وكيف والداك وحسام؟ بالمناسبة، لقد شاهدت العم سليم على التلفاز قبل يومين.

– صحيح، كان لديه مشاركة في برنامجٍ سياسي. لقد التحق بالعمل في الجامعة اللبنانية منذ عودتنا إلى لبنان، وهو نشيطٌ ومجدّ كما دائماً، لم يتغيّر أبداً. أمّا والدتي، فقد استقالت من التدريس قبل عشر سنوات، بعدما تعرّضت لحادث سير ألزمها الفراش لشهورٍ عديدة، وهي الآن بخير، تقضي الكثير من الوقت معي ومع ابنتيّ.

– وحسام؟

– تزوّج هو أيضاً، ورُزق بولدين، ويعمل في شركة أوجيرو.

– ممتاز... وأنتِ؟

ارتبكت قليلاً وهي تجيب وعلت وجهها ابتسامةٌ لم تخلُ من الحزن:

– أنا كما تراني، بخير... أحيا بهدوء، بعيداً عن الناس...

– هل تعملين؟

– نعم... أعمل في أحد البنوك... ولكنّ لي عالمي الخاصّ... أقرأ وأكتب... ولقد أصدرت ديواناً بالفرنسية قبل عامين.

– جميل... ما زلت أذكر خربشاتك التي كنت تتحفيننا بها.

– نعم... إنّها تسليتي الوحيدة... تغنيني عن الكثير في هذا العالم الزائف!

– أفّ! كم تحزنني نظرتك السلبيّة للحياة!

ابتسمت ولم تعلّق... فتابعت أسئلتي:

– وزوجك؟ وابنتاك؟

شعرت بأنّها لا تريد أن تتحدّث عنهم، كأنّها تراوغ.

- ممم... زوجي... في الحقيقة... انفصلنا! لم نوفّق في تأسيس حياةٍ هانئة ومستقرّة. لقد عشت معه حوالى سبع سنوات، ولكنّنا فشلنا في وضع حياتنا داخل إطارٍ عائلي مناسب... أمّا ابنتاي، فتعيشان معي بصورة دائمة.

لا أدري ما الذي كبّل شفتيّ فجأة، وتسربل لساني.

- مؤسفٌ حقاً، هل كان سوء اختيارٍ منك، أم زواجاً تقليدياً مفبركاً؟

- لا أدري... ربّما الاثنان معاً...

ابتسمتْ بمكرٍ وهي تضيف:

- ولعلّها لعنتك أيضاً، لم تخطئني... ما زلت أذكر نبوءتك الأخيرة لي في باريس... أظنّها تحقّقت، وكلّفتني الكثير.

فوجئت بها تفتح باب الماضي بخفّةٍ ورشاقة، وتذكّرت لقاءنا ذاك قبل رحيلها بيومٍ واحد، حين التقيتها في حديقة «La Villette»، لأقنعها للمرة الأخيرة بضرورة التمسّك بحبّنا والوقوف في وجه والدها وقرار السفر، وعندما لمست ضعفها أخبرتها بأنّها لن تكون لغيري، وأنّ الشقاء سيكون مصيرها إن تخلّت عنّي بهذه السهولة.

وإذا بها انتبهت لشرودي ففتحت هاتفها واستعرضت أمامي صورة ابنتيها. لم أدقّق في ملامحهما، ظهر أمامي فجأةً وجه والدتي من حيث لم أحتسب، ولمع في رأسي سؤالٌ ملحّ: لماذا تتمسّك الأمهات عادةً بأبنائهنّ ويحاربن لأجل استبقائهم في أحضانهنّ، فيما ترمي بي والدتي بعيداً عنها؟ لماذا؟

اندحر سؤالي أمام صوتها وهي تقول واضعةً هاتفها جانباً:

- بتعرف شادي، ثمّة مثلٌ لبنانيّ يقول «اليوم اللي بيروح ما بيجي متلو». مع الوقت، اكتشفت أنّ هذا حقيقي جداً، فكلّ ما يبقى

منّا ولنا لحظات السعادة التي نعيشها بصدقٍ وحبّ، هي الوقت الذي تُقاس به أعمارنا، ولا أظنّ أنّ السعادة التي غمرتنا في طفولتنا وصبانا ستتكرّر، تلك الأيّام لا مثيل لها، لن تعود، ولن ننساها أبداً، لكنّ الحياة تجبرنا أحياناً أن نتناسى، وأن نكمل طريقنا بغير ما اشتهينا.

تنهّد العمر في صدري... تبّاً لتلك الذاكرة... أولن تصمت؟! ها هي جوليا تعترف لي بأنّها لم تنسني... فبماذا أجيبها؟

– جوليا، أرى أنك تغيّرتِ كثيرا! نضج الحزن فيك باكراً، أين جوليا الباسمة المتفائلة الحالمة التي عرفتها، ولمَ كلّ هذه السوداويّة؟

– معك حق، لقد تغيّرت... ولكن، من منّا لم يتغيّر؟ عندما تُسلب منك أحلامك فإنّك تفقد معها بهجتك ومرحك، وتفقد ثقتك بكلّ ما هو حولك...

تذكّرت حديث يارا أمس عن الأحلام الهاربة، وشعرت برغبة خبيثة في أن أسألها إن كانت ستردّد العبارة نفسها لو أنها ارتبطت بي أنا، ولكنّني تراجعت تفادياً لأيّ خوضٍ محرجٍ في ماضينا.

رحت أنظر في عينيها بتمعّن، باحثاً فيهما عن جولياي، عن فرحة صباي، وعن الطيف الذي لا يزال يطلّ أحياناً من نوافذ الماضي ويناديني، إلّا أنّي لم أعثر عليها، بل وجدتها ممزّقة... كأنّها تحوّلت إلى أشلاء أو قطعٍ منفصلة، ولكي أستعيدها مكتملة عليّ أن أعيد تركيبها من جديد قطعةً قطعة كلوحة بازل...

ولكن... جوليا اليوم صورةٌ منقوصة، تغيّرت ملامح قلبها، وفُقدت منها مشاعر كثيرة، لن يكون بمقدوري أن أعيد تجميعها. لن أحظى بنسختها القديمة أبداً. فإما جوليا بنسختها الحديثة، ذات الروح المعطوبة والأحلام المستباحة، وإمّا لا شيء آخر.

أيقظني من أفكاري سؤالها:

– قل لي، لمَ لم تتزوّج حتى الآن؟ هل أنت مضربٌ عن الزواج؟

– لا، أبداً، كلّ ما في الأمر أنّني لم أشعر من قبل بضرورة الزواج وأهميّته، وتوالت الأيام، ووجدت نفسي على عتبة الأربعين وأنا لا أزال في عداد العازبين.

– ويارا؟ أليست ضمن قائمة خياراتك العاطفية؟

– يارا؟ لا، أبداً...

– كأنّي شعرت بذبذبات حبٍّ في عينيكما قبل قليل؟!

تلعثمت الحروف على شفتيّ، فتابعت هي قبل أن أجيب:

– لا تحاول، فلا أبرع من النساء في كشف عيونٍ عاشقة.

أتراها على حق؟ هل حقاً تبدّى الحب في ملامحنا، أم هي تحاول أن توقع بي؟ ولماذا عاجلت بالنكران؟

شارفت الجلسة على نهايتها، لا شيء نضيفه إلى الحديث. لقد تخطّت الساعة العاشرة، ويجدر بجوليا أن تعود الآن إلى ابنتيها.

وقفت في مقابلي، وعيناها تضجّان بكلامٍ كثير. شعرت برغبةٍ في احتضانها، كما كنت أفعل في الماضي، وانصفّت في رأسي صور القبل التي زرعتها في كلّ جزءٍ فيها قبل أعوام بعيدة.

تبّاً لذاكرة الرجال!

صافحتني، وطبعت قبلةً خجولة على وجنتي متمنّيةً لي حظاً وافراً، ثمّ ركبت سيّارتها الرباعيّة الدفع، ولوّحت لي بنظرةٍ ملؤها الحنين، وعادت أدراجها، تاركةً قلبي فريسة الأفكار والأوهام والأسئلة.

لمَ كلّ هذا الانفعال الذي ألمّ بي في حضرتها؟ أهو ارتباك الغياب الطويل فقط، أم حمّى الحنين؟ ويارا؟ والرغبات الغريبة التي تتآكلني وأنا معها، أحلم بغمّازتيها؟

سرت منفرداً على الكورنيش المسكون بخطوات العاشقين، رياحٌ باردة تسابقني أفكاري، ورغبةٌ ملحّةٌ في لقاء يارا.

أخرجت جوّالي من جيب معطفي وطلبت رقمها، ولكنّها لم تجب. أعدت المحاولة مرّتين، والنتيجة واحدة، فهل من خطبٍ عليّ معالجته سريعاً؟

بعد لحظات كان زرّ الإرسال في هاتفي يضع بين يديها رسالةً بالفرنسية: «Yara, je t'aime»[1].

انتظرت ردّها، ولكن بلا جدوى.

تساءلتُ عن سبب صمتها. هل استسلمت للنوم، أم هي تجلس الآن في غرفتها وبين يديها جوّالها، وأمام عينيها كلماتي، تروح وتجيء بلا توقّف؟

لا شكّ في أنّ أفكاراً كثيرة اجتاحتها وهي تغادر بمفردها بعدما قدّمت لي جوليا، هبةً سماويّة... لعلّها ظنّت أنّي أحلّق الآن في السماء السابعة، وأنا أجالس حبي الأول، وأنّي أسكب في قلب جوليا وعينيها كلّ غرام العالم تعويضاً عمّا فاتنا طيلة عشرين عاماً...

وفيما عيناي تحاكيان المدى المظلم، رنّ هاتفي... لا بدّ أنها هي، يارا! وإذا برقمٍ مجهولٍ ينتهي بتسعتين، يضع بين يدي هاتفي رسالة مرفقةً بقلبٍ صغير:

«Merci Chadi... Je t'aimerai pour toujours... Julia»[2]

إنّه المكر الذي يحترفه الحب، عندما يرانا في أكثر اللحظات وضوحاً وصراحة، فإذ به يتسلّل متخفيّاً ليحرّكَ في أعماقنا حصى الحيرة، ويذرَ في عيوننا غبارَ الضياع.

هل استفاقت جوليا من سكرة الحريّة التي استعادتها بانفصالها عن زوجها وعادت تبحث لها عن قيود حبّ جديدة باسمٍ مستعار؟

1 يارا! أنا أحبّك.

2 شادي، شكراً لك... سوف أحبّك دائماً... جوليا.

قلّبت في أوراقي القديمة، في صكوك الحبّ التي طويتها قبل عشرين سنة، وعادت هي لتشهرها في وجهي من جديد، ثمّ أعدتُ قراءة الإشارات التي رسمتها عينا يارا على كلّ مداخل قلبي وكياني، وأرشدتني إلى حياةٍ جديدة... أين تراني سأرسو؟ وماذا سأرمي من ذلك الحمل في نهاية رحلتي؟

اليوم الثامن

الجمعة 2 يناير

أنت مقيمٌ في الذاكرة

يوسف السّباعي

– مارون! خلّيك... ما تروح معو! شو بدّك في!
– لا... حرام... خلّيني ساعدو...
– هلّأ حدا بيشوفكن... وبيفسد عليكن وبيحبسوكن بالقبو...
– لا ما تخاف! منتخبّا منيح...
– اصطفلو... أنا رح نام... ما خصّني!

– يا كلب! يا واطي!... رجّعلي المصاري!
– انئلع من هون! ما إلك عندي شي!
– عم قِللك هاتن يا حيوان! هوّ مصريّاتي!
– رح تنئبر من هون ولّا بخلّي هالسكّين...
– أنا بفرجيييك يا كلب... إنت وسكّينك...
– آآآآآآآآي.....

– يللا لشوف... فوت عَ تختك ونام...

– ما بدّي نام... بدي إمّي...

– إمّك ما رح ترجع إلّا إزا نمت... وبس ترجع بفيّأك...

– ما بدّي... بدّي إمّي...خدوني عند إمّي...

– قلتلّك عالنوم... يللا... ووقّف بكي...

أصواتٌ بلا وجوه، ووجوهٌ بلا أسماء، ملامح من زمن الأبيض والأسود، وعيونٌ ضبابيّة النظرات... كلّها تجمّعت دفعةً واحدة عند مدخل الذاكرة، فتداخلت المشاهد في رأسي.

ها أنا ذا أستعيدها بلهفةِ من فقد شيئاً ثميناً، ثمّ عثر عليه صدفة بين أشيائه القديمة. أنصت قلبي للأصوات البعيدة التي كانت تصل إليّ متقطّعة. هل عشت حقاً تلك المشاهد؟ أأنا من بكى فقد أمّه، أم كنت شاهداً على ذلك فقط؟ أأنا من ضرب ذيَّاك اليتيم في الملجأ، أم كنت المدافع عنه؟

لا أدري...

الظلال كثيفة في رأسي، ومشاعر حيرى تتلاعب بصدري، والذاكرة أرملةٌ سوداء تتشفّى بي حقداً، وتعيد أمام عينيّ صوراً كأنّها مسلسلٌ من السبعينيّات، لم يعد فيه رمق حياة.

امتلأ قلبي خوفاً وترقّباً ورهبةً وحيرة، وطفح منّي الماضي، مزبدّاً... كطفلٍ متوجّسٍ من عقابٍ حتمي، أجلس في أحد مقاعد باصات النقل العام، وأشارك الركّاب القلائل معي نشرة أخبارٍ صباحيّة مقيتة...

الطرقات خاليةٌ من الازدحامات اليوميّة. الهدوء يداعب شوارع بيروت، ووجوه الحاضرين يسكنها النعاس والصمت باستثناء طفلٍ صغير في عامه الأول تقريباً، لم يتوقّف عن الثرثرة والصراخ طيلة

الرحلة، دون أن يفهم أحدٌ منّا شيئاً... وحدها والدته كانت تجيبه وتبدي اهتمامها بما يحاول أن يقول.

عبثاً رحت أتفقّد جوّالي بانتظار أن أحظى برسالةٍ من يارا... لا بدّ من أنّها قرأت رسالتي. أولم يدغدغها اعترافي ذاك... أم لم تصدّقه؟ اتّصلت بها لعلّها تجيب فيحييني صوتها، ولكنّها لم تفعل، وتركتني وسط الطريق، ومن حولي وجوهٌ مثقلة بالضجر.

قاربت الساعة العاشرة، غيوم رماديّة تفترش السماء، نسمات باردة وروائح بحرية دافئة ممزوجة بعبق الصنوبر البرّي تخترق نوافذ الباص، وتداعب أنوفنا... استوقفني سحر المناظر المحيطة والأبنية الممتدّة على طرفي الطريق... لم تكن تلك زيارتي الأولى لمنطقة نهر الكلب، فلقد مررت بها قبل أيّام، حين زرت مع يارا سيّدة حريصا وجعيتا، ولكنّي شعرت اليوم باهتمامٍ خاصٍّ بها، فوجدتني أتأمّل بتمعّن يسوع الملك، ذلك التمثال البهيّ الذي ينتصب في أعالي الصخور، معانقاً السماء، ومشرّعاً ذراعيه للبنان.

مشهدٌ في غاية البهاء.

تجاذبتني أفكارٌ متفرّقة يمنةً ويسرة. لماذا تتلاعب بي عواطفُ متناقضة بينما أستعدّ نفسيّاً للمغادرة في الساعات المقبلة؟

تنبّهت لسائق التاكسي وهو يحدّثني بفخر عن أهمّية المنطقة، ويستعرض لي التاريخ المحفور في الصخور المحيطة به والذي أضحى متحفاً خلّدته أممٌ عبرت هذا المكان، من نبوخذنصّر ورعمسيس الثاني الكبير، إلى الظاهر بأمر الله وغيرهم، بالإضافة إلى نقوشٍ متأخّرة أرّخت للجلاء الفرنسي عن لبنان عام 1946...

توقّفت السيّارة أخيراً في منطقة زوق مصبح وأشار لي السائق إلى اليسار، في آخر الشارع حيث ينزوي المكان الذي أقصده...

خطواتٌ تعادل سنوات.

مطرٌ خفيف يتهادى برفقٍ، يداعب شجر الصنوبر، ويغسل أكـوازه... وأنـا... من سيغسل عنّي حزني وضياعي وشتاتي؟ رائحةٌ مألوفة، تعرّفت إليها ذاكرتي بسرعة... عبقٌ بطعم الليمون والبوصفير، اخترق حواسّي كلّها، وأعاد إلى عينيّ مشاهد طفوليّة مغبّشة.

نظرتُ إلى المكان الممتّد أمامي، وسرحت عيناي بعيداً، في غياهب الماضي... المشاهد تتشابه كثيراً... اقتربت من الباحة الخارجية التي تفصلها عن الطريق بوابةٌ كبيرة، ما لبثت أن كشفت عن مبنى قديم مؤلّف من طابقين، ومغطى بالحجر الصخري، يعلو سطحه قرميدٌ أحمر.

– هذا هو الميتم... إنّه هو بلا شك...

نظرت إلى يمين المبنى فامتدّ أمامي حـرجٌ كبير تعبق فيه رائحة الصنوبر، واستفاقت في قلبي روائح الطفولة وذكرياتٌ بطعم البراءة. كان الشريط الحديدي الذي يفصل المبنى عن الحرج المقابل لا يزال هناك، يذكّرني بمرارة الأيّام التي قضيناها، والمحاولات الأليمة للهرب عبره إلى الطبيعة، بعيداً عن الغرف وجدرانها المظلمة.

هنا كنّا نجلس في الصباح بعد الإفطار، نلعب الداما والغمّيضة، وهناك كنا نتجمّع حول المشرفة عندما يحلّ المساء لتحكي لنا قصّة، وهناك تشاجرت ذات مرّةٍ مع طوني عندما شتم والدتي، وذلك قسمٌ لم يكن موجوداً من قبل، يبدو أنّهم استحدثوه أخيراً.

صورٌ بعيدةٌ وقريبة، وظلالٌ باهتة وأصواتٌ مألوفة تصدح في مخيّلتي... هل عشت هنا، لسنواتٍ فعلاً؟

دخلت قاعة الاستقبال الصغيرة داخل الدار وقلبي يتقافز في صدري، ديكورٌ حديثٌ ومختلف، ووجوهٌ جديدة.

تراقصت في صدر البهو زينة الميلاد بشجرتها الضخمة وألوانها الزاهية، مذكّرةً بالشجرة الصغيرة التي كانت تعتلي الزاوية نفسها

لسنواتٍ متعاقبة، رغم الحرب والدمار... كانت أقلّ جمالاً وفخامة، ولكنّها كانت تشيع الدفء والأمان في أرجاء المكان. أذكر كيف كنّا نتسابق للمشاركة بتزيينها هرباً من النوم أو الواجب، وطمعاً بقطعةٍ إضافية من الحلوى تمنحها لنا الست نادية.

يا إلهي! كم مضى على ذلك؟ ثلاثون عاماً!؟ لا أصدّق أنّي أعود من جديد! هل لا أزال أذكر كلّ ذلك فعلاً أم هو مكر المخيّلة؟ وأصدقائي الذين لم يرحلوا معي إلى فرنسا، أين تراهم اليوم؟ أين حطّت بهم الدنيا؟ والست نادية، والأب بولس، هل ما زالا على قيد الحياة؟

اقتربت من الاستعلامات وانتظرت أن تنهي الموظّفة مكالمةً هاتفيّة، لأسألها عن الست نادية. في الحقيقة لم أتوقّع أن أجدها، وكانت مفاجأتي عظيمة عندما سمعتها تقول لي:

– مين بقلها؟

حرتُ في أمري... فمن أكون؟ وهل ستتذكّرني إن قلت لها اسمي الذي تعرفه؟ وجدتني أقول لها:

– أنا من أبناء الدار القدامى، وأرغب في مفاجأتها بحضوري.

نظرت إليّ الشابة نظرة تفهّم ورفعت الهاتف لتقول:

– ستّ نادية! في شبّ عندي حابب يشوفك... ما قال لي إسمو... قال بس تشوفيه أكيد رح تعرفيه.

خلال الدقيقة التي استغرقتها المسافة من الاستعلامات إلى مكتبها، حضرني وجه الست نادية بصورٍ عديدة، مرّةً غاضبة، ومرّةً باسمة، وأخرى حانية، إلى أن وجدتها خلف مكتبها مترقّبة، حين فتحت السكرتيرة لي باباً لم أعثر عليه في ذاكرتي وقالت «تفضّل».

كانت تقف هناك، تنتظر، وفي عينيها سؤالٌ واحد: من تكون؟.

تركتنا السكرتيرة وأقفلت الباب خلفها، وجثا العمر في مسافة خطوتين، بيني وبين «الستّ نادية».

وكما لو أنّها لم تغب عنّي أبداً، وكما لو أنّي لم أغادر هذا المكان يوماً، ما زالت ملامحها على حالها، مع زيادةٍ في الوزن، وتجاعيد متفرّقة في وجهها.

سرحت في عينيّ عاقدةً حاجبيها، ثم قالت:

– بصراحة، العيون مش غريبة عليّ، أكيد بعرفك... بس مش عم إتذكّر الإسم... كنت عنّا صحّ؟

– صحّ...

– من كم سنة؟

– من زمان كتير... شي تلاتين سنة...

– أف... والله فيك الخير... طيب ذكّرني بالعيلة؟

ابتسمت... فلعلّي الوحيد من أبناء هذه الدار من يحمل اسم عائلتين...

– نصّار...

فتحت عينيها وقالت:

– نصّار؟! ما تقللي شادي...

– نعم... أنا شادي!

– معقول؟ شادي نصّار؟ ما بصدّق!

احتضنتني بين ذراعيها بحبّ، واندرفت على خدّي دمعةٌ مباغتة وأنا أرى نفسي محفوراً في ذاكرتها. شعرت للحظة بأنّني في حضن والدتي. كثيراً ما احتضنتني الستّ نادية في صغري أيّام الميتم، ولكنّي لم أشعر بأمومتها كما حدث اليوم وأنا في الثامنة والثلاثين من عمري.

جلسنا في الكرسيّين المتقابلين أمام مكتبها، وبدأ الحوار ينساب بخفّة. أخبرتني بأنّ جورج كرم اتّصل بها في الفترة الأخيرة وحصل منها على كلّ المعلومات المتوفّرة لديها عنّي، وأخبرتها أنا بالشقّ الآخر من الحكاية.

كانت تنصت باهتمام وتفاعل، مبتسمة حيناً ومتوتّرة حيناً، وتربّت على يدي من حينٍ لآخر. وعندما بدأ الحديث عن والدتي يتشعّب، شعرت بلمعةٍ مختلفة في عينيها، كأنّها في صراعٍ بين الصمت والكلام...

لحظاتٌ وبدأ البوح:

– عندما التقيت والدتك لأول مرّةٍ هنا، في الدار، كانت شابّةً جميلة، تحمل في ذراعيها طفلاً لم يبلغ عامه الثالث بعد... كانت مرتبكة ومتوتّرة، أخبرتني بأنّ أبونا جريس هو من أرسلها، وأنّها تطلب المأوى لابنها اليتيم شادي، كان ذلك في أواخر السبعينيات وكانت الحرب آنذاك تستعر في كلّ الشوارع والمناطق، ولم يكن أمامنا سوى أن نضمّك إلى قائمة أيتام الدار...

– هل تذكرين علاقتها بي آنذاك؟ فأنا لا أكاد أذكر شيئاً...

– كانت تحبّك كثيراً... وتأتي لزيارتك بانتظام، وتحضر لك الألعاب والهدايا، تلاعبك وتحتضنك ثمّ تغادر باكية. لم نكن نعرف عنها الكثير، وعندما سألت أبونا جريس ذات مرّة، أخبرني أنه التقاها في المستشفى أثناء تلقّيه العلاج، وهو من نصحها بوضعك في هذا الميتم حفاظاً على سلامتك.

– ستّ نادية! لديّ سؤال ملحّ لو سمحت لي...

– أكيد... تفضّل...

– هل باعتني والدتي للعائلة الفرنسية التي تبنّتني؟

ارتجفت ملامحها وانتفض صوتها بحدّة:

– من قال لك هذا؟ لا... أبداً... لم يحدث ذلك يا عزيزي...

– ولماذا انتشر هذا الخبر إذن قبيل رحيلنا عن بيروت؟ أنا أذكر تماماً حديث الرفاق آنذاك... هل تورّط الميتم في تلك الصفقة؟

تجهّم وجهها، وزمّت شفتيها امتعاضاً وهي تنفي تماماً أن يكون حدث ذلك:

– شائعات وأخبار كاذبة... لا أكثر... ولكن، بعد سنتين أو ثلاث من وجودك في الدار، بدأت وتيرة زيارات والدتك تتراجع شيئاً فشيئاً، وبدأت تصلنا أخبارٌ متضاربة عن ارتباطها بأحد الشباب المسلمين في الغربية حيناً، وعن زواجها بأحد الأطبّاء في المستشفى حيث تعمل.

– طيّب... وبعدين؟

– وذات يومٍ طلبت والدتك مقابلتي، وأخبرتني عن ظروفٍ قاسية كانت تمرّ بها تمنعها من الحضور المنتظم، مؤكّدةً خبر ارتباطها بطبيبٍ يبدو أنّه لم يكن متفهّماً لوضعها، وسألتني آنذاك عن إمكانيّة تسفيرك إلى الخارج على غرار ما كان يحدث لأطفال الحرب، لكي تكون بمأمنٍ، وتبدأ حياتك هناك بسلام... هذا كلّ ما حدث!

كانت الست نادية تتحدّث بحذر، وكأنّها تنتقي كلماتها، فيما قلبي يخفق حسرةً وخيبة.

لماذا كلّما خطوت باتجاه والدتي خطوة، سُحب البساط من تحت قدمي؟ كيف سأفتح صفحةً جديدة معها وأنا أتلقّى الآن طعنةً أخرى، وأتعرّف إلى حقيقةٍ أسوأ من كلّ ما وصلني سابقاً؟ فهي لم تنتزعني فقط من حضن والدي، بل فاضلت بيني وبين رجلٍ غريب، ليفوز هو في النهاية، وأبعدتني بأنانيّةٍ عن حياتها كي لا يتسبّب وجودي لها بالمتاعب.

أصابني الخرس للحظات. هذا هو السرّ المشين الذي حاولت والدتي أن تخفيه عني إذن... ولكن، ماذا عن ذلك الطبيب؟ هل تزوّجا؟ هل انفصلا، هل تُوفّي؟ وهل من إخوةٍ آخرين ينتظرونني في عائلةٍ ثالثة؟ لقد تحدّثت والدتي عن الفراغ والوحدة وكأنّها لم تكن

مرتبطة، فأين كان ذلك الطبيب؟ هل هجرها؟ وأبي، هل طلّقها، أم اعتبرت زواجها منه منتهياً فلم تحفل بالطلاق؟

أفقت من ذهولي وخرسي، على صوت الستّ نادية، وهي تستعرض على مسمعي بعض الأخبار عن زملاء الميتم القدامى.

لا معلومات عن الأيتام الذين رحلوا معي إلى فرنسا، لا أخبار. أمّا الباقون في حرم الوطن، فأخبارٌ بائتة ومقتضبة.

كنت أستمع على مضض.

طوني الذي غالباً ما كنت أتشاجر معه بسبب عدوانيّته، قد ارتحل عن لبنان قبل سنوات مهاجراً إلى أوستراليا، وفؤاد، صديق المشاغبات وسرقة الموز من البستان المجاور، يعمل اليوم في كاراج سيّارات في الدورة، ويعيل زوجةً وولدين، أمّا كميل، «زعوري الدار» كما كنّا نطلق عليه، فلا يزال «زعوري» ولكنّه يقبع في السجن، بتهمة تعاطي المخدّرات.

سرقتني أخبار الرفاق، ووجدتني بعد قليل، برفقة الست نادية في الغرفة التي قضيت فيها قرابة خمس سنواتٍ من طفولتي. اخترقت أنفي رائحةٌ قديمة، تغلغلت في ملابسي وسريري وأشيائي. رائحة حميمة... رحتُ أتلمّس بعينيّ ويديّ جدران الغرفة وأسرّتها ونافذتها. ليست كما عرفتها في طفولتي! عبرت عينيّ سحابة ذكرياتٍ لم ألحظ وجودها في مخيّلتي قبل ذلك، كأنّها كانت تنتظر المكان المناسب لكي تخرج معلنةً لي عن نفسها. انتصبت أمامي وجوهٌ من الماضي، لا أعلم عنها شيئاً، وأسماءٌ لا أذكرها، كلّها حطّت مرّةً واحدة على أغصان ذاكرتي.

تذكّرت القبو الذي كنّا نأوي إليه في أوقات القصف العصيبة، وصوت الأخبار يتعالى من راديو صغير في يد الست نادية، وهي تحاول أن تفهم ما يحدث في البلد. تذكّرت التلفاز بالأسود والأبيض، في

إحدى غرف الميتم، حيث كنّا نجلس على سجّادةٍ بالية، في صفوفٍ متتالية، لنشاهد الرسوم المتحرّكة، ومسلسل «بو ملحم»، وبرامج أخرى ما عدت أذكرها، كانت تجمعنا حولها في لحظات فرحٍ مسلوب.

قبل المغادرة، مررنا معاً بكنيسة الدار. لا تزال في مكانها، في الباحة الخلفيّة كما في السابق، صغيرة، مزيّنة، وروائح بخورٍ أعرفها جيداً تسكن كلّ زاويةٍ فيها. اصطفّت أمام ناظري صفوف المقاعد الخشبية، والمذبح أمامها، حيث انزوى في الركن تمثال العذراء مريم وعلى خدّها دمعة، فيما اعتلى الحائط المواجه للمقاعد صليبٌ كبيرٌ عُلّق عليه جسد المسيح. لم يكن كاهن الكنيسة هو نفسه أبونا الياس، فبعد وفاته قبل عامين، تولّى هذا المنصب كاهنٌ جديد، من منطقة زوق مصبح.

وقفت متأمّلاً الجدران المزركشة التي لطالما تلصّصت علينا وكشفت مشاغباتنا في قدّاس يوم الأحد، راقبت المقاعد التي لم تتغيّر، والتي احتفظ خشبها برنّة خاتم «Sœur Marie-Claire» كلّما كان علينا أن نقف من مقاعدنا أو أن نعاود الجلوس.

صمت الكنيسة لا يشبه صمتي، فسكونها لا يتطابق مع عجزي، وسكينتها لا تشابه حزني... أخبرتني السيدة نادية عن تغييرات كثيرة أجروها خلال الأعوام الفائتة، وأنا لا أصدّق أن ثمّة تغييراً حدث...

عند باب الدار، وقفت مودّعاً فوقفت خلفي أعوامٌ، كشموعٍ باكية، ترثيني. احتضنت الست نادية بين ذراعيّ، وانفلت شلّال الدموع في عيوننا. بكيت في حضنها كما لم أفعل صغيراً، وسمعت نشيج بكائها على صدري، قويّاً وحنوناً...

وقفت تلوّح لي بوجهها ويديها ودموعها، وأنا أغلق بوابة الميتم خلفي، وكأنني أقفل على كنزٍ ثمينٍ في مغارةٍ سحرية، كأنني أطوي العمر وأخفيه هناك ليبقى غضّاً ونديّاً.

عدت أدراجي متخبّطاً، ومتسائلاً: ألا ترسم ثلاثون عاماً من عمر الفرد خريطة حياةٍ جديدةً له، بوجوهٍ مختلفة وأخبارٍ جديدة ومساراتٍ متعدّدة؟ فلماذا تدور حياتي أنا في فلك الأعوام الثلاثين الماضية؟ ألأنّي أنا من قرّر أن يعود إلى الماضي رغم كلّ شيء؟.

كان طعم المرارة كثيفاً في حلقي، ورغبةٌ في البكاء تجتاحني وأنا أسير في الشوارع الباردة، أنظر في الوجوه فلا أرى سوى وجه أمّي قاسياً... وبارداً.

رحت أفكّر في الاحتمالات التي من الممكن أنّها تركتني لأجلها. هل كانت تحتاج لأن يعيلها ذاك الطبيب بعدما أصبحت وحيدة؟ ولكنّها كانت تعمل آنذاك. هل احتاجت إلى الشعور بالأمان الذي لن تستطيع أن تعيشه امرأةٌ بمفردها في ظلّ حربٍ ضارية؟ هل منحها وجوده الأمان آنذاك؟ أتراني كنت فعلاً حجر عثرةٍ في طريق حياتها؟

فكّرت بأن أذهب للقائها ومصارحتها، لكنّ شعوري بالحقد كان طاغياً، وكنت أضعف من المواجهة. فماذا لو اعترفتْ بأنّها تركتني طوعاً وعن سابق تصميم؟ ماذا سأفعل؟ كيف سأتصّرف؟ بماذا سأجيبها؟ وإن قالت إنّ كلّ ذلك كان خارج رغبتها وإرادتها، فهل سأكون جاهزاً للصفح والغفران؟

كان الماضي يجثم على صدري بقوّة، وأنا أحاول أن أصدّه، وأن أنأى بنفسي بعيداً. حاولت الهروب، ولكن إلى أين؟ هاتف منصور خارج التغطية، ويارا لا تجيب. وجدت الملاذ سريعاً في جوليا. لقد دعتني يوم أمس إلى سهرةٍ عائليّةٍ مع الأهل في بيتها، وتردّدتُ بالموافقة، فلمَ لا أذهب الآن، وأتناسى أمّي قليلاً؟

***

توقّف بي السرفيس في جادة سليم سلام، حيث منزل جوليا. ازدحام عند الـدوّار، هـواءٌ بـارد، ومطرٌ خفيفٌ يعانق الشـوارع، وقد أسدل المساء ستائره. دخلت أحد المحالّ هناك لكي أبتاع لها ورداً، حين رنّ الهاتف. كان رقم الست نادية يلمع على الشاشة.

– مسا الخير ستّ نادية.

أتاني صوتها ضعيفاً ومرتبكاً.

– كيفك شادي؟

– ماشي الحال.

خيّم الصمت للحظة، إلّا من لهاثها...

– ست نادية، في شي؟

صوتها المرتبك يرتجف ويشي ببكاءٍ خفيّ.

– ليك شادي اسمعني منيح لو سمحت... من ساعة ما فلّيتْ اليوم من الميتم وأنا عم فكّر اتّصل فيك... بس متردّدة...

– خير؟ شو صاير؟

– بصراحة... بدي خبرك شي بس... خايفة...

– ...

– ما بعرف شو رح تفكّر فيّي، بس بصراحة شو ما بدّك فكّر... أنا مش قادرة إتحمّل أكتر من هيك...

– خير؟؟ شو في؟؟ خوّفتيني!

– أنا بعرف إنّـو يمكن هالشي ما عاد هلأ مهمّ بالنسبة إلك، وإنّـو اللي راح راح، بس صدّقني، أنا كنت ناطرة يجي يوم وإحكي بالموضوع... بركي ألله بيسامحني...

دهمها البكاء على العلن، وضجّ الهاتف بنحيبها، وأنا أحاول أن أهدّئ من روعها لأفهم ما تريد قوله... وبعد لحظاتٍ من الانتظار المؤلم، استجمعت قواها، وقالت:

– شادي... سامحني. أنا كذّبت عليك الصبح...

– بشو؟؟

– نحنا فعلاً بعناك...

– شو؟ بِعتوني؟

ازداد بكاؤها فيما تسمّر قلبي في صدري عاجزاً عن الخفقان...

– إي... بعناك... ومش إنت وحدك... إنت وكتار غيرك...

لم أعد أذكر كيف استجمعت شجاعتي وتابعت الحديث:

– مين إنتو يعني؟ مين؟

– نحنا... أنا والميتم... وأبونا... وإمك...

ماذا؟ هل قالت أمّي؟ هل سمعتُ جيّداً؟

– مين؟ أميّ؟

– إي... إمّك...

– إنت عارفة شو عم تقولي؟!

– إي نعم... عارفة... ومتأكّدة... صحيح هي رفضت بالبداية، بس رجعت اقتنعت بعدين، بعد ما تطمّنت إنّك ح تكون بخير، وإنّها مش رح تقدر تربّيك لوحدها...

– ...

– شادي! الله يوفقك سامحني... ما رح تصدّق العذاب اللي عشتو كلّ هالسنين...

لا أذكر تفاصيل الحوار، كأنّ روحي غابت عنّي، أذكر أنّي سألتها:

– وإنتي ليش عم تخبريني هلأ؟ ليش؟ ليش ما خبّرتيني هالحكي الصبح... لما شفتِك؟

– سامحني يا شادي... أنا ندمانة كتير ومن زمان ضميري عم يعذبني، ومتمنّية التقي بحدا فيكم لإستسمح منّو. أنا حاسّة إنّو ألله عم يقاصصني، وخطيّتكن برقبتي... قبل أربع سنين مات إبني فارس

بحادث سيّارة، وهلّأ إبني الزغير مريض بالسرطان، وما بعرف إزا ألله بيشفق عليّ وبيشفيه...

كان صوتي غائباً وسط ضجيج أفكاري... سمعتها تناديني...

– شادي... شادي...

– ...

– شادي... الله يوفقك يا ابني سامحني... إنت ما بتعرف أديش أنا ندمانة... والله ما بدّي شي غير إني ريّح ضميري وإرتاح...

– وأديش قبضتو؟

– ...

– وهي كمان؟ قبضت؟؟؟ إمّي قبضت؟

كانت نوبة البكاء مستمرّة بوتيرةٍ أبطأ، فيما تعالى مؤشّر نبضي حتى كاد قلبي ينفجر، وقبل أن أسمع إجابتها أقفلت الخط. هل أنا جاهزٌ لأعرف كم بلغ ثمني قبل ثلاثين عاماً؟

تنفّست المرارة عميقاً واختنقت بعبرتي.

يا إلهي! ما الذي سيحدث لي بعد؟ هل أصدّق ما سمعت؟ هل أصدّقها؟ ولِمَ قد تكذب وتورّط نفسها؟ لعلّها تكذب، لعلّها تريد أن تورّط والدتي لكي تخفّف وطأة فعلتها هي؟

كان في قلبي كلامٌ كثير، ودمعٌ أكثر، تحجّر في قلبي وعينيّ.

كيف أمكنهم أن يفعلوا ذلك بنا؟ كيف أمكنهم أن يقبضوا ثمن صفقةٍ بهذه الدناءة؟ وأمّي... هل أصدّق أنّها هي أيضاً باعتني لقاء راحتها؟ وكم تراها تقاضت؟ وكم بلغ ثمني آنذاك؟ أكان كافياً لتشتري به هناء أيامها؟ هل عادل ثمن سيّارة مثلاً أو شقّة، أو ربما طقم كنب؟ أم كان أقلّ من ذلك؟

يا لعارهم وقسوتهم وحقارتهم!

كنت على بعد خطوات من منزل جوليا، أسير على غير هدى، أروح وأجيء بلا وجهة محدّدة... قلبي يتمزّق ألماً، وكلّ ذرّةٍ فيّ تبكي، إلّا عينيّ.

رنّ الهاتف في يدي، كانت جوليا. لم أجب. أعادت الاتصال مرّةً أخرى، فإذا بصوتي، وحده يجيبها.

– إي جوليا... يللا وصلت... دقيقتين وبكون عندك.

تبّاً لأمي ولنادية وللميتم. تبّاً للحرب! تمنّيت لو أنّي لم آتِ من فرنسا، ولم ألتقها! تمنّيتُ لو أنّي بقيت شادي نصّار، بلا أيّ إضافاتٍ أو تعديلات.

دخلت بهو البناية، محاولاً أن أخلع عنّي وجهيَ الحقيقي، فلن يكون من اللطف أن أقابل جوليا وأهلها وأنا أتخبّط في وحل الماضي.

هل أدخل أم أعود أدراجي؟ وهل سأتمكّن من أن أواري اضطرابي وأنا أجالسهم وأتظاهر بالسرور والفرح؟

لملمت العرق المتصبّب على وجهي رغم البرد القارس، غلّفت عينيّ بنظرة ودٍّ مفتعلة، وألقيت على شفتيّ ابتسامةً صغيرة، وقرعت الجرس.

***

الثامنة وعشرون دقيقة مساءً، جادة سليم سلام، بيروت.

لا أدري لماذا أحاط بي الذهول وأنا أقف أمامكَ في المطعم مساء أمس، مع أنّي أنتظرت لقاءكَ ذاك مذ هاتفَتني يارا، يوم رأس السنة.

ربّما لم أصدّق أنّك في بيروت، على بعد خطواتٍ من بيتي، وأنّي سأراك مجدّداً. حاولتُ أن أُحضّر في ذهني سيناريو متقناً يداري لهفتي، وكلاماً متأنّقاً قد يستر عورة ضعفي أمامك.

لطالما كنت ضعيفةً أمامك. أتذكر؟

وانتظرت...

يومان مرّا بثقل دهر، وشوق عمر...

رحت أتخيّل مشهد لقائك. أستعيد وجهك، وملامحك، وطول قامتك عندما كنت تضمّني إليك. هل ما زلتَ كما عرفتك، بوجهك الحزين، وملامحك الأنيقة؟ هل ما زال بريق عينيك كما كان؟ هل لا تزال يداك تحتفظان بدفئهما العجيب الذي لطالما أوقد حواسّي؟

حاولت أن أتبيّن ردّ فعلك عندما ستراني أمامك، وأخربش على دفتر أفكاري بعض الحوارات المتوقّعة... أشطب فكرة وأضيف أخرى، أتخيّل شكل ابتسامتك، وأحلم باندهاشٍ على قياس توقّعاتي.

تساءلت عن شادي الذي عرفته مراهقاً ثم شابّاً، ولم يتسنَّ لي أن أخبره رجلاً. لا بدّ من أنّك تغيّرت، وأخضعتك الحياة لقوالبها وأخرجتك بهيئة رجلٍ لا أعرفه. تذكّرت رومنسيّتك التي لم أعهدها في كلّ الرجال الذين عرفتهم، تذكّرت عذوبتك وأنت تغمرني بحبّك، وخوفك الحاني عليّ. تذكّرت كلّ ما توارى في دهاليز الذاكرة، وخشيت أن ألتقي بنسخةٍ أخرى منك، قد تخيب معها كلّ ظنوني.

رحت أعيد الجمل في رأسي مراراً وتكراراً وأنا في طريقي إليك، ماذا سأقول لك، وكيف سأجيبك إن سألتني عن كذا وكذا. كنت أحاول أن أحفظ الأجوبة عن ظهر قلب وكأنّني أتجهّز للقاءٍ تلفزيوني، ومع ذلك خانني قلبي أمام عينيك، وسقط عن الجمل زيفها وتبخّرت زينتها...

هل افتُضح أمري أمامك؟ تراك تبيّنت جنون اشتياقي ولهفتي؟ هل استشعرت رغبتي في البقاء معك؟

أردت أن أعود بك إلى بيروت، كما حلمنا دائماً، وأن تعود بي إلى جوليا التي لم تعد أنا مذ غادرتَها.

أردت أن أدعوَك للبقاء معي، في حضني، ولكنّي تردّدت، أو ربّما خشيت، واكتفيتُ بأن قلت لك كما نقول لأيّ أحدٍ من باب اللطف: «خلّينا نشوفك قبل ما تفلّ».

أحقّاً كنت أيّ أحد؟ وهل كان سيكفيني أن أراك فقط، قبل أن تسافر؟ أيُعقل أن نلتقي بعد عشرين عاماً كغريبين حطّت بهما الصدفة بين جدران مطعم لدقائق، ثمّ غادرت، دون أن تسمح لهما بأكثر من عناقٍ عابر؟ أولم تشي بي عيناي وأنا أفكّر لحظة التقيتك بذاك السرير الصغير الذي انتظرناه طويلاً في ركن أحلامي؟

لعلّي لم أخبرك بتفاصيل حياتي طيلة فترة انقطاعنا، ولكنّي رغبت في أن أسرد على قلبك كلّ الأحلام التي رافقتَني فيها أيّام غيابك. كلّ الصباحات التي رثتني وأنا أستيقظ مشبعةً بأنفاسك فأجدني في سريرٍ بارد، ملتصقةً بجسد خيباتي.

هل أعدّ لك المرّات التي بكيت فيها على صدرك، لأستيقظ في الصباح على وسادةٍ بلّلتها بقايا كحلي الأسود، فيما طيفك الهارب يبتسم لي بمكرٍ ويختفي.

تبّاً لك! لماذا عدت؟ ولماذا تعلّقني من جديد قلادةً في جيد الماضي، كلّما نظرتُ إليّ دمعت عيناي فرحاً وندماً. هل عدتَ لتثبت لي أنّك نسيتني فعلاً، ولن تؤثّر فيك كلّ تفاصيل وجودي أمامك؟ هل أقنعت نفسك بذلك؟ أعدك بأنّك لن تنجوَ منّي، ولن أعتق قلبك، لأنّك مذ غادرتني في المطعم ليل أمس، قرّرت أن أستعيدك.

لا أدري لمَ لمْ أتمكّن من أن أمارس معك لعبة التمنّع والثقل التي تحترفها النساء، بل وجدتُني ممدّدةً إثر لقائنا بين حروف رسالةٍ هاتفيّة تغريك، وتقول لك إنّي سأحبّك للأبد. أتراك كنتَ بحاجةٍ إلى تلك الدعوة المفتوحة للحبّ؟ أم أنت تعلّمت الثقل والكذب في

غيابي، لتناور بذكاء وأنت تعتذر عن تلبية دعوتي إلى العشاء متذرّعاً ببعض الترتيبات قبل السفر؟

أولم أكن كلّ ترتيباتك ذات حبّ؟ أنسيت؟ هل خشيت أن يرميَك الماضي من جديد في بئره الدفينة، أم أنتَ أنهيت بالفعل كلّ الحسابات العالقة بينكما، بما فيها أنا؟

ولكنّي لم أكترث بعذرك... لقد كنت أريدك يوم أمس بكلّ جوارحي، لذا لم أتردّد في مهاتفتك اليوم للتأكيد على حضورك، متذرّعةً برغبة والديّ في لقائك... وماذا تراني أقول؟ أأقول لك إنّي أحلم بأن أجلس معك على أريكة صالتي، لا في مكانٍ عامّ، وأن تعبث بي يداك وشفتاك، وأن أكون لك كما لم يحدث يوماً؟

كنت أريدك فقط ولم أعبأ بأيّ شيءٍ آخر... لا أعرف كم مرّةً أحببت بعدي، ولا إن كنت ستهتمّ لأمري... كلّ ما فكّرت فيه أنّك حتماً لم تنسني، مهما تشعّبت مغامراتك ومهما اختلفت ظروفك وشخصيّتك، فهل كان من الحكمة أن أدعك ترحل وأفرّط بالقدر الذي مرّ بك في حياتي من جديد، بعد أن علّمتني تلك الحياة أن أتشبّث بكلّ فرصة قد لا تعود مطلقاً؟

كنتُ على يقينٍ من أنّك ستأتي الليلة، فأنا قدرك، مذ رسمتْ لك الحياة عينيك، زَرَعَتْني فيهما، ولن تقوى أنت على انتزاعي منهما أبداً.

فجأةً، نبتت في البيت حدائق لم أكن أراها من قبل، وعبقت الزوايا بروائح فردوسيّة لا أدري من أين أتت. حتى الصور المعلّقة على الجدران منذ سنواتٍ طويلة رأيتها تبتسم لي بمكر. أتراها عرفت بقصّتنا؟ وهل وشى بنا الغيتار الذي كان ينزوي في الركن هناك، منتظراً دون أن يدري؟

وحده يعرفك، وحده يعرف وجهك وملمس يديك، وعذوبة أنفاسك. وحده الشاهد على قصّتنا، أتذكره؟ وغيتارك أنت؟ ماذا تراك

فعلت به؟ أتذكرُ كيف كنّا نحملهما معنا صباح كلّ سبت، ونذهب لنعزف مع فريق المدرسة، وفرح الدنيا يعصف بنا؟ أتذكر كيف كنت تحتضنني من الخلف وأنا أعزف لك، وأغنّي بصوتي المجنون «J'ai quitté mon pays»[1].

كان لا بدّ من أن تأتي الليلة... فلا يجدر بنبيلٍ مثلك أن يوقظ في قلبي بيومين فقط ذكريات أعوامٍ طويلة، ثمّ يرميني لوحدةٍ تلتهمني بلا رحمة. كان لا بدّ من أن تأتي لتعيد إليّ هدوء كياني الذي يتخبّط في محيطك منذ يومين...

أتعلم؟ غريبٌ أمر الذاكرة... من أين تأتي فجأةً بكلّ هذا الدفق؟ وأين كانت تحتفظ بك، وبهذا الكمّ من الصور؟ ظننتُ أنّي واريتك النسيان لفترة طويلة، وذُهلت وأنا أراك تستفيق فيّ غضّاً، كأنّك لم ترحل يوماً، وكأنّ كلّ شيءٍ كان معلّقاً فوق مشجب ذاكرتي، ينتظر أن أنفض عنه الغبار...

منذ أمس وهذا البيت يرتقب العاصفة... هو شاهد آخر على الشوق الذي عشّش فيّ وأنا انتظرك. جهّزت المائدة بإتقان، بألوان متناسقة مع ديكور الصالة، أغدقت عنايةً خاصة على شجرة الميلاد التي اعتدنا أن نزيّنها معاً في فرنسا، رششتُ عطري المفضّل في كلّ الزوايا، تأكّدت من بريق المرايا التي ستحتفظ طويلاً بوجهك بعد رحيلك، وأشعلت الشموع المتأهّبة في كلّ شمعدانات الصالة احتفاءً بقدومك.

وصل والداي قبلك، فيما اعتذر حسام عن الحضور، ولمحتُ في عينيْ والدتي أسئلةً كثيرة، لا عجب... المرأة لا تفهمها سوى امرأة مثلها، فكيف إن كانت تلك المرأة والدتها؟!

1 أغنية لأنريكو ماسياس بعنوان «رحلت عن بلادي».

شعرت بها تحذّرني من الوقوع في شرك الماضي، وهي ترى كلّ هذا الشوق ينتظرك فيّ، في أحمر شفاهي الداكن، في عقدي الأنيق المسترخي على صدري، في شعري الهائم فوق ظهري العاري، وفي الثوب الذي وشى بي مخمله دون أن يقصد، فقد انتقيت للقائك فستاناً قصيراً، بلونٍ خمري كثير الثرثرة، وأنوثةٍ مواربة، تتمايل فيه دون أن تنكشف تماماً، فأنت أيضاً لم تخبرني امرأة، لذا أردتك أن تستذكر الصبيّة البريئة التي عرفتَها، ولكن بجسد امرأةٍ تضجّ أنوثةً وإغراءً.

قُرع الباب أخيراً، وسبقتك باقة ورودٍ بيضاء، وابتسامةٌ تنبض شوقاً وحزناً... يا إلهي! ما كلّ هذا الحزن المتواري خلف نظراتك! دُهشتُ لغباوتي حين رأيتك تقف عند العتبة، محتضناً والدي بين ذراعيك. كيف أمكنني الرحيل عنك؟ كيف تركت لوالديّ فرصة إبعادنا؟ كيف نسيتك، وكيف أحببت بعدك، كيف لم أترك العالم كلّه لأسكن في عينيك؟

هل ستعانقني؟ لا لم تفعل، ولا أنا فعلت، واكتفينا بمصافحة مرتبكة. أردتُ لنا عناقاً حارّاً ولكنّي خشيتُ أن تفسده عيون والديّ. جلست مقابلي في الصالة، متوتّراً، ومضطرباً، وحزيناً، والحنين للماضي يشعّ في عيون الجميع، وأوّلهم والدي. كم كان سعيداً بك!

راح يحدّثك بفرحٍ وفخر، وأنت تروي له أخبار مشاريعك في فرنسا، ثمّ يسألك عن الجيران والأصدقاء، وطعم الحياة الذي اختلف منذ ذاك الحين...

– من يوم وفاة Lilas، فلّيت وما عدت رحت كتير ع بيتنا القديم، بس السنة الماضية كنت مارِئ مع صديقي بالحيّ، وشفت بالصدفة جارنا فيليب، بعدو متل ما هوّ. كبران شوي، بس بعدو رياضي.

– رزق الله عهيديك الإيام...

علّقت والدتي.

– إي والله... رزق الله... ما بتتخيّل يا شادي فرحتنا فيك اليوم... انت ابن عزيز، بمعزّة حسام وجوليا.

– بعرف... وأنا كمان كتير مبسوط إني رجعت شفتكم... ما توقّعت إني إرجع أبداً...

– يا إبني الدني زغيري، وكل شي بهالحياة معقول.

– وإنتو، ما بتفكروا ترجعوا تزوروا فرنسا؟

– فرنسا ما بتنتسى... أنا رحت سياحة من سنتين مع أساتذة معي بالجامعة، بس ما طوّلنا، بقينا أسبوع واحد.

أأنت حزينٌ في بيتي، أم أنا توهّمت ذلك؟

كنت تبدو حزيناً، أو محبطاً، لا أدري لمَ. لاحظت أنّك كثير الصمت والشرود. لا تحدّثني كثيراً، وتتجنّب النظر في عينيّ. لمحتك تحدّق في والدتي. لعلّك انتبهت إلى أنها الأكثر تأثّراً بالزمن، قليلة الكلام، تبدو اليوم أكبر من زوجها. نعم... لقد اختلفت ملامحها كثيراً بعدما ازداد وزنها بوضوح إثر الحادث وأدوية الكورتيزون، وبعدما غطّى الحجاب رأسها وجسدها.

أذكر تماماً علاقتك المتقلّبة بوالدتي، كانت تحبّك جداً ولكنّها لم تستسِغ حبّنا يوماً. هي لم تصرّح بدايةً بذلك، ولكنّها كانت تلمّح لي من حينٍ لآخر بأنّك لا تصلح لي.

لا أزال أذكر كومة الأسئلة الجاهزة التي كانت تنتظرني بها عند الباب كلّما عدتُ من لقاءٍ معك، والتحقيق الفوري المبطّن وهي تحاول أن تكتشف بأسلوبٍ موارب تفاصيل لقائنا، إن غازلتَني، أو قبّلتَني، أو أنطقتَ أنوثتي؟ ولم أكن أفهم يومها سبب خوفها وقلقها منك. كنت مأخوذةً بصداقةٍ لم أحظَ بمثيلٍ لها أبداً.

أبحرتُ في عيني والدتي وهي تحدّثك، فلم أرَ شيئاً من كلّ ذلك القلق. هل تراها ندمت على قرار إبعادي عنك بعد المعاناة التي عشتها في تجربتي مع زياد؟ وهل أيقنت أنّ الديانة والأصل والفصل والجاه، كلّها لا تجلب السعادة كما يحدث لحبٍ حقيقيّ أن يفعل؟ أتظنّ أنّها قد تبارك زواجنا اليوم بعدما تبيّن أنّك مسلم ولك عائلة ضاربةٌ بجذورها في لبنان؟

لعلّها تجاوزت كلّ ذلك بعدما اطمأنّت تماماً إلى النضج والوعي اللذين أتحلّى بهما اليوم، وأنا في السابعة والثلاثين من عمري. لا شكّ في أنّها تراني أقوى من كلّ التجاذبات والأهواء والرغبات. لكن، غريب! ألم تعبرها عواصف هذا العمر المترنّح؟ أولم تدرك بعد أنّ فتاةً في العشرين قد تكون محصّنةً ضدّ عواطفها ونزواتها أكثر بكثيرٍ من امرأةٍ في منتصف الثلاثين؟

تذكّرت تلك الليلة في فرنسا، كان آخر عيد ميلادٍ لي هناك، وكنت تترقّب هذا اليوم بلهفة عاشق. انتظرتني صباحاً في بهو العمارة، ويداك خلف ظهرك، تخفيان باقةً أنيقةً من الزنبق، وسواراً ينتظر نبضي.

عانقتني خلف الدرج، دون أن تعبأ بشيء، تاركاً لشفتيك حريّة التعبير عن فرحةٍ تليق بك. كنت أحلم كلّ يومٍ أن أسافر معك، أن أكتشف العالم معك، وأن أعيش قلبي ونبضي معك حتى الرمق الأخير، وكانت والدتي تنتظرني يومها في المنزل لنذهب معاً إلى السوق ثم إلى مصفّف الشعر، قبل أن يصل الأصدقاء للاحتفال بي. هي لم تكن تعرف أنّني كنت أنسى العالم حين أكون معك، فلا يعنيني مثلاً أن أصفف شعري لأجلك، بل يكفيني أن تمرّر يدك في خصلاتي المتموّجة، ليمطر شعري فرحاً وجمالاً.

أذكر كيف كنت أستسلم حين أرى الحب معشّشاً في نظراتك وهمساتك، فأطلق العنان لنفسي وأستدرج جسدك للقاءات تعبق حبّاً وهياماً، وأعده مكراً بلقاءاتٍ أكثر قرباً حيناً آخر.

تركت والدتي يومها تنتظر، بعدما أخبرتها بأنّي سأراك لدقائق، فيما ذهبنا معاً في جولةٍ باريسيّةٍ لا خريطة لها. وحده المترو كان يرسم لنا خطّ سيرنا، ووحده الحبّ كان يعرف وجهتنا ويتحكّم بها.

تنقّلنا يومها في الأحياء والشوارع الباردة، وسط شمسٍ شباطيّةٍ خجولة. جلسنا في إحدى الحدائق العامّة نناقش قرار والديّ بالسفر إلى لبنان، حاولت أنت أن تضغط على عواطفي يومها لكي أبقى معك. أتذكر؟ قلت لي آنذاك في نهاية الحديث:

– جوليا... ما تردّي عليهُن... خليكي معي... مناخد غرفة صغيرة أنا وإنتي، ومنعيش مع بعض.

وأنا، كطفلةٍ لا صوت لها، تغلغلت يومها في حضنك، وأنا أفكّر في كلامك، وفي إمكانيّة التمرّد على والديّ ومساكنتك. هل كان يحقّ لنا ذلك، أسوةً بمعظم شباب فرنسا، نحن القادمين من إرثٍ ثقافيّ مثقلٍ بالممنوعات؟

كنتُ مشبعةً آنذاك بتحذيرات والدتي ونظرات والدي الشاجبة كلّما التقيتك، بعدما أنهت طفولتنا خدمتها وأحالتنا إلى عمرٍ أصبح الحبُّ فيه خطراً على فتاةٍ مثلي، مهما بلغت من العمر في فرنسا، تبقى فتاةً شرقيّة، لا يحقّ لها ما يحقّ لغيرها...

بدت لي الفكرة معقولةً في البداية، وحاولت رسم خطّةٍ أقنع من خلالها والديّ بشرعيّة حبّنا، وبضرورة بقائي في باريس، قبل أن أعلن الثورة على أعرافهما. كنتَ مبتهجاً بحماستي وانصياعي لقلبك، وكنتُ أنا في منتهى الصدق وأنا أعدك بذلك، ولكن للأسف، بعد أيّامٍ فقط، استفقنا أنا وأنت على ذكرى وعد... فقط.

عدنا يومها إلى المنزل، بعدما أعلنت الشمس المغيب لأجد والديّ في حالة ذعرٍ وغضبٍ وتوعّد، بعدما استحكم بهما الخوف على ابنتهما التي خرجت ولم تعد... فهل كان يكفي أن أقول لهما إنّني كنت معك طيلة اليوم ليهدآ؟ أولم يكن ذلك الخبر سبباً أساسيّاً ليشعرا بخطرٍ مضاعف عليّ؟

ساد الغضب الصامت ذلك المساء، بعدما أُلغيت السهرة التي أعدّتها لي والدتي، كانت عينا والدي تستعران بتوبيخٍ مستتر، فيما دموع والدتي تستعطفان تمرّدي، وتستدرّان تأنيب ضميري.

هل كان عليّ أن أختار بين والدتي التي التصقتُ بقلبها منذ طفولتي، ووالدي الذي زرع احترامه وحبّه في كلّ كياني، وبينك أنت؟ هل كان عليّ أن أسمح بكسر قلب أحدكم؟ ولمَ اخترتُ كسرك أنت؟ ألأنّي كنت مقتنعةً بكلام والدتي وهي تحدّثني عن جذورك التي لا نعرفها؟ لماذا تخلّيت سريعاً عن فكرة مساكنتك، ألأنّي كنت لا أزال آنذاك يافعة، متضاربة الأفكار والقيم والرغبات؟

لقد حدّثتني والدتي كثيراً عن لبنان، عن العائلة وعن المستقبل الواعد هناك. كم بخّست بك أمامي، مع أنّي كنت أشعر بأنّها تحبّك. ما زلت أذكر كلماتها التي حُفرت في رأسي:

– يا حبيبتي شو بدّك فيه، الله بيعلم قرعة بيّو منين... هيك بتقبلي تزتّي حالك كيف ما كان وإنت بأول عمرك والحياة قدّامك؟؟

كنت أكتفي دائماً بالصمت، وبنظرة تحدٍّ تشجب كلامها.

– يا إمي إذا بدّك تحبّيه حبّيه... مش عم قللك لاء، بس فكّري شوي بعقلك... المستقبل قدامك بلبنان وبكرا بتنسي هالولدني... بعدين، إنت نسيتي إنو مسيحي؟ وإذا كنتي عايشة بفرنسا يعني؟ بتنسي إنك مسلمة، وإنو عمومتك وخوالك بيتبرّو منك إذا بتتجوّزي مسيحي؟ بدّك تجرصينا؟

وها أنا ذي الآن أجلس في مقابلك أندب غباوتي وسخفي، وأرثي كلّ لحظةٍ ضيّعتها بعيداً عنك.

انتقلنا إلى المائدة، حيث لفتت نظرك مجموعةُ الصور التي يستعرضها الجدار المقابل، والتي تظهر فيها ابنتاي، بثوب تخرّجٍ من مرحلة رياض الأطفال، وصورتان لهما في حديقة الصنايع، وأخرى لي وأنا أحتضن هيا بين ذراعي...

سألتني عنهما فأخبرتك أنّهما قد ذهبتا اليوم لقضاء عطلة نهاية الأسبوع في منزل والدهما.

نظرت في عينيّ بحب وأنت تقول:

– بتعرفي جوليا، هيا نسخة عنك أنت وزغيرة... نفس العيون والغمّيزة...

– إي صحّ... الكل بيقللي ذات الشي...

– ...

لم تأكل جيّداً. كنت أراقبك... اكتفيت بالقليل من التبّولة والكبّة النيّة، زاعماً أنّك لست معتاداً على تناول العشاء. عيناك كثيرتا البريق، تشردان بين لحظةٍ وأخرى، ثمّ تعودان حزينتين، كأنّهما تحبسان دمعاً خجلاً. ضبطتك تتأمّل الصور على الجدار، وتسرح في وجهي للحظة، وكأنّ ومضةً ما أيقظت الماضي في قلبك، ثم ما لبث أن انتشلك منها صوت والدي وهو يسأل:

– يعني مش عم تفكّر ترجع ع لبنان عطول؟

– والله يا عم ما بعتقد... ما فكّرت كتير بالموضوع... حابب كون حدّ بيي وإمّي، بس مش حاسس رح يمشي الحال ببيروت...

– بدّك وقت... وإرادة... بيروت حلوة ومحبّة بس بدّك تعرف كيف تتقرّب منها.

– ...

وبدأ أبي الحديث في السياسة، وأنت تنصت بانتباه، دون تدخّل، تارةً يحدّثك عن 8 و14 آذار، وتارةً يسرد عليك اللعبة الطائفيّة الشائكة في لبنان والمنطقة. بدوت لي مهتمّاً فعلاً بالوضع السياسي القائم، ورحت تشارك باقتضابٍ بحسب ما لديك من معلومات، ثمّ تصمت وتراقبني وأنا أقدّم القهوة والحلوى، فأشعر بقلبي يقفز بين ضلوعي كلّما باغتّك تتأمّل جسدي، وكأنّك تتوعّده حبّاً...

نظرت إلى الغيتار المنزوي بقرب النافذة، مبتهجاً بعودتك، حضنته بيديك وسرحت قليلاً وأنت تسألني:

– بعدك عم تعزفي؟

– إي... من وقت لوقت... وإنتَ؟

– وأنا كمان... بعدني محتفظ فيه... بعزف دايماً لكريستين... ولمنصور لمّا يجي يزورنا.

لم أسألك من تكون كريستين التي تعزف لها، لم أرد أن أعرف أن ثمّة من يأنس بعزفك غيري. قلت لك:

– أنا علّمت رؤى عزف الجيتار... صوتها حلو كمان... يا ريتها هون لتسمّعك عزفها.

جاوزت الساعة العاشرة بدقائق، وجاوز قلبي الشوق بأشواط حين وقفتَ مودّعاً، بعدما لاحظتَ أن والديّ على أهبة النعاس.

هل يجب عليك حقّاً أن ترحل؟ بهذه السرعة؟ لماذا أتيت إن كنتَ سترمي خلفك كلّ ما كان لنا، بكلّ أنانيّةٍ وبرود، دون أن تمنح الحاضر فرح ليلةٍ واحدة من ذلك الزمن الجميل؟

احتضنك والداي وهما يوصيانك بضرورة العودة إلى وطنك وجذورك، فيما عيناك تحدّقان في وجهي، وتغوصان عميقاً عميقاً، نحو ارتعاشات قلبي. لم أفهم ما قالتا لي. لم أرد أن أفهم أنّك أصبحت شادي آخر، بمقاسات صديقٍ عزيز... فقط.

اقتربت منّي على عجل، وعانقتني عناقاً خجولاً أمام عيني والديّ، ثمّ تركتموني جميعاً لبرد الوحدة، وانصرفتم.

كلّ شيءٍ بدا لي حزيناً وأنا أغلق خلفك باب أحلامي. كلّ الأشياء التي غنّت لمجيئك، اكتست فجأةً لون الخيبة، بعدما خسرت الرهان على أنّك ستبقى.

جلستُ في الكرسيّ الهزّاز أنظر إلى الصورة المعلّقة على الجدار، حيث مرّرت نظرك قبل قليل. كيف أمكنك أن ترحل وقد كنت تسمع نبض قلبي يناديك أن «ابقَ هنا، فبانتظارنا فرحٌ كثير».

عشتُ في عشر دقائق فقط عشر سنواتٍ من عمري، واسترجعت كلّ همساتك ووعودك ولمساتك. كدت أتجمّد برداً وخيبة، وحدها الذكريات كانت تذكي الدفء فيّ.

كان الصمت عابقاً ونور المدخل خافتاً، حين سمعتُ نقرةً خفيفةً على الباب.

لم أعد أذكر تلك اللحظة...

هل أطلّ وجهك من خلف الباب وطوّقني، أم أنّ خيالات الماضي التي سكنتني ذاك المساء فردت على عينيّ صورة وجهك؟

هل قرصتُني حينها لأصدّق أنّك عدت؟ ولئن فعلتْ، ما كنت لأُصدّق. وحدها رائحتك التي خزّنتها كلّ مسامّ جسدي كانت دليلي عليك، وعلى شفتيك اللتين طوّقتاني خلف الباب، في قبلةٍ متوحّشة، خمّرها الزمن طويلاً، فانفجرت بنا كبركان.

لم ترحل إذن... بل أعادك عصف الحنين...

كلماتٌ متفرّقة، وأنفاسٌ متسارعة، ورغباتٌ ملحّة، وابتدأ المشهد.

لم تتكلّم كثيراً. وأنا كذلك لم أفعل. أخرسني وجودك معي، في بيتي، فوق سرير دهشتي الذي كان ينتظرك، دون أن يدري.

جسدك محمومٌ وعيناك تستعران رغبةً!

تبّاً لهذا الحب الذي لم أعد أفقه معناه أو أدرك مراميه. هل أنت معي الآن لأنّك تحبّني؟ أيمكن لرجلٍ أن يزلزل امرأةً بهذا الشكل إن لم يكن عاشقاً؟ كيف يمكن ليدين أن تشعلا حرائق كالتي أضرمتها يداك في جسدي لو لم تكونا عاشقتين؟ وثغرك، وهو يعيد تشكيل معالمي، مكتشفاً بمروره فوق جسدي خرائط وكهوفاً لم تك يوماً مأهولة، كغابات أفريقيا العذراء؟ أليس عاشقاً هو الآخر؟

قلت لي وأنت تنزع عني بشراسةٍ مخملاً ملّ انتظارك، مستبدلاً بدفئه حرارة شفتيك:

– اشتقتلك... كتير!

– ...

– جوليا! خلّيني عندك... أنا تعبان... تعبان كتيييير...

للأسف، لم تسعفني الكلمات لأجيبك، ولأقول لك، " ليتك تفعل".

رحتُ أعيشك بكلّ ما فيّ من ولهٍ وحرمان. لو أنّك تدري ما أحدثت بي عودتك؟ لا، ليس بي فقط، بل بكلّ ما حولي... كلّ شيءٍ في الغرفة يراقب عشقنا من بعيد، ويحسدني. طلاء أظافري الباهت، أقراط اللولو المنسيّة، مشابك شعري المتعبة وعطر الياسمين الذابل، كلّها كانت تستشعر نبضاً آخر في يدي.

أتعلم؟ لم أتوقّع يوماً أنّ ليلةً واحدة في بيروت قد تختصر سنواتٍ عشراً من الحبّ العاصف في فرنسا. كلّ ما حدث لنا الليلة كان متوقّعاً أن يحدث هناك، في باريس، عندما كان الحبّ يسحبنا من أطراف أطرافنا ليرمي بنا في أحضان موعد.

أمّا لقاؤنا الليلة، فلم يرتّبه لنا القدر من قبل سوى في أحلامي الجريئة. فهل توقّعتُه أجمل؟ لا أظنّ! لقد سمعت وقرأت عن روعة لحظات الحب التي تقتلها يد الواقع، وعن زيف مخيّلتنا التي تجعل

لكلّ شيءٍ طعماً أشهى وشكلاً أجمل وإحساساً أعمق من الحقيقة، إلّا أنّي لا أذكر أنّي تمنيّت لقاءً أشهى ممّا حدث بيننا.

كان السرير يرقص ثملاً، محتفياً بدخولنا معه في حالة خدرٍ عشقي، فيما الشرشف الأزرق البحري يلملم كلّ آثار الأمواج التي عصفت بجسدينا، ورمت بهما على شاطئ اللذة، يداعبهما حبٌّ مجنون... فهل من العدل أن ترحل، ولمّا يُشفَيا بعد من دوار رغبتهما؟

جمعتُ جسدي العاري في طيّات الشرشف حين شعرتُ بطعم دموعك على شفتيّ. كانت دموعاً خرساء، ما لبثت أن نطقت واعتلى شهيقها. لم أرك على هذه الحال يوماً! كنت تبكي كطفلٍ صغير... ضممتك إلى صدري، مسحتُ خدّيك وعينيك، قبّلتك قبلاتٍ خفيفةٍ متتابعة، ثم أخفيتَ وجهك في عنقي، وكأنّك لا تريد أن تنظر في عينيّ.

تساءلتُ: لماذا تراه يبكي بهذه الحرقة؟ أهو نادمٌ على فراقنا أم على لقائنا؟ أوَيبكي الرجال من الحبّ؟. سألتك:

– شادي... حياتي... شو في؟

– ...

– شو بك حبيبي؟ أنا ضايقتك بشي؟ خبّرني...

هززت رأسك نفياً وكأنّك مخنوقٌ، لا تستطيع الكلام، واعتصرتني بين ذراعيك لتؤكّد لي عكس ما أظنّ.

– طيب... شو لكان؟

– ...

– بتعرف خلص إذا بدّك ما تحكي... جرّب ترتاح شوي...

– جوليا... ما تتركيني!

– حبيبي إنتَ! حياتي! مستحيل إتركك! اتطمّن...

تغلغل وجهك في حضني وسقطت من عينيك دمعتان بلّلتا صدري، وبصوتٍ مرتجفٍ خافت قلت:

– جوليا! أنا... أنا...

– إنت شو؟

– أنا إمّي... باعتني... باعتني لـ Lilas... وقبضت حقّي كاش!

– شو؟ كيف يعني باعتك؟

– ...

– طيب كيف عرفت؟

– خبّروني اليوم بالميتم...

– وصدّقتون...

– وشو مصلحتن يكذبو عليّ؟

– يا حبيبي إنت... يا حياتي... روء حبيبي... روء وما تفكّر هلأ بالموضوع... جرّب تنام... والصبح منحكي!

تخيّل! غفوت في حضني لليلةٍ كاملة، كطفلٍ صغيرٍ أنهكه اللعب. لم يعرف جفناي طعم النعاس لحظةً واحدة! راقبتُ وجهك الحبيب وهو يدفن حزنه داخل صدري... فكّرت في صحّة خبر بيعك. أيُعقل أن تبيع أمٌّ ولدها بهذه البساطة؟ أيُعقل أن تعيش بحفنة مالٍ كسبتها ثمناً له؟ كنت أميل إلى عدم التصديق، وأوهم نفسي بأنّ الأمور اشتبهت عليك، أو أنّهم يتلاعبون بك...

آه كم أحزنني حزنك، وآلمني جرحك وأنت تكتشف كلّ هذه القسوة والجحود في والدتك!! أنت لا تستحق هذا الوجع! وسخرتُ من غباوتي... كيف أشعرني الحبّ الذي انساب منك على جسدي، غضّاً ودافئاً، بأنّك تكاد تموت اشتياقاً لي، وأنّ كلّ هذا النهم العشقي سببه حرمانك منّي لسنواتٍ طويلة... وإذا بي أكتشف أنّ أمّك هي سبب دموعك تلك. هي التي آذتك وجرحتك وآلمتك، وجعلتك تحتاج إلى لقاء بهذا التوقّد لتطرد من جسدك حزنك وغضبك. أوليس الحزن دافعاً لنمارس الحبّ بشراسة، وكأنّ في ذلك الفعل شفاءنا؟

ومع ذلك، تمنّيت لو أنّي أبقى دائماً الجسد الذي يشفي حزنك، والبحر الذي يمتصّ وجعك.

في الصباح، أيقظك خيط الشمس الذي اخترق نافذتي باكراً. وجدتَني ممدّدةً قبالتك، أداعبك بعينيّ وأتملّى منك. شعرتُ بأنّك لن تعود إلى هذا السرير ثانيةً. شيءٌ خفيّ في قلبي وشوشني قائلاً: استمتعي بلحظاتك هذه، فهي كلّ ما سيبقى لك منه! لذلك لم أفارقك لحظة، بل أمعنت في الجنون، وأخذت لنا «سيلفي»، تخلّد ذكرانا في سرير العمر... معاً.

ابتسمتَ حين طالعتكَ عيناي... وسرحت في وجهي لحظة، وكأنّك تتذكّر ما حدث بيننا، ثمّ شددتني إلى صدرك بحبّ وقبّلتني. تمنّيتُ لو أنّ الدهر يُعلّق في تلك اللحظة، وينساك عندي، بين طيّات سريري المتعب، وفوق رفوف أحزاني.

كانت خصلات شعري تنساب بين يديك أغنية فرح، وأنت تودّع جسدي بلقاءٍ لا يقلّ جمالاً عن لقاء أمس. أتراك أعلنتَه وداعاً؟ لا أدري! فللنهايات دوماً وقعٌ عظيم! وها أنت تختار وداعاً مدوّياً، وصاخباً، كما يليق بحبٍّ باسق!

في ساعةٍ باكرة من الحبّ تأهّبت، وكنورسٍ يحلم بالأفق، جمعت بعضك في قبلةٍ طويلة، طبعتها على شفتيّ المرتجفتين، وخرجت، دون أن تقول شيئاً، تجرّ خلفك قلبي الملهوف، وتبتسم، فيما جلست أنا على سرير الذكرى، أجمع ما بقي لي من دفء جسدك وأدسّه في قلبي، ثمّ أعدّ خساراتي وأنا أسأل نفسي لمَ لم أستبقِك معي، لعمرٍ قادم؟

هل كنّا لا نصلح سوى لاشتعالٍ واحدٍ فقط؟ هل كنتَ تؤمن بأننا قد انتهينا فعلاً، فودّعتني على طريقتك، مستحضراً بجسدك كلام Jeane Manson التي كانت حتماً تغنّي لنا دون أن ندرك؟

Faisons l'amour[2]
Avant de nous dire adieu
Faisons l'amour
Puisque c'est fini nous deux
Faisons l'amour
Comme si c'était la première fois
Encore une fois, toi et moi
Puisque l'amour s'en va...

2 لنمارس الحبّ، قبل أن نقول الوداع. لنمارس الحبّ، بما أنّ كلّ شي بيننا قد انتهى. لنمارس الحب، كما لو أنّها المرّة الأولى، لمرّة أخرى، أنا وأنت، بما أن الحب... يرحل.

اليوم الأخير

السبت 3 يناير

ليس المؤلم أن يكون للإنسان ثمنٌ بخس،
بل الألم كلّ الألم أن يكون للإنسان ثمن...

سعود السنعوسي

الثامنة صباحاً، الحازميّة، بيروت.

– نجيبة... وينك؟ ليش بعدك ما طلعتي؟ يللا تعي هلأ... ناطرتك...

سجّلت هذه الرسالة وأرسلتها لجارتي عبر الواتس أب، وجلست أنتظرها. الجوّ بارد جدّاً... وضعت على كتفيّ شالي الأسود، ووقفتُ قرب الغاز أتدفّأ على نار طنجرة الأرز بالحليب.

قُرع الباب.

– بونجورك منى... كيفك؟

– بونجورين... ليش تأخرتي؟ صقعت القهوة.

– كان عم يحكي معي مارون عالتلفون... متزاعل مع مرتو مبارح.

– ييي... رجعنا... ما خلص، يحلّو عنك بقا...

– شفتي! مش رح يهدا بالي...

– ليكي... تعي دوئي لي هالرز بحليب... شوفي لي ناقصو شي؟

– لاء تمام... بيشهّي... شو المناسبة؟ من زمان ما دلّلتي حالك!

– يمكن يجي شادي بعد شوي... حكيتو مبارح وقال لي بيحاول يمرؤ اليوم... شو قولك؟ بيجي؟

– انشالله...ألله يردّلك ياه بخير...

كانت نجيبة تراقبني وأنا أولي المنزل اهتماماً خاصاً، أرتّب الاغراض في البرّاد، أنظّف السجادة، أصلح وضعيّة الصليب المعلّق على الجدار، وأمسح الطابات المتدلّية من شجرة العيد. كلّ ذلك كان له... لشادي...

راحت تحدّثني عن مشكلة مارون مع زوجته ليليان، وأنا لا أكاد أسمع شيئاً... أفكّر بابني وبزيارته المتوقّعة، وأحدّثها صمتاً عنه.

آه يا نجيبة لو تعرفين حجم ألمي! ها أنت تتأفّفين من مشاكل ابنك مع زوجته ولا تدركين النعمة التي حباك الله بها، فأنت على الأقّل ترينه كلّ يومٍ تقريباً، تجلسين معه، تحدّثينه، تشكين له ويشكو لك، تعانقينه وترمين على صدره تعب العمر كلّه. أنت لا تدركين ما معنى أن يأتيك مارون بابنه لترعيه له في غيابه، ولا تتخيّلين ما معنى أن يقصدك يوم العيد متأبّطاً ذراع زوجته ليقول لك «ألله يخلّي لي اياك يا ستّ الكل!»، وإن كانا متشاجرين... لا يهمّ! فليتشاجرا... كلّ الأزواج يتشاجرون...

أنا لم أخبرك بوجعي يا نجيبة يوم شاهدت ابنك قبل أسبوع وهو آتٍ إليك بالهدايا ومعه ليليان وإيلي... كنت أقف في الشرفة أنتظر اللاشيء، وكانوا ثلاثتهم يجتازون الشارع ليقضوا السهرة معك، في بيتك... لن تتخيّلي كم دعوت الله أن يحفظه لك، وأن تنعمي بدفء عطفه... تخيّلته شادي الذي ما عدت أعرفه، يقبل عليّ من

بعيد حاملاً في عينيه ابتسامة... كانت ستكفيني ابتسامة عينيه، أقسم لك!

آه يا نجيبة! لو أنّه يأتي... لدقائق فقط! سيكون أجمل مفاجآتي على الإطلاق، أنا التي لم أعد أنتظر فرحاً منذ زمنٍ طويل، مذ غادروا جميعاً، وأوّلهم هو!

لو أنّه يأتي ... لأجثوَ أمامه كما نجثو في الكنيسة، ولأذرف على قدميه كلّ دموع الندم والألم والأسى.

أتظنّين أنّه سيأتي حقاً؟ وهل سيتجاوز كلّ البرود الذي يسود علاقتنا؟ يا ليته يفعل... فلقد شعرت حين التقيته قبل يومين بأنّه ما عاد يذكرني، أو يهتمّ بي... كان بارداً... لم أشعر بحنانه وهو يحتضنني، ولم أرَ في عينيه اشتياق ولدٍ لوالدته...

أنا طبعاً لا ألومه! الحق معه... أنا أريده فقط أن يسامحني، ويشعرني بأنّه يكنّ لي بعض ودٍّ ومحبّة.

فماذا أكون أنا يا نجيبة، إن فقدت محبّته؟ وما قيمة العمر إن خسرت بنوّته للأبد؟ لقد دفعت الثمن عمري المتهالك، وسأدفع كلّ ما بقي منه، مقابل أن أضمّ ولدي إلى حضني مرّةً أخرى وأستشعر دفء قربه.

لو أنّك شاهدته في الاستديو. كم كان وسيماً وأنيقاً! رجلٌ بكلّ المعاني. كنت أنظر إليه ولا أصدّق أنّ هذا الواقف أمامي هو ابني. كم احتقرت نفسي حينها وأنا أراه رجلاً قد حظيت بتربيته امرأةٌ غيري. ما أقبحني! كيف ارتضيت أن أسلمه لها. لقد كنت في ذروة الأنانية حين اخترت رحيله، وها أنا ذي في ذروة الجحود أحسد امرأةً سهرت على رعاية ولدي، ومنحته كلّ شيء حرمته منه أمّه.

لقد كانت حنونة. أنا متأكّدة! فالرجل الحقيقي مرآةٌ للحنان الذي حظي به طفلاً. الحنان والعاطفة الحقّة هما أساس نشأة الإنسان

السليمة يا نجيبة، وأنا لم أمنحهما لولدي من قبل، فكيف سأتغلّب على شعوري بالخسارة وبالقهر والغيرة وأنا أتخيّله، كيف نشأ في حضنها طيلة الأعوام الماضية. كيف كان يناديها ماما، ويمسك بيدها في الشارع، ويبتسم لها ويبكي إن فقدها. كيف كانت تختار له ثياب العيد والهديّة، وتداعب وجهه وشعره في السرير لينام. كيف كان يخبرها عن حبّه الأول وعذابات الوله... وعنّي...

أتراه أخبرها عنيّ؟ ماذا تراه قال لها؟ هل كان حاقداً أم فاقداً؟ هل كان ناقماً أم مشتاقاً؟

لو أنّك تعرفين كيف تستعر النّار بقلبي كلّما تخيّلت حجم تعلّقه بها واستيائه مني! لقد كان صغيراً جداً حين غادر حضني، أصغر من أن يذكر شيئاً، أو يذكرني. أصغر من أن يفهم حقيقة ما كان يجري، وحقيقة الألم الذي اعتصر روحي يوم سفره...

كنت أسأل قلبي دائماً عمّن تراه الضحيّة فينا، هو أم أنا؟ الأمّ التي خسرت ولدها وهو حيّ يُرزق، وأسلمته بيدها إلى مصيرٍ لا تدري عنه شيئاً؟ أم الولد الذي أتى إلى العالم ليدفع ثمن ارتباطٍ فاشلٍ وغير مدروس؟ وهل كان حرّياً بي أن أصمت كما فعلت كثيراتٌ غيري؟ أن أصبر على ظلم الحرب التي وضعتني بين المطرقة والسندان، وأن أنتظر صلاح الأحوال في كنف زوجي؟

وأهلي، وأخي، هل كان باستطاعتي أن أتجاوز ما حدث لهم آنذاك؟ أنا التي كانت تقف في المعسكر الآخر، مع زوجٍ وطائفةٍ ونصف مدينة، تآمروا جميعاً على أهلي وطائفتي؟ وكيف كنت سأنسى شربل الذي فقدته بسببهم؟ لا تقولي كالآخرين إنّ ذلك كان قراري أنا، ولم يُجبرني عليه أحد. لقد كنت صغيرة آنذاك، بلا تجربة. أغواني عزّ الدين بالحبّ والكلام المعسول يومها، ولم أكن أدرك ما

معنى أن ينسلخ المرء عن أهله إلى أن اختبرت ذلك بنفسي. كنت أظنّ أنّ حبّه سيكفيني للأبد. ولكنّي اكتشفت فداحة خطئي سريعاً.

آه يا نجيبة! إلى اليوم لا تزال ذكرى أخي شربل تؤلمني، ورحيلي عنه وعن أمّي يعذّبني. لقد رحل عن الوجود وهو غاضبٌ منّي! فهل كان بإمكاني أن أخرس صوت الألم في قلبي، وأدير وجهي عن كلّ ما حدث لأحفظ لولدي حياةً أسريّةً سليمة، في ظلّ وجوده مع والدٍ ووالدة؟ كيف أشرح له أنّني لم أتمكّن من رعاية حبّي لعزّ الدين، بل صرت بعد وقتٍ من زواجنا عاجزةً حتى عن النظر في وجهه على الرغم من الغرام الكبير الذي جمعني به ذات يوم، وأنّي كنت أشعر بالكره يغلي في قلبي كلّما لمحت في عينيه لعنةً صامتة لأهل طائفتي. أحياناً كنت أشعر برغبةٍ في صفعه أو طعنه كلّما تخيّلت وجه أخي وهو يُقتل على أيديهم.

هل سيصدّقني شادي إن قلت له إنّي لم أرد حقاً أن أخسره، ولم أفكّر بإبعاده عنّي. ولكنّ الحرب حالت بيننا، واستكثرت عليّ أن أنعم بقربه؟

لو أنّه يعرف كم كان صعباً عليّ أن أعيش بدونه. ربّما لم أشعر بقسوة ذلك في البداية، عندما كنت أزوره في الميتم. فلقد كنت مطمئنّةً إلى أنّه قريبٌ منّي، نتشارك السماء والهواء والأرض ذاتها، وأنّه في أيدٍ أمينة. حتى تذوّقت مرارة بعده الحقيقي حين انتقل إلى أوروبا، وأصبح لقاؤنا مستحيلاً بعد ذلك.

كنت أفكّر بابني، ونجيبة تتابع حديثها وتسرد عليّ دون توقّف أسباب المشاجرة الأخيرة بين مارون وليليان، وأنا أهزّ لها رأسي مؤيّدة دون إنصاتٍ فعلي.

مسكينةٌ جارتي نجيبة، فهي دائماً مشغولة بوضع ولدها وعدم استقراره مع زوجته الغيورة التي تبحث يومياً عن امرأةٍ أخرى كانت

على الطرف الآخر في مكالمةً هاتفيّة أجراها، أو ذكرها في حديثٍ أو حتى عبرت نظراته صدفة، لتبدأ سمفونيّتها المعتادة التي تنتهي غالباً كما تقول نجيبة بتهشيم عددٍ من الأكواب أو الصحون أو التحف التي تصل إليها يدها.

خطرت ببالي فجأةً مشاجراتي مع عزّ الدين. لا أزال أذكر بعضها. لقد كان عصبيّاً يثور لأبسط الأمور. وأنا كذلك، لم أتفهّمه يوماً. فحبّنا لم يكن ناضجاً كفاية لينقذ الموقف آنذاك.

لقد أحببته كثيراً في البداية. أحببت اهتمامه بي، وحبّه لي. كان يبدو لي مختلفاً، طيّباً ومتفهّماً أيضاً. أذكر يوم تحدّثنا جديّاً في ارتباطنا، واشترطت عليه أن أبقى على مسيحيّتي بعد الزواج، لم يعترض، لم يمتعض، بل بدا مرحّباً إلى أبعد الحدود، لم يكن لديه همّ سوى أن نعقد قراننا رسميّاً وأصبح في عهدته. ولكن لا أدري كيف تحوّل هذا الرجل الوديع مسخاً يناصب أهلي العداء ويحمل السلاح في وجههم دون أيّ اعتبارٍ لزوجته وابنه.

أفقت على صوت نجيبة:

– منى... وين سرحانة؟ عم قللك قومي طلّي عالرز بحليب... بيكونوا استووا.

بالفعل. كان قد نضج تماماً. أطفأت النار تحت القدر وسكبت الحلوى في الكؤوس المخصّصة لها وأنا أدعو الله أن يأتي شادي ويتذوّقها. فكّرت فيه، أين سأجلسه، وماذا سأطعمه! لا بدّ من أنّه جائع ولم يتذوّق من قبل طبق «شيخ المحشي» الذي ينتظر في البرّاد من يوم أمس. أظنّه سيحبّه كما كان والده، فالولد سرّ أبيه!

عدتُ إلى الصالة حيث تركت نجيبة تتابع مسلسلها التركيّ. سألتها:

– نجيبة! شو قولك إذا إجا شادي، رح يفتح معي الموضوع؟

– أيّ موضوع؟

– يعني أيّ موضوع لَك نجيبة؟ الميتم وسيمون.

– آآ؟ لا ما بظنّ. ما خلص، حكيتو كلّ شي بالتلفزيون... شو بعد في شي تقولوه؟ بعدين شو عرّفو هوّي بسيمون؟

– ما بعرف... خايفي يكون شمّ خبر...

– لا ما بعتقد... وإذا كان عارف اشرحيلو موقفك يومتها... أكيد رح يتفهّم ظرفك... هودي الأجانب منفتحين، مش متلنا... ما بتشوفيهن بالأفلام كيف بيتعاملوا مع بعضن؟ عندن ما حدا إلو مَوْني عالتاني... كلّ واحد بيعمل اللي بيريّحو!

– يا ريت يا نجيبة! ألله يسمع منك... أدّيش رح ارتاح... ما بتتخيّلي كيف حاملي همّ هالموضوع!

– لا ما تخافي... اتكلي ع ألله! إلّا ما تنحلّ!

كم أخشى أن تكون جارتي شديدة التفاؤل في ما يتعلّق بتقبّل شادي لي وللحياة التي اخترتها لنا. لقد عشت صمتاً تأنيب القلب والضمير، ولم أبح كثيراً بضعفي وندمي.

عادت إلى رأسي بسرعة خيالات تلك الأيّام وأشباحها. تذكّرت المعاناة التي رافقتني إثر مغادرتي منزل الزوجيّة، يوم كنت وحيدةً، فريدة، بلا معيل، ومع ذلك لم تسمح لي كرامتي بأن أبقى مع عزّ الدين وعائلته، نأكل ونشرب ونحيا معاً، فيما تموت عائلتي ويقضي أحبّائي على أيديهم. كنت أختنق وسطهم، فهربت. هربت دون وجهةٍ محدّدة.

كانت والدتي قد لاذت بمنزل أخيها في زحلة بعد وفاة أخي شربل، ولم يكن لي أحدٌ يومها يمكنني أن ألتجئ إليه في بيروت. شعرت بأنّ من واجبي ومن مصلحتي أن أكون معها في هذا الظرف العصيب. شددت الرحال إلى زحلة، حيث كان اللقاء بارداً مع الجميع

باستثناء والدتي. أحاطتني يومها بذراعيها المرتجفتين وسكبت على كتفيّ دموعاً ثكلى وهي ترثي أخي شربل.

في الحقيقة لم أكن أتوقّع تقبّلها السريع وغير المشروط لي ولابني آنذاك، ورغبتها في بقائي معها، وإلى جانبها. كانت ضعيفةً ومهزومة ولا قدرة لها على مواجهة صعوبات الحرب وحدها، وكنت أحوج منها إليها. بقيت معها، ويوماً بعد آخر عادت المياه إلى مجاريها مع أسرة خالي، واستطاعوا أن يجدوا لي عملاً في قسم الطوارئ في مستشفى «تل شيحا» يعيلني ووالدتي وشادي، وشقّةً صغيرة تؤوينا نحن الثلاثة.

كانت أيّاماً عصيبة، لا أزال أذكرها! لم يكن يتسنّى لي أن أعود إلى المنزل بانتظام بسبب الظروف المحيطة. فكنت أقضي معظم أوقاتي بين المرضى والجرحى والمصابين، وشادي يكبر في حضن والدتي، وحيداً. لم ألحظ في قلبها يوماً حبّ جدّة لحفيدها... لم أرها ملهوفةً عليه أو سعيدةً بتربيته كما يحدث للأجداد أن يفرحوا بأولاد بنيهم. كثيرة هي المرّات التي نصحتني فيها بإرساله إلى والده، أو إيداعه داراً للأيتام. لعلّها لم ترَ في عينيه سوى الوجه الذي سلبني منها، واليد التي اغتالت فرحة عمرها، شربل.

وذات نوفمبر من عام 1979، أطلّ من حيث لا أدري وجهٌ جديد للقدر! اسمه سيمون. طبيبٌ جديدٌ في قسم الطوارئ، اقتحم حياتي وقلبها رأساً على عقب.

كان أقرب إلى حلم.

رجلٌ وسيمٌ وذكيّ، بشخصيّة فذّة، ورجولةٍ آسرة...

في البداية لم يكن يدري أنّ لي ولداً، بعدما أخفيت عن الجميع قصّة زواجي بمسلم. ومع أنّ علاقتي بالزملاء كانت تتّسم آنذاك بالرسميّة والحذر، استطاع سيمون أن يتسرّب بخفّةٍ إلى عالمي، وأن يستحوذ على كياني برمّته.

تلك الحرب البشعة التي فرّقتني أنا وعزّ الدين ذات يوم، هي نفسها جمعتني مع سيمون، وما لبث الإعجاب بيننا أن تطوّر بسرعة ليصبح حبّاً عاصفاً.

أحبّني سيمون، وعلى الرغم من كلّ الويلات المحيطة، كنّا نسرق لحظاتٍ خاصّةً بنا، وبحبّنا الوليد. معه اختلفت الأمور، ولم أتمكّن من أن أخفي عنه حكايتي، فأخبرته بقصّتي، وكان توقّعي في مكانه. لم يتقبّل فكرة زواجي بعزّ الدين، ولم يشجّع رعايتي لشادي. لا أظنّه أحبّه يوماً. لطالما حاول هو أيضاً إقناعي بأن أتخلّى عنه، وأن أرسله لذويه، بدلاً من الإرباك الذي قد يسبّبه لي وجوده في حياتي.

كان ابني قد أتمّ عامه الثالث حين أودعته الميتم، راضخةً لظروف الحرب الصعبة آنذاك، وللمرض الذي ألمّ بوالدتي وألزمها الفراش.

لم يكن الأمر سهلاً عليّ، كنت كمن يقتطع قلبه ويرمي به للكلاب. استحكم منّي الأسى يومها وسيطر عليّ اكتئابٌ حاقدٌ لفترة. كنت أشتاق شادي كثيراً، أتخيّل وجهه وابتسامته، ثم تحضرني دموعه وهو يسأل عنّي ولا يجدني بقربه. كنت أفكّر فيه باستمرار، وأحاول أن أطمئنّ عليه بالهاتف وأتخيّل حياته هناك، وسط أناسٍ لا يعرفهم، ولا يربطه بهم سوى اليتم...

في البداية كنت أذهب إليه بانتظام، أمضي معه يوماً أو بعض يوم، وأطمئنّ عليه، ولكن مع الوقت أصبح الوصول إليه في الظروف المحيطة صعباً جدّاً، ولم يعد يتسنّى لي أن ألتقيه. كنت كثيراً ما أشتاقه في اليومين اللذين يليان زيارتي له، ثمّ سرعان ما تسرقني الحياة منه، فأنشغل عنه. وكان سيمون أكثر ما يشغلني في تلك الآونة. تعلّقت به كثيراً.

كانت علاقتنا سريّةً في البداية، لم يخبر بها سوى والدتي، وبعد فترةٍ غير وجيزة، أعلنّا ارتباطنا على الملأ.

تمنّيت أن أعيش معه كلّ الأمان الذي حُرمتُ منه مع عزّ الدين، وحلمتُ أن أعيد شادي إلى حضني، وأعوّضه بعدي عنه، لكنّ سيمون رفض بقوّة، وأقنعني بضرورة إبقائه في الميتم حرصاً على مصلحته وسلامته.

كنت أشعر آنذاك بأنّي ضعيفة، لا قدرة لي على خوض غمار الحياة بمفردي، وأنّي وحيدة. وحده سيمون كان لي ومعي، ولم يكن سهلاً أن أقصيه هو الآخر عن حياتي. اقتنعت فعلاً بضرورة تسفير شادي إلى أوروبا، ومنحه مستقبلاً وجنسيّةً أوروبيين قد يغنيانه عن العذاب الذي سيتربّص به إذا ما بقيَ في لبنان.

لا أزال أذكر وجه سيمون حين أخبرته بعرض السيدة نادية، مديرة الميتم.

– حبيبتي بعدك عم تفكّري؟؟

– ...

– أكيد ابعتيه... غيرك عم يتمنّى هالفرصة.

– بس يا سيمون ما بعود فيني...

– يا حبيبتي مش مهمّ... المهم مصلحتو... إنتِ هلأ كم مرّة عم تشوفيه بالسنة؟

– ...

– بيصير يجي من وقت لوقت... وبتشوفيه...

– قولك هيك؟

– أكيد... بعدين هونيك بيتعلم وبيشوف الحياة... صدّقيني غير شي.

– بس...

– بس شو؟ مش أحسن ما يضلّ مـزروب بين أربـع حيطان، متخبّي من القصف؟

– مبلا... معك حق... يمكن أحسن...

– مش يمكن! أكيد!

– بس خايفة يا سيمون... هيدا ابني... بركي راح وما رجع؟ بركي نسيني؟ بركي زعل منّي؟ ما بكفّي اللي صار فيه من لمّا خِلِق؟

– ييبي علينا! ما رح ينساكي ما تخافي... إنتي إمّو وما حدا بينسى إمو... بعدين قالولك إنو بيصير يجي بالصيفية وبتشوفيه... إنتي روحي وشوفي التفاصيل... وإذا بدّك بجي معك...

وبالفعل، كانت تلك المرّة الوحيدة التي رافقني فيها سيمون إلى الميتم. وقّعت ورقة التخلّي بعدما طمأنتني المديرة بأن إحدى دور الرعاية ستتولّى أمورهم هناك، وسنبقى على اتصالٍ بهم.

أذكر المرارة التي كوت أحشائي لأيامٍ بعدما ودّعت شادي في المطار، وسط أبناء الميتم...

كان مشهداً مؤلماً وموجعاً.

لم أره يوماً حزيناً بهذا القدر.

حاولت ألا أبقى طويلاً هناك. ودّعته بسرعة، محتفظةً بدموعي في قلبي، متحاشيةً النظر في عينيه الباكيتين، طمأنته إلى أنّه سيكون بخير، وسيعود إليّ قريباً. احتضنته بحرقة، ثم عدت أدراجي، أذرف آخر دموعٍ علقت في قلب أمومتي، وأنا أتساءل لماذا أبعده، ولماذا لا أتركه لوالده ما دمت عاجزةً عن الاحتفاظ به؟

– ليْكي منى؟ ما دام شادي بعدو عزّابي، شو رأيك نعرّفو ع نادين بنت ليلى؟ حلوة ومعلّمة ومربّاية؟

– نادين جارتنا؟ إي... بس قصيرة كتير، وكمان شايفة بحالا...

– لا... هي بتبيّن هيك بس قلبا طيّب... إنتي اسأليه وشوفي...

– ما بظنّ... يوم الحلقة كان معو بنت بالاستديو متل القمر... إسما يارا... حسّيت في شي بيناتن...

– وليه ما خبّرتيني عنّا...

– راح عن بالي... إي بس شو بنت! شلخة! ودكتورة كمان... يا ريت يكون حاطط عينو عليها... بركي بتخلّيه يرجع ع لبنان!

أليس حريّاً بي أن أبكي عجزي وخسارتي؟!

ها أنا ذي، أمٌ بمنتهى الضعف، عاجزةٌ عن إقناع ولدها بالعودة إلى حضنها. ها أنا ذي أعوّل على قلب أنثى غيري ليغريه بالعودة، بدل أن تستعطفه دموع والدته وقلبها الملهوف!

أتراه يعود حقّاً؟ لا أدري! لقد طلبت منه ذلك مراراً في الأعوام السابقة... أذكر أنّني لم أفوّت مناسبةً حدّثني فيها هاتفيّاً إلّا طلبت منه أن يعود، أو أن يأتي لأراه... حتّى إنّي اقترحتُ عليه أكثر من مرّة أن أسافر إليه، أن يأخذني لأراه... يوماً بعد يوم، كنت أستشعر حاجتي إليه، وفراغ عمري بدونه... أمّا هو، فقد كان يزداد جفاءً وبروداً وانشغالاً عنّي. كنت كثيراً ما أشعر بتململه من الحديث معي، وعدم رغبته في الإفصاح عن تفاصيل حياته وخصوصيّاته كلّما سألته عنها، لم يكن لديه سوى السؤال عن والده، ولم يكن ممكناً أن أصارحه بالحقيقة بعدما أكّدت له مراراً أنه قُتل في الحرب.

أذكر حين اتّصل بي مرّةً، ليعايدني بمناسبة عيد الفصح، وكنت أنتظر هاتفه ذاك بفارغ الصبر... كانت تلك المرّة الوحيدة التي شعرت فيها بأنّه يرغب في الحديث معي. كان حزيناً ومكتئباً، وعندما سألته عن السبب، أخبرني بأن السيّدة التي تبنّته قد فارقت الحياة قبل أيّام وأنّه يشعر بالوحدة.

لم يقفل الخطّ على عجل كما اعتاد أن يفعل، بل تابع الحديث مستمعاً إليّ، وكأنّه بحاجةٍ إلى صوت أحدهم كي يدرأ عنه وحدته.

أذكر تماماً حزنه المتخفّي خلف عباراتٍ مشتّتة، وصمته الذي كسر قلبي يومها... أيحزن لامرأةٍ غيري، ويبكي رحيلها؟ وأنا؟ أتراه سيبكي رحيلي بهذا الحنان والألم؟

وعدني يومها أنه سيفكّر جدّياً بزيارتي، وكدت أحلّق في فضاء الفرح لأيّام كلّما خطر لي أنّي سأراه، خيّل إليّ أنّ تلك المرأة هي من كانت تمنعه من العودة، وتتشبّث به، ولكن، بعد انقضاء أسابيع على رحيلها، عاد ابني إلى سابق عهده، ورمى في البحر ذلك الوعد الثمين، ولم يأتِ.

لا أذكر كيف أوصلتُ نجيبة إلى الباب، ولا أذكر ماذا قلت لها بشأن مارون. أذكر أنّها أوصتني أن أعلمها بمجيء شادي حالما يصل، وهي تردّد:

– ألله يفرّح قلبك فيه...

أغلقت الباب وعدت أدراجي أنتظر على الشرفة، لعلّ دموعي تصل إليه حيث هو فتستعجل قدومه...

مضى الوقت بطيئاً جدّاً. رحل الظهر وأفل العصر وأقبل المساء وأنا أنتظره قرب النافذة. وهو... لم يجبْ على أيّ من اتصالاتي...

أولن يمرّ بي مودّعاً؟

أولن يمنحني غفرانه مرّة واحدة قبل أن يعاود الغياب؟

***

التاسعة صباحاً، المنارة، بيروت.

ودّعتُ جوليا وعدت أدراجي، يقودني حزني في اللامكان. كلّ شيءٍ حولي كان بارداً ومظلماً وكئيباً. فقد وجهي ملامحه فجأة، وفرغت روحي من روحها. وحدها عينا جوليا ورائحة جسدها الربيعيّة كانت لا تزال تعشّش في كلّ حواسّي.

استعاد قلبي همساتها الدافئة، وملمس يديها على جسدي، وتذكّرت ليل أمس، والرغبة الجامحة التي اجتاحتني، وأعادتني إليها. لقد راودتْ خيالي مراراً في غيابها، وعشتُ معها دهشة العشق ولذّته، ولكنّي لم أفكّر يوماً بأنّ خيالي ذاك قد يصبح حقيقة، وبأنّي قد أحظى بها، في بيروت...

وها أنا ذا أخلص اليوم إلى أنّ جوليا هي الحقيقة الوحيدة في حياتي! كيف لا؟ أليست هي الملاذ الذي أوت إليه روحي حين أتعبها الاغتراب، وهي السكينة التي طوّقتني في غمرة الضياع الذي يعبث بي؟

لعلّ لقاءنا ذاك لم يكن بدافع الحبّ وحده، بل بدافع الحاجة أيضاً. فقد كنت أحتاج إليها لتداوي روحي المعطوبة، أن تمسك بتلابيبها فتنفض عنها الغبار الذي يلوّثها، وتفكّ عنها كلّ القيود التي تكبّلها.

على الرغم من ذلك أجدني خائفاً ومشتّتاً ومتوتّراً... لقد كنّا معاً لليلةٍ كاملة، وكانت هي كلّ ما أريد... كانت بين أحضاني، تضجّ حبّاً وتذوب عشقاً، ومع ذلك تركتها، ورحلت... لماذا؟ ألست قادراً على البقاء معها؟! أعاجزٌ أنا عن أن أمنحها الحبّ الذي تريد، أو أن أبادلها الدفء الذي منحته لي!؟ أعاجزٌ أنا عن احتوائها كما فعلت هي، وكما ينبغي لعاشقٍ أن يفعل مع معشوقه؟! لا أدري لم رحلتُ؟ فلقد طاردتني رغبةٌ حثيثةٌ في التحرّر من كلّ شيء... أردت الانعتاق في سماء جديدة، لا أحد يعرفني فيها، ولا أعرف فيها أحداً، فتركتها ومضيت...

من بين أفكاري المتصارعة تعالى رنين الهاتف. كان اتّصالاً من والدتي.

ماذا تراها تريد؟ أن تراني مثلاً؟ أن تلتقيَني لتحدّثني عن معاناتها خلال الأعوام الماضية، بدوني؟ هل أخبرها بأنّها سبب

تعاستي وألمي وضعفي؟ هل أقول لها كفّي عن الاتصال، انسيني... فأنا ما عدت شادي الذي تعرفين... أنا الآن رجلٌ آخر لا يشبهني، لا يحمل شيئاً من ملامحك، لم يرث شيئاً من قسوتك، ولا يعنيه وجودك الشاذ والمريض في عالمه...

هل أخبرها بأنّني مللت ذلك الزيف الذي يربطني بها... وتلك المكالمات الباردة التي باتت تثقل عليّ؟ فلترحلْ عنّي. فلترحل! أنا لم أعد أريدها! فلتتركني وشأني!

رنين الهاتف المتكرّر يستفزّني، يدقّ أعصابي كمطرقةٍ ثقيلة، يرافقه صوت منى مع كلّ رنّة «بعناك... ومش لوحدك... إنت وكتار غيرك».

لم أجب... شعرت بالبرد يتزايد مع آخر رنّة. كأنّ قشعريرةً سرت في قلبي وأطرافي. أخرست الهاتف وأنا أتساءل كيف سأحيا السلام الذي أنشده في قلبي وروحي وكياني، واحتياجي الأكبر على مدى العمر كان ولا يزال أمّي؟! هي من أفسدت حياتي طفلاً، وها هي ذي تريد أن تستعيدني رجلاً سليماً معافى...

ليلةٌ واحدة تفصلني عن الرحيل وأنا لا أرغب في الانتظار. شعرت بحاجةٍ عارمة في أن أتّجه الآن مباشرةً إلى المطار، وأستقلّ أول طائرةٍ ستقلع. لا يهمّ إلى أين. المهمّ فقط أن أرحل بعيداً... بعيداً عن كلّ شيء.

كان الوقت يمرّ بطيئاً، وأنا أسير على الكورنيش بلا أيّ وجهة، تسابقني الخطى أفكاري المتلعثمة، فأتوقّف حيناً لأشكو للنوارس المغتربة والأمواج المتزاحمة، وأسرع حيناً خلف وجهٍ هاربٍ وسط الوجوه، تسكنه عيناي وينبض فيه وجعي.

وجدت نفسي بعد قليل في منزل والدي. كنت مشتّتاً ومتوتّراً فيما بدا هو في غاية السعادة وهو يجلسني بقربه، يعانقني تارةً،

ويمسح على كتفي تارة، وبسمة الرجاء تطلّ من عمق عينيه. جلسة سريعة، تبادلت فيها الأحاديث مع الجميع باقتضاب، فيما كان ينتظرني عند الباب وداعٌ طويلٌ...

متعبٌ جداً أنا... لا أعي حقاً ما أريد... ألوذ بالهرب من والدتي، ومن ضعفي وحقدي، فيما عينا أبي ترجوانني أن أبقى، ورغبةٌ حائرة تؤرجحني بين هنا وهناك...

شعورٌ غريبٌ انتابني عند العتبة، كأنّني طفلٌ لم يشبع من حضن والده بعد، ويريد أن يبقى يوماً إضافيّاً معه.

احتضنتهم فرداً فرداً، وتوقّفت طويلاً عند الحضن الأخير الذي ينتظرني... أبي...

حضنٌ يختزن دفء العالم أجمع... عينان تطفران دمعاً راجياً، ويدان تتشبّثان بذراعي بقوّة، وكأنّنا لن نلتقي بعد اليوم.

خذلتني الكلمات فجأة، ولم أتمكّن من الكلام. لم أنطق بحرف. مسحتُ دموعه وقبّلت جبينه ووعدته بالعودة، وقبل أن تغيب عيناي عن باب المنزل، ناداني ومدّ إليّ مصحفاً مذهّباً، وأوصاني بالاحتفاظ به، وبالتمسّك به في أوقات الضعف والخوف والابتلاء.

تسارعت خطواتي على درج العمارة وصوت والدي يرنّ في سمعي، ودموعي تتدحرج على خديّ. لوّح لي الجميع عن الشرفة، وأنا أحتضن المصحف بيدي. ألا يشبه ذاك المصحف صليب والدتي الذي تركته حول عنقي قبل ثلاثين عاماً؟ لماذا عليّ الاختيار بينهما؟

تشتّتت أفكاري أكثر فأكثر، وأنا أستعيد شريط الأحداث المتسارعة التي توالت عليّ في الأيّام الماضية، لم أظنّ للحظة واحدة قبل اليوم أنّ قدميَّ ستحطّان في مطار بيروت، وأنّني سأقضي أحداث ثلاثين عاماً في عشرة أيّامٍ فقط...

لم أتخيّل مرّة واحدة أنّي سألتقي والدي ووالدتي وإخوتي وجوليا والست نادية ويارا وكل الشوارع والذكريات والوجوه دفعةً واحدة.

فتحت جوّالي وأنا في سيّارة الأجرة، وتصفّحت الصور التي أخذتها منذ يومي الأول في بيروت.

كانت ذاكرة الهاتف تغصّ بمئات الصور لكلّ ما شاهدته عيناي هنا. صورٌ للعائلة، لوالدي، لجدّي، للمخيّم، للدار. صورٌ كثيرة تعبق ابتساماً، وأخرى ترشح حنيناً. ثمّة صور لجوليا أيضاً مع والديها على العشاء، وأخرى لها مع الغيتار! ما أجملها! وما أعذب ذاكرة الماضي وهي تفرد لها مساحة عمرٍ بكلّ لحظاته!

صورٌ كثيرة عبرت هاتفي، يهدر البحر في بعضها، فيما يتبدّى الجبل ساكناً في بعضها الآخر، وصور ليارا، بابتسامتها الفاتنة، وهي تجلس بقربي في تلفريك حريصا، وفي المطعم، وفي أزقة جونية القديمة، في الاستديو وعلى البحر، وفي كلّ مكان.

وحدها والدتي، كانت خارج الذاكرة!

وحدها، لم يتّسع لها فضاء صورةٍ واحدة. حتّى الهاتف، يبدو أنّه لم يعبأ بوجودها!

أتاني صوت يارا مشبعاً بالفرح وهي تجيب على اتصالي:

– هاي شادي... كيفك؟

– يارا! وينك؟ من مبارح وأنا عم دقّلك!

– ...

– ما بدّك تجي تودّعيني؟

في أحد المقاهي، وعلى طاولةٍ صغيرةٍ مقابل البحر، جلستُ أنتظر قدومها، حين أطلّت من خلف الغيوم، شمساً باسمة. اقتربت منّي، وعانقتني بلهفة، ثمّ جلست غمّازتاها الماكرتان أمامي، تستدرجانني بخبثٍ أنثوي.

– شو؟ شو في؟ ليش زعلان؟

– أخيراً... جيتي؟!

– شو في؟ ليش وجهك تعبان هلقد؟

– لا... ما في شي... ما نمت منيح مبارح...

– ليش؟ صاير معك شي؟

كان إلحاحها موجعاً، وكنت في أمسّ الحاجة إليها، أرغب في إفراغ جعبتي المثقلة في قلبها، فهي التي ستنقذني من براثن غضبي ووحدتي واستيائي، ولكنّي لم أفعل... لم أحدّثها عن والدتي، لم أرد لحديثنا أن يأخذ اتّجاه الماضي، بل أردته مفعماً بالأمل، وبالغد الباسم، كما لم أرد أيضاً أن ينكشف ضعفي أمامها إلّا لسبب واحد، الحب... يكفيني ما انكشف أمام جوليا يوم أمس.

سألتني عن لقائي بجوليا، وشبح الغيرة يتوارى خلف أسئلتها، ووجدتني في مربّع الكذب، أدرأ عنّي أيّ جملةٍ أو نظرةٍ قد تشي بما حدث بيننا. سرحتُ في عينيها المليئتين سكينة وفرحاً ودفئاً، متسائلاً عن القدر الغريب الذي رماها في طريقي، وتتابع الصدف الذي أوصلني إلى قلبها. أنا أحبّها... أحبّها!

«وجوليا؟ أين تراها منك؟ ألم تتنفّسها عشقاً ليل أمس؟» سألني قلبي...

أولن أكون مخادعاً لو أخفيتُ عن يارا ما حدث بيني وبين صديقة الماضي ليل أمس؟ أوليس من حقّها أن تعرف أين رماني الحبّ البارحة، وفي أحضان من؟ ولكن... أليس من حقّي أنا أيضاً أن أفعل كلّ ما بوسعي للفوز بها؟ فهي تملأني بحضورها حبوراً ودفئاً واشتعالاً... هي فريدة... مختلفة... طفلة حالمة... وأنثى بكامل نضجها وإغرائها... أأخبرها؟ لا... لن تفهمني... فهي في النهاية امرأةٌ ككّل النساء، لا يفهمن حاجة الرجل أحياناً إلى امرأةٍ أخرى...

إلى امرأةٍ بعينها! لا يمكنهنّ أن يصنّفن احتياجنا ذاك إلّا في خانة الخيانة...

– شو؟ وين شارد؟

هل أخبرها عن تخوّفي؟ أجبت:

– يارا، تعي نسافر سوا.

– نسافر؟ سوا؟ شو خطرلك لتفكّر هيك؟!

– ما بعرف! بس عبالي تكوني معي... مش حابب إتركك...

– شادي... أنا كمان مبسوطة كتير بوجودك معي... بس...

– بس شو؟

– شادي! إنت هلق مخربط... بكرا بترجع ع حياتك هونيك... بتستقرّ وبتنسى! صدّقني!

– إنت غلطانة... أنا مستحيل إنساك! إنت ما بتعرفي شو عملتي فيّي! من لمّا التقينا أول مرّة بالطيّارة...

لمعت عيناها بحبّ، فتابعت.

– يارا... أنا بحبك!

أشاحت بعينيها ناحية البحر، وغمّازتاها ترتعشان ارتباكاً ودهشةً وربّما فرحاً...

– يارا! تطلّعي فيّي بليز!

– ...

– يارا! يمكن تعتبريني متسرّع أو مجنون، ما بعرف... بس صدّقيني، هيدي أصدق لحظات جنوني!

– شادي، عم تحكيني عن الحبّ وأنت على باب الطيّارة؟ إنت مفكّر الموضوع بهالبساطة؟

– طيب... لكان تعي معي... نحنا محتاجين بعض...

– مش زابطة... صدّقني... مش زابطة.

– يارا! شو اللي مخوّفك؟ أنا ما عم قول نرتبط... مش هلق عالقليلة... أنا بدي نحبّ بعض... نعطي حالنا شويّة وقت... ونسمح لقلوبنا إنها تعيش وتتنفس براحتها...

– شادي! أنت عم تتسرّع بالحكم ع مشاعرك... ما بدّي تتأثر بوجودك هون... معي، ولمّا ترجع هونيك... تندم عاللي قلتو...

– ما رح اندم! تأكدي... أنا بحبّك، بحبّك!

كانت يدها تغطّ في كفّي كعصفورٍ يرتعش قلقاً وارتياباً، وأنا ألثمها حيناً وأهدهدها حيناً.

– شادي، خلّينا ما نستعجل عواطفنا... بليز...

لم أجب... كان في ملامحها إيضاحات إضافيّة، فانتظرت الملحق.

– الموضوع ما بيتوقّف عند المشاعر وبس... في أمور كتيرة مشربكة...

– متل شو؟؟

راحت تحدّثني عن انتمائها لعائلة متديّنة وصعوبة تقبّل علاقتها بمن هو غير درزي، متذرّعةً بأنّها لا تريد لنا أن نتورّط بمشاعر قد تسبّب لنا خيبة.

كلامٌ كثير عبر أفق حديثها. كنت أراها متردّدة ومرتبكة، في عينيها حبّ كبير، وعلى شفتيها توجّسٌ وقلق.

وفي لحظةٍ مفاجئة، قرّرت إنهاء اللقاء ولمّا ينتهِ حوارنا بعد... كأنّها خشيت التورّط في اعترافٍ ما، فظلّت الجمل عالقة بيننا... هاربةً منّا وفينا...

وقفتْ لتغادر، وتركتني معلّقاً في كرسيّي أمام البحر... وفي عينيها آفاقٌ لحكايات لن تنتهي.

أقبلت عليّ وعانقتني طابعة على خدّي قبلةً دافئة... طوّقتها بكلّ ذرة فيَّ واستسلم جسدها الصغير لدفء أحضاني، وغلّت في صدري كقطةٍ صغيرة تبحث لها عن مأمن، فيما شفتاي تلثمان شعرها الأسود، وتتوعّدانها بعمرٍ لن يعرف سوى الحب...

قبّلتني في وجنتي، ثمّ أفلتت ذراعيّ عنها برفق وهي تعدني بلقاءٍ آخر ليلاً. لوّحت لي بيدها، ومضت، تشدّ كمّ كنزتها فوق يديها الصغيرتين.

أأصدّقها؟ هل حقاً سنلتقي في المساء؟ رحت أراقبها من بعيد وهي تستقلّ سيّارتها، وتتركني أمام البحر كإسفنجةٍ باردة، أنضح حيرةً وأمتصّ حزني بصمتٍ مقيت.

***

من شرفة غرفتي وقف البحر أمامي كتنّينٍ يهدر غضباً. كانت أطراف بيروت قد تجمّدت برداً، وعينا يارا تقفزان مع الموج وترتسمان أمامي على الشاطئ.

استعدت كلامها لي اليوم، ونظرة عينيها المشتّتة، ماذا لو كان ما قالته صحيحاً؟ ماذا لو رفض أهلها ارتباطنا؟ لماذا لم أعر كلامها بالاً هذا الصباح؟ ألأني مقتنعٌ فعلاً بأنّ لبنان اليوم يختلف عن لبنان قبل عشرين سنة؟

تلاطمت أفكاري مع الأمواج، ووجدتني أرسل لها نصّاً هاتفياً قصيراً: «يارا! أنا ما زلت أنتظرك! هلّا أتيت؟!»

ولكنّها لم تجب!

سكن الموج قليلاً وهدأت أنفاس بيروت... كانت الغيوم الوادعة تبتسم وكأنّها توشوش لي «سأشتاقك». وأنا؟ هل تراني سأشتاقها؟

ولماذا يتملّكني الشعور بأنّي قسوت على بيروت، وحمّلتها ذنوباً لم تقترفها؟ ألأنّي أرحل عنها؟ لماذا ترانا لا نغفر إلّا عند الرحيل فقط؟

بدت لي فجأةً وديعة، ومحبّة، واستكان البحر فيها وغفا، فيما بقي الكورنيش مستيقظاً يحلم بغدٍ آخر، ووجوهٍ جديدة.

آه يا بيروت لو أنّي أفهمك! لو أنّي أملك أن أشهر سيفي في وجهك، وأغتالك في قلبي وأهدأ... أو لو أنّ لي عصاً سحريّة، فأحيل تمرّدك رضى، وأستكين في حضنك...

رنّ الهاتف مجدّداً. إنّها والدتي!

لم أجب... شعرت بحرارةٍ تكوي عينيّ، ودمعٍ عصيٍّ تحجّر فيهما... هربت... هربت منها، من وجهها... من صوتها... من برودها... من دموعها وزيفها، والتجأت إلى بار الفندق.

هناك، جلستُ وحدي، محاولاً أن أشغل نفسي هرباً من سطوة الانتظار...

ساعاتٌ قليلة تفصلني عن موعد الطائرة... الوجوه حولي مشغولةٌ عني، فيما عيناي تبحثان عن وجهٍ قد يطلّ فجأةً معلناً في لحظة واحدة فرح العمر القادم.

لا أذكر كم مرّةً نظرتُ في ساعة يدي، وكم مرّةً خرجت إلى بهو الفندق لعلّي أجد يارا تنتظرني هناك... رحت أناجيها سرّاً وعلناً، فيما النبيذ يرسم ملامحها أمامي بفتنةٍ عجيبة.

يارا... أين أنت؟

يارا... هلّا أتيتِ؟ لمساءٍ واحدٍ فقط، لصباحٍ يتيمٍ إن أردتِ.

عمرٌ من القحطِ أنا، أنتظرُ هطولَك... متعبٌ أنا حبيبتي! فهلّا أتيتِ؟

كنت لا أزال وحدي، غارقاً بين الوجوه والكؤوس، حين ناداني النادل قائلاً:

– مسيو شادي... في ستّ ناطرتك عالباب.

– ست؟ ناطرتني أنا؟

يارا... لقد أتت! أخيراً... لقد أتت!

لم أعد أذكر قوّة اللهفة التي زرعتني في لحظة أمامها! لم أعد أذكر شيئاً مطلقاً، سوى أنّي كنت أقف عند الباب، وتتراقص أمام عينيّ أشكالٌ ووجوهٌ وابتسامات.

كانت عينا جوليا تشتعلان أمامي وتبتسمان لي بحبّ، وخلفها غمّازتا يارا الساحرتان، ترسلان لي قبلاتٍ محمومة... وأنا تائهٌ بينهما... متخبّطٌ بهما...

***

الرابعة فجراً... مطار بيروت الدولي.

أكنتِ هناك؟ تجلسين إلى طاولةٍ خفيّة، تتلصّصين عليّ، وتستمتعين بمرارة انتظاري من بعيد؟ لا أظنّك تخلفين وعودك... فكيف أمكنك أن تتركيني، وحدي، في أكثر لحظات احتياجي إليك؟ كيف أمكنكِ أن تُبعديني؟

ها أنا ذا... أرحل! ولا أعلم إن كنّا سنلتقي، في نفق المصادفات يوماً...

لا أدري إن فكرّتِ بي مساء أمس... إن ساورتكِ حقاً رغبةٌ مجنونة في المجيء إليّ، على الأقلّ لمواساتي، لاحتضاني، لتوديعي، لتقبيلي...

ها أنا ذا الآن، مرهقٌ، حائرٌ، وحيدٌ... وفي قمّة اضطرابي... لا أزال أرزح تحت مخدّر الأحداث والأشخاص والوجوه والذكريات... أحاول أن أفهم ما جرى ويجري، ولا أدري إن كان صواباً ما فعلتُ... لا أدري إن كان هذا هو حقاً ما أريد... تتنازعني رغباتٌ متناقضة،

وأفكار مجنونة، وتتلاطم في رأسي هواجس غريبة وقاتمة... وعلى الرغم من كلّ ذلك، ها أنتِ ذي ترافقينني الآن أيضاً، في رحلة الإياب... تجلسين قربي في هذا المقعد الشاغر، وهمسك يملأ حواسّي، وإن كانت سمّاعتاي في أذنيّ، تعزف لي فيهما كلارينت «فازيليس سالياس» شجناً يونانياً مزدحماً بالعتاب... فهو صوتك أيضاً... ذلك الناي الدافئ الذي يبدو صدىً لكلّ الأصوات التي باتت تعبرني.

هل قلتُ عتاب؟ ربّما... ولكن، عتابٌ لمن، عتابٌ لماذا؟ لا أدري... إلّا أنّني أشعر بـه... وبالفقد... أشعر بالضيق، بالشوق، بالحنين، وبالأسف... وأشعر بالوحدة!

آه كم أشعر بالوحدة!

أتعرفين؟ الوحدة هي أسوأ ما قد يحدث لي، وأسوأ ما قد أفكّر فيه، على الرغم من أنيّ أعيشها منذ زمنٍ بعيد دون أن أعي، أو لعلّي أعيها ولكنّي أحاول فقط أن أنكرها... أن أنكر وجودها واستحواذها وساديّتها...

ها أنا ذا أرحل عنكِ، وعنهم... ورغبةٌ ملحّة تتملّكني في أن أكتب... أن أحتفظ بكلّ اللحظات التي عبرتني وعبرتُها أخيراً...

ترى... أهي من يعبرنا، أم نحن العابرون؟ هل نحن من نعيش الزمن فعلاً أم هو الذي يعيشنا؟ سؤالٌ سمعته يوماً واستوقفني، وأجدني الآن في حاجةٍ لأن أكتب لهذا الزمن تحديداً... سأكتب له عنها، وعنكِ، وعنّي... وعنهم جميعاً... أرغب في أن أحتفظ له بمشاعري وعواطفي وأفكاري وهواجسي... فمن يدري، قد يحتاج كلانا، أنا وهو، إلى مذكّراتي تلك إن خانتني الذاكرة يوماً... أو خذلني قلبي.

لعلّي لم أجرّب الكتابة يوماً... لم أتذوّق تلك اللذّة المجنونة، حين أبعثرني على الورق وأذوب في رمال الكلمات... ولم أخبر أيضاً متعة أن يعبث بروحي بعض حبر أو ربّما مفاتيح حاسوبٍ تعب...

لعلّي عزفت كثيراً في الماضي... غنّيت كثيراً وقرأت كثيراً... وانساب قلبي مراراً في فضاء الموسيقى والجمال، إلّا أنّي لم أفكّر يوماً بالكتابة... قد تكون عملاً شاقاً أو ممتعاً أو عنيفاً أو ربّما قاتلاً... لا أدري، ولكنّي سأكتب... حتماً...

سأدوّن كلّ ما حدث لي في تلك الأيّام. سأرسم كلّ تفاصيل الوجوه والابتسامات، وسأقتفي كلّ ما مرّ من لحظات، حلوها ومرّها... سأنحت بيروت بيديّ، كما لم يفعل أحدٌ من قبل، سأعزفها لحناً حائراً، قاسياً، ساخطاً، عابثاً، لامبالياً... سأخلقها روحاً بين طيّات كتاب، تتحكّم فيه كما يحلو لها... ومن يدري؟ قد أطلب منك أن تترجمي يوميّاتي وخواطري تلك إلى العربيّة يوماً...

ها أنا ذا أفتح حاسوبي الآن، وأبدأ... ومن حولي رؤوسٌ تطلّ من بين المقاعد بعيونٍ متعبة، مغمضةٍ على حلم، أو مفتوحةٍ على أمل، وأصواتٍ خافتة أرهقها ليل السفر... وانتظار سافر يترقب وسط السكون...

هل أبدأ بكِ... أم بها؟ أجيبي... لماذا تستعجبين سؤالي، وتصمتين؟

أولم أخبركِ أنها قد أتتْ إليّ ليل أمس؟ وهل كان لذلك أن يغيّر شيئاً فيكِ وفي قرارك لو علمتِ؟

نعم... فلتطمئنّي! أنتِ لم تأتي... أما هي فقد فعلت! أتتني... تحمل جنونها وتمرّدها واشتعالها...

رأيتها تقف أمامي... بكلّ ما فيها من سحرٍ وأنوثةٍ واشتياقٍ وحنان...

كنتُ مثقلاً بكِ... ببيروت... بأميّ... بالأمنيات... وبالنبيذ... عانقتني لهفتها عند الباب، فارتعدتُ، وانساب العمر في أحضانها دفئاً وربيعاً وسلاماً.

أعترف بأنّي لم أتوقّع أن يمنحني حضورها كلّ ذيّاك الدفء، وكلّ تلك السكينة... لم أتخيّل أنّ جزءاً منّي كان ينتظرها هي أيضاً، ويرغب فيها إلى هذا الحدّ... ستقولين إنّها فطرة الرجال عندما لا تكفيهم امرأةٌ واحدة... ولن أجادلك في هذا، ليس لأنّي أوافقك الرأي في أبناء جنسي، ولكن لأنّي لا أجد تفسيراً لمشاعري وتناقضاتي واحتياجاتي ورغباتي... لا منطق يفسّر حاجتي إليكما معاً، واشتهائي لكما معاً، وحبّي لكما معاً... لا منطق لانتظاري المجنون لها... ولك في آنٍ واحد.

وأين تراه المنطق من حبٍّ يأتينا بحبّ، ويفرد له مساحةً مستحدثة من قلبنا، ويعيد تشكيل كلّ شيءٍ لأجله، ويعمد إلى تدوير الزوايا وشحذ المسوّغات له؟ هل في ذلك ذرّة منطقٍ واحدة؟

ها هي ذي أصابعي ترتجف الآن فوق مفاتيح حاسوبي، وها هو قلبي يلهث خلف الحروف كطائر أتعبه السفر... مضطربٌ... نعم... أرتشف ما بقي من قهوتي الباردة، وأوغل في الصمت... أتراها هي سبب اضطرابي هذا؟ أم أنتِ؟ أم كلتاكما معاً؟ أو لعلّها لوثة الماضي؟ وبين هذي وتلك عمرٌ... وليلٌ بألف وجع.

متعبٌ أنا يا صديقتي... وللذاكرة سياطٌ لا ترحم... فاذهبي الآن... ودعيني أبدأ رحلتي في عالمٍ حبري قد يصبغ سواده روحي بشجنٍ أبديّ، وقد يحرّرني فضاء أوراقه الشفّاف من عتمة الظلم والوحدة والكتمان...

ها أنا ذا أبدأ سفراً لا رجعة فيه ولا نجاة منه أبداً...

سأبحر في عباب الروح، بحثاً عنّي... لعلّي أجد نفسي في مكانٍ ما... وها هي ذي الحكاية ستقلع الآن... بين غمّازتين...